वाणी प्रकाशन ग्रुप

भारतीय ज्ञानपीठ

वाणी प्रकाशन : भारतीय ज्ञानपीठ की पुस्तकों के एकमात्र प्रकाशक एवं वितरक

डरी हुई लड़की

(उपन्यास)

डरी हुई लड़की

ज्ञानप्रकाश विवेक

वाणी प्रकाशन ग्रुप
भारतीय ज्ञानपीठ
वाणी प्रकाशन : भारतीय ज्ञानपीठ की पुस्तकों के एकमात्र प्रकाशक एवं वितरक

लोकोदय ग्रन्थमाला : ग्रन्थांक 1299

सजिल्द दूसरा संस्करण : 2019
सजिल्द तीसरा संस्करण : 2024
सजिल्द चौथा संस्करण : 2025

वाणी प्रकाशन : भारतीय ज्ञानपीठ की पुस्तकों के एकमात्र प्रकाशक एवं वितरक

वाणी प्रकाशन

4695, 21-ए, दरियागंज, नयी दिल्ली-110 002
दूरभाष : 011-23273167, 23275710
ईमेल : sales@vaniprakashan.in
www.vaniprakashan.com

ISBN : 978-93-7112-740-0

मूल्य : ₹ 500

डरी हुई लड़की
(उपन्यास)
ज्ञानप्रकाश विवेक

DARI HUI LADKI
(Novel)
by Gyanprakash Vivek

मुद्रक : आर. टेक ऑफ़सेट प्रिंटर्स, दिल्ली-110 032

दुष्कर्म पीड़ित युवती की 'साइकी'
अवसाद, ख़लिश, क्षोभ, भय, अकेलापन,
असुरक्षा जैसे तत्त्वों को केन्द्र में रखकर
लिखा गया उपन्यास।

इस उपन्यास से कुछ सतरें

सर, उस आत्मा को किस डिटर्जेंट पाउडर से धोऊँ जो मैली हो चुकी है—डरी हुई लड़की ने कहा है। उसकी समूची देह प्रश्नवाचक हो गयी हो जैसे।

▪

ऐसे शरीर को, जो मुझे प्रतिद्वन्द्वी नज़र आता है, उसे अपने साथ रखना कितना कठिन है।

▪

मैं एक ख़स्ताहाल चुप लेकर बैठा हूँ, डॉक्टर के सामने। क्या बताऊँ कि मेरा उद्देश्य क्या है? क्या बताऊँ कि मैं क्यों लिये फिर रहा हूँ इस लड़की को।

▪

रेप एक तरह का इनह्यूमन एक्शन है। जिसमें हिंसा ही हिंसा होती है। यह एक ऐसा हादसा होता है, जिसकी गवाह वह औरत होती है जिसके साथ यह घिनौना और अमानवीय काम किया जाता है—डॉक्टर ने कहा है।

▪

यौन हिंसा से गुज़री कोई भी लड़की नहीं चाहती कि उसकी आत्मा के ज़ख़्मों पर, सवालों की ज़िद्दी मक्खियाँ भिनकती रहें।

▪

दुष्कर्म पीड़ित युवती लोगों के लिए किसी पर्यटन स्थल की तरह होती है, जिसे वो देखकर खुश होते हैं।

▪

हर स्त्री के अन्दर एक छावनी होती है।

▪

अगर गैजेट्स से डर दूर हो जाता तो संसार की कोई स्त्री डरी हुई नज़र न आती।

▪

हम रिलेशन्स नहीं निभाते, डिस्टेंस निभाते हैं।

▪

स्त्री किसी गुंडे की बात नहीं मानती तो उसके सामने तेज़ाब होता है।

▪

ईश्वर का कोई चेहरा नहीं होता। लेकिन वो जहाँ होता है, संवेदना का चेहरा लगाकर ही अवतरित होता है।

डरी हुई लड़की

सुबह का वक़्त है। एक शानदार सुबह! सुबह आख़िर है क्या? सुबह क्या सूरज की दस्तक नहीं है जो पृथ्वी के बन्द किवाड़ पर, मौन प्रार्थनाओं के साथ गूँजती है। मौन गूँजता है। जैसे कि अब! मैं उस गूँज को सुन रहा हूँ।

सुबह एक चिट्ठी की तरह है जिसमें गुज़िश्ता रात की ख़ैरियत और दिन की ख़ुशआमदीद के मज़मून तहरीर होते हैं।

रात को हम इसलिये सोते हैं कि सुबह हमें जगाने आती है। सुबह को जगाने की कला का इल्म है। घड़ी के अलार्मों ने सुबह ही से सीखी है जगाने की कला। लेकिन घड़ियों के अलार्म, नामुराद बैट्रियों पर निर्भर रहते हैं और बैट्रियों की ज़िन्दगी बहुत कम होती है।

रात के पास बेशक सितारों की आकाश गंगा होती है। आसमान में जोगियों की तरह भटकता चाँद होता है और बस्तियों में जगमग चराग़ों का हजूम होता है।...इसके बावजूद, सुबह के पास एक मुक़म्मल शाख़्सियत होती है। इस अधूरी कायनात में, हम सबके पास जो सुबह होती है वो इतनी मुक़म्मल होती है कि हम उससे प्रेम करने लगते हैं। प्रेम हम रात से भी करते हैं। रात से हम मुहब्बत इसलिये भी करते हैं कि जब हम उदास होकर रोने का सोचते हैं तो वो कभी कान्धा बन जाती है, कभी दुपट्टा!

सुबह का वक़्त! कार के डैश बोर्ड पर घड़ी फिट है। मैं उसे देख रहा हूँ—सवा पाँच! मैं इत्मीनान से कार चला रहा हूँ। बहुत सारी कारें मुझे पछाड़ती हुई आगे निकल रही हैं। वो सब जल्दी में होंगे। या फिर कार को तेज़ चलाना उनकी आदत में शुमार होगा या फिर, आहिस्ता चलाना समय से पराजित होना हो और वो पराजित नहीं होना चाहते हों।

मैं सुबह को महसूस कर रहा हूँ। सुबह को देख रहा हूँ, जो हर पल अपना रूप बदल रही है, जो हर पल, पृथ्वी के हर गोशे को अपने रंग में ढाल रही है। सुबह कितनी बड़ी मुसव्विर है। न रंग न कूची है उसके हाथ में, फिर भी, वो पूरी कायनात को अपने रंग में रंग रही है।

मैं इत्मीनान में हूँ बेशक! कुछ-कुछ विस्थापित-सा! स्थापितों में विस्थापन का अहसास कहाँ से चला आता है—पता नहीं। क्या यह समय ही ऐसा है, कहकहों

की दीवार के पीछे उदासी भी, पीठ टिकाकर बैठी होती है। यह बात सिर्फ़ मैं ही नहीं सोचता, मेरे सब क्लीग भी सोचते हैं। और केशव भी। जिसके साथ मैंने रात गुज़ारी। केशव मेरा पुराना दोस्त! बहुत पुराना दोस्त।

नये समय की दोस्तियाँ कुछ दूर चलकर हाँफ जाती हैं। दोस्ती के ज़र्द पत्ते बिखर जाते हैं। बाज़ार एक ऐसी परेड का नाम है जहाँ दोस्ती के ज़र्द पत्ते, अपनी चरमराहट के साथ मसले जाते हैं। एक बेकैफ़-सी आवाज़ दिल को सुनाई देती है। दिल ही तो है न संगो-ख़िश्त...दर्द से भर न आए क्यों? विडम्बना ये है कि दिल को महज धड़कने के लिए छोड़ दिया गया है। दुनिया के जरूरी और ग़ैरज़रूरी काम, दिमाग़ से लिये जाने लगे हैं। हैरानी की बात ये है कि लोग मुहब्बत में भी दिमाग़ का इस्तेमाल करने लगे हैं।

केशव ने रात को यही बात कुछ और तरह से कही थी। उसने कहा था—'हमारा सुलूक अपने-आपसे बदल-सा गया है। पता है क्यों? हम अपने आपको भी सिर्फ़ ज़िन्दा इनसान की तरह समझते हैं। लेकिन हमारे अन्दर किसी शव की गन्ध आती है।'

अभी सूरज़ नहीं निकला। सूरज निकलेगा। यक़ीनन। सूरज रोज़ाना निकलता है। कोई चूक नहीं। वो आलस नहीं दिखाता। मिल्टरी के सारे अनुशासन उसने अपने ऊपर आयद कर रखे हैं।

सूरज यानी आफ़ताब! सूरज कितनी जल्दी ख़त्म हो जानेवाला लफ़्ज है। लेकिन आफ़ताब! आफ़ताब लफ़्ज़ मैंने मन ही मन कहा है। ऐसा महसूस हुआ है जैसे सूरज की बहुत सारी शुआएँ मेरे होठों पर उतर आई हों।

सूरज के निकलने से पेशतर आसमान लाल हो जाता है, जैसे आसमान ने उसके लिए 'रेड कार्पेट' बिछाया हो।

अभी सूरज के निकलने में वक़्त है।

मैं कार में बैठा हूँ। जाने क्या-क्या सोच रहा हूँ। रात भी यूँ ही गुज़री। मैं और केशव रातभर, जाने क्या-क्या बोलते रहे। जाने क्या-क्या सोचते रहे। रात को हमने ख़ूब सेलीब्रेट किया। हमने पुराने वक़्तों को खोज निकाला और उन बच्चों की तरह दौड़ते रहे जो कटी पतंगों के पीछे भागते हैं।

हम स्मृतियों के पीछे भागते रहे।

मैं जब भी गुड़गाँव आता हूँ, सड़क किनारे खड़े इस बरगद को ज़रूर देखता हूँ। यही पहुँचकर मैं कार स्लो कर देता हूँ। बरगद को देखता रहता हूँ। मेरे हाथ उठते हैं जैसे कि मैंने सलाम किया हो उसे। बरगद मुझे देवता लगने लगता है। ऋषि तो वो लगता ही है। तमाम दरख़्तों को जब मैं गौर से देखता हूँ तो वो ऋषियों जैसे लगने लगते हैं—तप करते हुए। सर्दी गरमी धूप बारिश! हर मौसम में तप!

उनकी तपस्या में परिन्दे भी शामिल होते हैं और हवाएँ भी। कभी-कभी हवाएँ बहुत ज़्यादा पैदलकर थक जाती हैं। तब, वो दरख़्तों के पत्तों पर, नींद का टाट बिछाकर सो जाती हैं।

मेरे अन्दर अगर दो आत्माएँ होतीं तो अपनी एक आत्मा को मैं दरख़्तों की आत्माओं के पास रख देता। सीखने के लिए। हर दरख़्त एक पाठशाला की तरह होता है। और हर मनुष्य एक आरी की तरह!

दरख़्त फिर भी दोस्ती निभाते हैं। क्योंकि वो ऋषियों की तरह होते हैं।

बरगद पीछे रह गया है। मैं सोच रहा हूँ। बहुत सारी चीज़ें जिनसे हम मुहब्बत करते हैं, पीछे छूट जाती हैं।

केशव गुड़गाँव में रहता है—अकेला। मालीबू टाउन के एक फ्लैट में केशव! मालीबू टाउन में प्रवेश करते हुए हर बार मुझे यही अहसास होता है कि मैं किसी 'ग्रीन वैली' में चला आया हूँ। सड़क के दोनों तरफ दरख़्त। बीच में सड़क। जैसे सड़क न हो, नदी हो और उसमें रोज़ाना, पदचापों का पानी बहता हो।

हम दोनों की जीवन रेखा एक जैसी है। वो मालीबू टाउन के फ़्लैट में अकेला, मैं रोहिणी के सनराइज़ अपार्टमेंट्स में अकेला। वो ग़ैरशादी-शुदा और मैं भी। विवाह के मामले में न उसे जल्दी है न मुझे। हम दोनों, जीवन के प्रति लापरवाह और कैरियर के प्रति सचेत हैं। यह चेतना मजबूरी भी है। सभी प्रोफ़ेशनल को चौकन्ना रहना पड़ता है। वरना अगले दिन आप बाहर होते हैं। और दफ़्तर के बाहर खड़ा सिक्यूरिटी गार्ड, आपकी आई डी देखकर भी आपको नहीं पहचानता।

यही वजह है कि सारे 'यंग' किसी न किसी 'स्ट्रैस' में रहते हैं। अरमानी के सूट और टाई, चमचमाते जूते, पैन, हैंकी, वॉलेट, ठसकभरी अँग्रेज़ी—यह सब, कारपोरेटी दुनिया का वो जश्न है जिसके तलघर में ऊबाती हुई ज़िन्दगी की परिभाषाएँ हैं—अव्यक्त और अलिखित!

वो परिभाषाएँ हमें रोज़ाना पढ़नी पढ़ती हैं। हम ऊबते हैं और ऊब को ख़ारिज करने के उपाय तलाश करते हैं। यह तलाश! कभी-कभी ऐसा लगता है जैसे गुमान का जहाज़ पानी पर नहीं, रेत पर तैरता हुआ। तैरता हुआ या फिर तैरने की अदाएँ दिखाता हुआ।

ऐसे बदहवास माहौल में जब सबकुछ और सब निशानियाँ ख़त्म होती जा रही हैं, हमारी दोस्ती बची हुई है। हम एक दूसरे से ऊबते नहीं, थकते नहीं। हम, एक दूसरे से मिलने के लिए बेताब रहते हैं। हम महीने में एक बार मिलते हैं। कई बार हम महीने में दो बार या तीन बार भी मिलते हैं। कभी मैं केशव के पास चला आता हूँ, कभी केशव मेरे फ़्लैट में। हम बचपन के पुराने दोस्त, रातभर जागते हैं। हमारी बातें ख़त्म ही नहीं होतीं। हमें हर बार लगता है रात छोटी थी। बातें बड़ी।

धागे के बेशक दो सिरे होते हों, बातों के हज़ार सिरे होते हैं। हम दोनों चाय पीते हैं। बाते करते हैं। एक-दूसरे को ध्यान से सुनते हैं। हम पुराने प्रसंगों के ट्रंक खोलते हैं और पुराने वक़्त की अजीब-सी गन्ध महसूस होने लगती है।

कल रात हम कुछ ज़्यादा इमोशनल होकर, उस छोटे-से शहर के बारे में बातें करते रहे, जहाँ हम दोनों रहते थे। हमारे माता-पिता पाकिस्तान से शरणार्थियों की तरह ख़ाली हाथ आए थे। जहाँ इन्होंने डेरा डाला वो 'रिफ़्यूजी बस्ती' बन गयी। रिफ़्यूजी बस्ती शहर के आख़िर में थी। तब, शहर, शहर कहाँ था छोटा-सा कस्बा था। एक ऐसा कस्बा जिसका चेहरा कभी गाँव जैसा लगता तो कभी शहर जैसा।

कल रात, मैं और केशव अपने कस्बे को याद करते रहे। हम दो थे। तीसरा भी था हमारे बीच, वो हमारा कस्बा था—एक नामामूल-सा, ग़र्द आलूद, ऊँघते मुसाफ़िरख़ाने जैसा कस्बा!

भला कोई अपने पुराने शहर, उघड़ी हुई गलियों, गिरते पड़ते मकानों, जोहड़ और तालाबों, मन्दिरों और प्याऊओं को याद करके भी रो पड़ता है? हम रो पड़े थे। हम दोनों।

वो एक मामूली-सा शहर था। इतना मामूली कि उस शहर का मामूलीपन हमें समाधी जैसा लगता था। हम छोटे-से बच्चे, बेहद शान्त शहर को, बेहद हैरान नज़रों से देखते। हम शहर को देखते, शहर हमें देखता। शहर बहुत कम बोलता। शहर के पास आवाज़ें कम थीं। शहर के पास संवेदना ज़्यादा थी।

केशव और मैं रोज़ाना मिलते। कई-कई बार मिलते। हम छोटे-से बच्चे। ग़रीब परिवारों के बच्चे। जेब ख़ाली लेकिन दिल, उमंग तरंग से भरा। हर पल उत्सव जैसा। ज़िन्दगी के अर्थ हम बिल्कुल भी नहीं समझते थे। यह नासमझी हमारा जश्न थी। कस्बा सुस्त रफ़्तार था—हम तेज़ दौड़नेवाले बच्चे।

स्कूल की वर्दी के अलावा हमारे पास बहुत कम कपड़े होते। केशव कहीं बाहर अपने मम्मी-पापा के साथ जाता तो कपड़े मुझसे माँगकर ले जाता। किसी शादी-ब्याह में मैं जाता तो मैं केशव से कपड़े माँग लेता।

हम जब कपड़े वापिस करते तो एक दूसरे को आभार जतानेवाली नज़रों से देखते।

हम बेड पर बैठे पी रहे थे। अचानक केशव उठा उसने अलमारी खोलकर एक शर्ट और एक जुराब का जोड़ा निकाला। बेड पर मेरे सामने रखते हुए बोला—'हैप्पी बर्थ डे!'

मैंने कहा—वो तो गुज़र चुका।

वो हँसा—बेशक गुज़र चुका। बट! जिसका बर्थ डे था वो तो है—ज़िन्दा और मेरे सामने।

हम छोटी-छोटी बातें इसी तरह सेलीब्रेट करते हैं।

मैंने कमीज़ को माथे से छूकर कहा था—ख़ूबसूरत दोस्त के लिए ख़ूबसूरत शर्ट! ख़ूबसूरत पैरों के लिए ये बदसूरत जुराबें।

तब हम ख़ूब हँसे।

इस बीच केशव ने बेलेन्टिन स्कॉच का पैग बनाया। हमने घूँट भरे। गिलास रखे।

केशव ने कहा—'हमारा शहर कितना शानदार था, हम रेत पर काग़ज़ की कश्तियाँ बहाने निकल पड़ते।'

'हवाएँ उन कश्तियों को डूबने से बचा लेती थीं।''

'परिन्दे कितने सारे थे तब।'' उसने कहा।

'परिन्दे इसलिये ज़्यादा थे कि शहर में संवेदना ज़्यादा थी।'' मैंने जवाब दिया।

केशव मुझे देखता रहा। उसने बड़ा-सा घूँटभर कहा—तब वो हमारा छोटा-सा शहर—जिसके पास टाट का लिबास था, जिसके पास ख़ामोशी की तान थी, जिसके पास सड़कें कम, पगडंडियाँ ज़्यादा थीं—वो शहर चिन्तक की तरह जिरह करता महसूस होता था—जो घट रहा है वो क्या है? वो नंगे पाँव चलते वक़्त की आहटें हैं।

शहर एक छोटा-सा कस्बा था। जिसमें ख़ामोशियाँ किसी पुराने हारमोनियम की तरह प्रतीत होतीं। हवा की उँगलियाँ उस हारमोनियम पर आ गिरतीं। गूँज-सी पैदा होती। वो न सुनाई देनेवाला संगीत होता। जिसे हमारी आत्मा सुन सकती थी।

उदासी किसी ग़र्द की तरह थी—वो चेहरों पर होती। आँखों के पानी में होती। वो सपनों में चली आती—थके हुए तीर्थयात्रियों की तरह। वो पैरों से लिपट जाती थकान की तरह। वो दिल के कोने में बैठ जाती—डरे हुए अतिथि की तरह।

लोगों के पास पुश्तैनी दुख थे। पुश्तैनी ख़ुशियाँ।

उन लोगों को देखकर लगता जैसे हर शख़्स के भीतर एक आतिशदान है जिसमें यादें, बुझी हुई लकड़ियों की तरह, कीमती सामान की तरह रखी हैं।

केशव और मैं यादों के दश्त में भटकते रहते। हम वर्तमान में होते और हमारे अन्दर अतीत के जज़ीरे बिछ जाते।

हम एक-एक पैग ख़त्म कर चुके थे। दूसरा पैग बनाने की न जल्दी थी, न इच्छा। वैफ़र्ज, काजू मेज़ पर पड़े थे। लेकिन हम दोनों कहीं दूर चले गये थे। वर्तमान को हम ख़ूब जीते थे। लेकिन स्मृतियों का तिलिस्म—उसकी रचना का क्या करते?

हमारे हाथ में ख़ाली गिलास थे और हम, अतीत के जज़ीरों का अहवाल

पूछ रहे थे।

"हमारा शहर अधूरे सपनों का शहर था।" मैंने कहा।

"लेकिन उम्मीदों के उड़ते हुए काग़ज़ों का भी था हमारा शहर! हम सब बच्चे—देबू, कालू, ओमी, तिलकू, बीरा—सब बच्चे उन काग़ज़ों को पकड़ने के लिए दौड़ रहे थे।"

"दौड़ते-दौड़ते हम यहाँ तक आ पहुँचे हैं।" मैंने कहा।

केशव मुझे देखता रहा। उसकी आँखें नम थीं। मेरी आँखें भी नम। हम जब-जब पुराने वक़्तों को याद करते। हमारी आँखें भीग जातीं। स्मृतियों की नमीं हमारी आँखों में चली आती।

अचानक वो कुछ याद करते हुए बोला, "याद है राजन, एक बार मेरी हवाई चप्पल का स्ट्रैप टूट गया था। मैं चप्पल को घिसटाकर चल रहा था। तुझे पता नहीं क्या सूझी थी तूने अपनी चप्पल का स्ट्रैप भी तोड़ दिया था। अब हम दोनों चप्पलें घिसटाते हुए बाज़ार में चल रहे थे। पहले चप्पल को घिसटाना मेरे लिए तनाव की बात थी। वही तनाव अब खेल में बदल गया था।"

मैं थोड़ा-सा मुस्कराया। केशव की फिर आँखें भर आईं। जैसे जाते हुए वक़्त ने आँखों के तालाब में कंकर उछाल दिया हो।

यह हमारी यादों का सेलीब्रेशन था। आँखें नम। होठों पर हल्की-सी, शिकस्ता-सी मुस्कान।

हम मिलते ही इसलिये हैं कि इस हाईटेक समय में, तकनीक का, सूचनाओं का और ज्ञान का उत्पाद तो बहुत हुआ है, स्मृतियों का नहीं। स्मृतियों का उत्पाद शायद होता ही नहीं। स्मृतियाँ, दरहक़ीकत किसी सरमाये की तरह होती हैं। हम उन्हें खर्च करते हैं, लेकिन दिल की जेब भरी की भरी रहती है।

और फिर...और उसके बाद!

हम दोनों अपनी-अपनी तेज़ रफ़्तार ज़िन्दगी में ग़र्क हो जाते हैं। यन्त्र जैसे हम और यान्त्रिक माहौल हमारे कॉरपोरेट दफ़्तरों का। यह कहना शायद मुश्किल है कि पहले हम यान्त्रिक हुए या फिर हमारी कॉरपोरेट दुनिया। कॉरपोरेट दफ़्तरों की सबसे बड़ी प्रार्थना, हमारी यान्त्रिकता है।

"यान्त्रिकता के इस खेमे में दिल बहलाने का कितना माल-असबाब धरा है। वो है कैरियर। सैलरी। ग्रोथ। प्रमोशन। पार्टी। टारगेट। स्ट्रैस। गेट-टू-गैदर।"

"एक जेब में लाखों का पैकेज। दूसरी जेब में भय। असुरक्षा। तनाव।"

"हमारे नये दौर में हर यंगमैन, सिस्टम के हाथ में किसी तौलिये की तरह होता है—निचोड़े जाने के लिए।"

"लेकिन विडम्बना यह है कि हम सूखे हुए तौलिये की तरह होते हैं और

सिस्टम तब भी हमें निचोड़ता रहता है।

—सबकी अपनी अपनी अग्नि परीक्षाएँ हैं। या यूँ कहूँ कि ज़िन्दगी, अग्नि परीक्षा का ही तो नाम है।

हम दोनों देर तक बातें करते रहे।

सुबह का वक़्त, दिन का सबसे शानदार वक़्त होता है। सुबह और कुछ नहीं करती दिन का दरवाज़ा खोलती है।

अभी सूरज नहीं निकला। अभी सुबह का छुटपुटा अँधेरा है। नीम उजाला। उजाले ने अपनी आगोश में रात की कोई कहानी छुपा रखी हो जैसे।

मैं कार चला रहा हूँ अक्तूबर का महीना है। यह खुशगवार सुबह है।

मेरे मन में अब भी रात का तसव्वुर छाया हुआ है। केशव और मैं। हम दोनों अपने-अपने क्षेत्र में व्यस्त हैं। केशव गुड़गाँव की एक मल्टीनेशनल कम्पनी में मैनेजर ऑपरेशन है। मैं जनपथ में—एक आई.टी. कम्पनी में—मैनेजर एच.आर.! हम दोनों की तसल्लीबख़्श सैलरी है। लेकिन, इसके बावजूद, जब हम मिलते हैं तो शकरकन्दी, गुड़गट्टे, चौलाईवाले लड्डू और संतरेवाली गोलियों को ज़रूर याद करते हैं। हम बचपन के खेल-खिलौनों को याद करते हैं आईस-पाइस, चोर-सिपाही, खो-खो, लुडो, अष्टाचक्कन, पैंडलूज़, स्टापू—वक़्त हमारे सारे खेल चुराकर चला गया। वक़्त पैदल ही आया और उसके आने का हमें पता ही न चला।

केशव के फ़्लैट से मैं सुबह पाँच बजे निकला। वो मुझे सड़क तक छोड़ने आया। मैंने कार स्टार्ट की। उसने हाथ हिलाकर मुझे विदा किया।

यह एक शान्त सुबह है। आमदरफ्त कम है। आमदरफ़्त कम हो तो यूँ महसूस होता है गोया सड़क विश्राम की मुद्रा में है।

मेरे अगल-बगल से जितने भी वाहन गुज़रे हैं सब तेज़ रफ़्तार थे। रफ़्तार की आवाज़ फैंकते हुए वो आगे निकल गये। रफ़्तार हमारे दौर का सबसे ज़रूरी सबजेक्ट हो चुका है। लोग अपने घर में भी तेज़-तेज़ चलते हैं। लेकिन मैं सोचता हूँ जो रफ़्तार में होते हैं क्या वो अपने आपमें होते हैं।

मैं धीरे-से कार चला रहा हूँ। सोच रहा हूँ क्यों न रजत सहगल के घर चला जाऊँ। वो द्वारका में रहता है—सेक्टर दस। मेट्रो स्टेशन के पास!

मैंने अपने विचार की तस्दीक की है। जैसे मैं कोई गज़टेड ऑफ़िसर हूँ और अपनी बात को मैंने 'अटैस्ट' किया हो। मैं मन ही मन मुस्कराया हूँ। ऐसे मेटाफ़र जब क्रिएट होते हैं तो बेसाख़्ता हँसी आ जाती है।

मैं शानदार इमारतों को देख रहा हूँ। कितना अधिक है लोगों के पास। सुविधाएँ अधिक। उम्मीदें अधिक। खाना-पीना अधिक। प्रापर्टी अधिक। और दुख भी अधिक!

इस अधिकता ने नये बाज़ार खोल दिए। नयी मंडियाँ। नये शौक़। कितना अधिक हो गया है क्रिकेट! क्रिकेट! चेहरा खेल का। चेहरे के पस: मंज़र मंडी! सुन्दरियाँ हवा में बदन लहराती हुईं। क्रिकेटर, मैच फिक्सिंग के पाखंड पर्व मनाते हुए। चैनल, क्रिकेट को राग में तब्दील करते हुए और विज्ञापनी दुनिया उस राग को फ़रेब के हरामोनियम पर बजाती हुई।

सुख में डूबे महन्तों की चिलमों में अवाम के आक्रोश के अंगारे राख हो चुके हैं।

यही हमारे समय का सबसे बड़ा प्रपंच है कि एक इंडिया के पास बहुत बहुत है। दूसरे इंडिया के पास कुछ भी नहीं।

मैंने लिंक रोड की तरफ़ कार घुमा दी है। कॉर्नर पर मुझे बहुत भव्य 'उमराओ' दिखाई दिया है। उमराओ फार्म हाउस! बहुत सम्पन्न लोगों का पार्टी स्थल!

एक तरफ हवाई अड्डे की दीवार...दूर तक। मीलों मील। दूसरी तरफ फार्म हाउस—अति सम्पन्नता के प्रतीक। साधारण लोगों को चकित करते। पैसेवाले लोग यहाँ ब्याह शादियाँ रचाते हैं। खाते-पीते लोगों की ये चमचमाती बस्तियाँ हैं।

अभी सूरज नहीं निकला। अँधेरा लगभग समाप्त हो गया है। लेकिन दूर तक देखो तो चीजें साफ़ दिखाई नहीं देतीं।

लिंक रोड साफ और चौड़ी है। कारें फ़र्राटे से निकल जाती हैं। मैं कार को तेज़ नहीं चला रहा। द्वारका जाने के लिए यह सड़क मेरे लिये बहुत अनुकूल है। मैं चाहता हूँ थोड़ा दिन निकल आए। किसी दोस्त के घर अल-सुबह जा धमको। उसने बेड-टी का पानी गैस चूल्हे पर न रखा हो और मैं उसके डोर पर बेल बजा दूँ।

इसलिये कार को मैं इत्मीनान से चला रहा हूँ। अचानक, उप्पल आर्केड से कुछ पहले तीन-चार एकड़ की ख़ाली ज़मीन जहाँ झाड़ियाँ, घास, छोटे-छोटे पेड़ हैं, वहाँ मुझे ऐसा महसूस हुआ है जैसे कोई औंधे मुँह लेटा है। यह मेरा वहम भी हो सकता है। और सच भी। कई बार अखबार या पुराने कपड़े इस तरह उड़कर ठिठक जाते हैं कि वो आकृतियों का रूप धारण कर लेते हैं।

पता नहीं क्या सोचकर या कुछ न सोचकर, या बहुत कुछ सोचकर, या बेवजह या फिर अपनी तसल्ली के लिए या फिर अपने सन्देह को निर्मूल सिद्ध करने के लिए मैंने कार रोक दी है।

मैं ड्राइविंग सीट पर बैठा हूँ। और एकटक सामने के दृश्य को देख रहा हूँ। काफ़ी दूर वो एक आकृति! या आकृति जैसी कोई शय। मुझे ऐसा लगने लगा है

आकृति किसी पुरुष की नहीं, स्त्री की है। ऐसा मुझे क्यों लगने लगा, मैं नहीं बता सकता। लेकिन स्त्री का सोचकर मेरे दिलो-दिमाग़ में अजीब-सी हलचल हुई है और पूरे शरीर में हरारत-सी। मैं अपने आपसे सवाल करता हूँ। अपने आपको जवाब देता हूँ। मेरी बगल से वाहन फुर्र करके निकल रहे हैं। यही महानगरीय तहज़ीब का लेटेस्ट एडीशन है—हार्ड बाउंड एडीशन। मेट्रोमैन किसी के लिए नहीं रुकते। मेट्रोमैन इतने धैर्यहीन होते हैं कि वो रेडलाइट पर रुकते हुए तनाव में आ जाते हैं।

मैं कार के भीतर बैठा हूँ। स्टीयरिंग पर दोनों हथेलियाँ रखे हुए। म्यूज़िक सिस्टम पर नुसरत फ़तेह अली की आवाज़ गूँज रही है—ये जो हल्का-हल्का सुरूर है/ये तेरी नज़र का कसूर है/के शराब पीना सिखा दिया।

मैं असमंजस में हूँ। क्या करूँ? कार से उतरूँ या फिर कार को स्टार्ट करके आगे निकल जाऊँ? जैसे कि सब लोग जा रहे हैं, बिना रुके। तेज़ रफ़्तार! मैं यहाँ से बेशक निकल भी जाऊँ, लेकिन कोई संशय मेरा पीछा करता रहेगा। शायद इसलिये कि झाड़ियों के पास जो आकृति नज़र आ रही है, वो किसी औरत की प्रतीत होती है। हो सकता है कोई कपड़ा हो या कोई अखबार! ये भी मुमकिन है कोई लाश पड़ी हो। लाश का सोचकर मैं थोड़ा-सा विचलित हुआ हूँ। मैंने अपने आपको रोकने की कोशिश की है। ऐसे मुकाम पर हम दो शख़्सियतें हो जाते हैं। वादी-प्रतिवादी। पक्ष-प्रतिपक्ष!

मैं कार से बाहर आ गया हूँ। एकटक देख रहा हूँ। सड़क ऊँचाई पर है। और सामने की ख़ाली पड़ी ज़मीन काफ़ी नीचे है। एक ढलान-सी है। फिर समतल और कुछ ऊबड़-खाबड़ ज़मीन। घास। झाड़ियाँ। कुछ दरख़्त!

वो जो आकृति मुझे नज़र आ रही है किसी स्त्री की है। स्त्री और झाड़ियों में। यह सोचकर मैं भीतर तक काँप जाता हूँ। अगर वो स्त्री है तो उससे मेरा कोई रिश्ता नहीं, कोई वास्ता भी नहीं। फिर भी मैं व्याकुल-सा खड़ा हूँ। मुझे लगता है, मैं जान-बूझकर अपने आपको मुश्किल में डाल रहा हूँ।...कुछ लोगों की जीन्स में होता है। ऐसे बचकाने और नासमझी के काम करना। मैं उनमें से एक हूँ।

मैंने वहाँ तक जाने का निश्चय किया है। किसी आवेग में या फिर जुनून में मैं सड़क छोड़कर ढलान से उतरते हुए, घास, झाड़ियाँ पार करते हुए वहाँ जा पहुँचा हूँ।

मैं बिलकुल वहाँ खड़ा हूँ जहाँ यह आकृति पड़ी है। सिहर उठा हूँ मैं। मेरी टाँगों में अजीब-सी हरारत हो रही है। अजीब-सा भय, अजीब-सा अहसास लिये मैं खड़ा हूँ। घास पर एक स्त्री पड़ी है—औंधे मुँह।

दूर तक कोई नहीं। घास, झाड़ियाँ, मिट्टी ख़ामोशी और यह स्त्री। और मैं। और विचलन। दुविधा और भय। भय जो मेरे मन में कशमकश पैदा कर रहा है।

पहले मैं कुछ क़दम दूर खड़ा था। अब पास आ गया हूँ। खड़े-खड़े स्त्री को देख रहा हूँ। वो एक नौजवान लड़की है। साँस चल रही है। यानी वो ज़िन्दा है। उसके ज़िन्दा होने से मुझे सुकून मिला है। राहत और तसल्ली!

मैं शव को नहीं बचा सकता था, लेकिन इस जीवित लड़की को तो बचा ही सकता हूँ—इस ख़्याल ने मेरे अन्दर कोई ज्योत-सी जला दी है। मेरी बेचैन रूह को चैन मिला हो जैसे।

लड़की बेशक ज़िन्दा है लेकिन सुधबुध खो चुकी है। वो अस्त-व्यस्त-सी, बाल बिखरे हुए, चेहरे पर मिट्टी और खरोचें। आँखों के पास मैल! आँसुओं की मैल। जैसे बहुत सारे आँसू मिलकर, हताशा और पीड़ा के काले रंग में बदल गये हों। उसके घने लम्बे बाल चेहरे पर फैले हुए और ज़मीन पर घास तक बिखरे हुए हैं। कपड़े अस्त-व्यस्त हैं।

एक खदेड़ दी गयी स्त्री! आखेट के बाद की एक स्त्री देह! शिकस्ता और हारी हुई देह। उस देह में सिर्फ़ साँसों का कारखाना है, जो बहुत धीरे-धीरे चल रहा है। उसकी देह ऐसे मन्दिर जैसी लग रही है, प्रार्थनाओं के सारे दीये जिसमें बुझ गये हों।

सफेद रंग की सलवार पर खून की छोटी-छोटी कई-सारी लकीरें—किसी दुराचार की अभिव्यक्ति। जैसे सलवार पर जमे ख़ून के धब्बे न हों, कोई मुनादी हो—हिंसा की मुनादी, जो स्त्री के तन के अतिरिक्त आत्मा को रेशा-रेशा करके रख देती है।

लड़की अचेत है। अभी वो बेशक ज़िन्दा है लेकिन ज़िन्दगी का रास्ता छोड़कर, मौत की सरहद में इसी तरह प्रविष्ट होते हैं लोग—अपनी शिकस्तगी के साथ। जुल्मों-सितम से हारे हुए लोग।

मैं सोचकर भयभीत हो रहा हूँ कि अभी कुछ देर में इस लड़की का खून पानी बनने लगेगा और इसके जिस्म में साँसों का कारख़ाना रफ़्ता-रफ़्ता बन्द हो जाएगा। और यह शिकारज़दा लड़की मौत का शिकार बनकर रह जाएगी।

लेकिन। मुझे एक अन्य लेकिन ने घेर लिया है। कितने बड़े अफ़सोस की बात है कि सामने एक लड़की पड़ी है—हर पल मौत की तरफ़ बढ़ती हुई और ज़मानासाज़ी के लेकिन-परन्तु मेरे साथ जिरह कर रहे हैं। ऊँच-नीच के निष्कर्ष मुझे डरा रहे हैं। कोई महानगरीय समझदारी है जो मेरी कलाई पकड़कर कह रही है—भाग! भाग यहाँ से। भाग और बरिस्ता में जाकर कॉफी पी। अपनी दुविधा और घबराहट को ख़त्म कर। संकट की कँटीली तार में फँसकर लहुलुहान हो जाएगा। पड़ा रहने दे इसे। जो लड़की लगभग मर चुकी है, तू उसके लिए कहाँ से ढूँढ़कर लाएगा ज़िन्दगी। हो जाने दे इसे पार्थिव। मर गयी तो इस बड़े, बहुत बड़े शहर के

तापमान में कोई गिरावट नहीं आएगी। न शेयर-बाज़ार का सेनसेक्स टूटेगा।

लेकिन मेरी आत्मा ने मुझे रोक लिया है। लड़की के पार्थिव होने से पहले, महानगरीय समझदारी मुझे ज़रूर पार्थिव बना देती।

थोड़ी-थोड़ी देर बाद। जहाज़ आसमान में उड़ते दिखाई देते हैं। जहाज़ उतरते हुए, बहुत सारी आवाज़ों के साथ दिखाई देते हैं। दूर, सड़क पर वाहन तेज़ रफ़्तार के साथ निकल जाते हैं—बेलज़्ज़ात-सी आवाज़ छोड़ जाते हैं।

दूर, आसमान से सूरज निकलता हुआ दिखाई दे रहा है।

मैंने झुककर लड़की के माथे को छुआ है। माथा गर्म है। मैंने नब्ज़ देखी है, डूबी हुई-सी नब्ज़।

लड़की जीवित है। मैंने भगवान का शुक्र किया है। लेकिन मुझे यह समझ नहीं आ रहा है कि अब करूँ क्या?

इस बात की राहत है कि किसी की इस लड़की पर नज़र नहीं पड़ी। नहीं तो अभी 'मैट्रोमर्द' आ खड़े होते तमाशा देखने।

मैंने उसके माथे को छुआ है। हथेली रखी है। वो थोड़ा कसमसाई है। अचेत शरीर में चेतना की लहर-सी दौड़ गयी हो जैसे। उसकी देह थोड़ी-सी हिली है। एक आवाज़-सी निकली है उसके कंठ से—जैसे आरे की मशीन पर कोई लकड़ी चिर रही हो—कुछ-कुछ वैसी आवाज़। दुख, तकलीफ़, घुटन और किसी अज्ञात पीड़ा से लथपथ कोई आवाज़।...डरी हुई, सहमी हुई, घायल आत्मा की आवाज़। आवाज़ के साथ-साथ, उसकी समूची देह काँपने लगी है। उसने आँखें मिचमिचाई हैं। फिर आँखें मूँद ली हैं। आँखें खोलकर, संसार को या फिर अपने-आपको देखने की सकत उसमें नहीं बची।

वो फिर अचेत हो गयी है। अचेत वो पहले भी थी। कुछ देर के लिए जैसे लौटी हो इस दुनिया में—डरावनी, हौलनाक और बदज़ेब दुनिया में। फिर इस दुनिया से डरकर, किसी अन्य संसार में चली गयी हो जैसे।

मैं उसके करीब बैठा उसे देख रहा हूँ, देह को भोगने के बाद, लावारिस फेंक दी गयी लड़की। जैसे लड़की न हो प्रयोग की जानेवाली वस्तु हो। प्रयोग के बाद वो किसी 'स्क्रैप' तरह फेंक दी गयी है।

अचानक उसने आँखें खोली हैं। आँखें खोली हैं और एक मर्द को बैठे देखा है उसने, बिलकुल पास। वो घबरा गयी है। काँपती हुई देह में, डर का ज़लज़ला रेंग रहा है। उसने उठने की कोशिश की है। अजीब-सी डरी हुई आवाज़ों के साथ वो उठी है। उसने खड़े होने की कोशिश की है। लेकिन गिरती चली गयी है। पृथ्वी ने उसे थाम लिया है। पृथ्वी उसके कष्ट को जानती है। शायद इसलिये कि वो लड़की भी पृथ्वी का एक अंश प्रतीत होती है। तमाम स्त्रियाँ, इस संसार की

पृथ्वियाँ ही तो होती हैं।

लड़की के सामने मैं बैठा हूँ। लड़की जहाँ गिरी थी वहाँ उठ बैठी है। हाँफ रही है। लगता है, बैठ नहीं पाएगी। लगता है, गिर पड़ेगी। गिरेगी और फिर उठ नहीं सकेगी। वो बहुत बीमार, बहुत कमज़ोर, बहुत टूटी हुई लग रही है। वो मुझे देखना नहीं चाहती। मेरी उपस्थिति से वो बहुत अस्थिर है। लेकिन घास, मिट्टी, झाड़ियों के अतिरिक्त और जो है वो मैं हूँ, जिसे देखना उसकी विवशता है। वो पहले भी पुरुषों के चंगुल में होगी। और अब, जब उसने आँख खोली है—सामने एक पुरुष बैठा है।

वो मुझे मनुष्य नहीं, शिकारी समझ रही है और ऐसे देख रही है जैसे कोई डरी हुई हिरनी देखती है शिकारी को।

उसके होंठ थरथराए हैं। वो ख़ुद भी काँप रही है। बोल नहीं रही वो। डर ने उसकी आवाज़ छीन ली हो जैसे। वो चाहती है मैं यहाँ से चला जाऊँ। लेकिन उसके कंठ में न आवाज़ है न आदेश देने का हौसला!

हौसला बड़ी शय है। लेकिन वो अपना हौसला, शक्ति और ऊर्जा सब गँवा चुकी है। वो बैठी है। उसकी आँखें मुँदती जा रही हैं। लगता है पृथ्वी पर गिर पड़ेगी। लेकिन आँखें खोलकर उसने उठने की दोबारा कोशिश की है, उससे उठा नहीं गया।

मैंने अपना हाथ बढ़ाते हुए कहा है, ''मैं आपकी हैल्प करने के लिए आया हूँ। डोंट एफरेड ऑफ मी।'' सुबह की ख़ामोशी में यह मेरा पहला वाक्य है। चुपभरे माहौल में मेरी आवाज़ दूर निकल गयी है।

उसने मुझे विश्वासहीन नज़रों से देखा है। उसकी आँखें नम, कुम्हलाया हुआ चेहरा और ज़्यादा मुरझा गया है।

मैं उसे देख रहा हूँ और वो अपने घायल आसमान में विश्वासों की कटी पतंगों को देख रही है।

मेन रोड की तरफ मेरी पीठ है। पता नहीं, मुझे कोई देख रहा है या नहीं। देख रहा हो तो देख रहा हो। मुझे किसी की परवाह नहीं। अब दिन की रोशनी और सूरज की शुआएँ फैल रही हैं। लेकिन सामने घुटनों में अपने सर को गिराए इस लड़की के मन में घना अँधेरा है। वो अपार कष्ट में है। व्याकुलताओं की चीलें, उसके मन में, मंडराती हुई महसूस होती हैं।

लेकिन इस सबके बावजूद, मैं चाहता हूँ कि इस लड़की को लेकर बहुत जल्दी से निकल पड़ूँ। यह लड़की कार में बैठे और जहाँ कहे इसे वहाँ छोड़ भी आऊँ। इस बेलिहाज़, बेमुरव्वत और आत्मकेन्द्रित शहर में इतनी भलाई काफ़ी रहेगी।

''सुनो, यहाँ बैठे रहना ठीक नहीं। यहाँ से जल्दी निकल चलो।'' मैंने धीरे

से कहा है। ऐसा लगता है, उसने मेरी बात सुनी नहीं। वो अपनी वेदना में गर्क है। हो सकता है उसने मेरी बात सुनी हो और सुनकर मेरे प्रति और ज़्यादा सशंकित हो गयी हो। यह शंका गलत भी नहीं। मुमकिन है कोई कारवाला या कई कारवाले इसे यहाँ फेंक गये हों। और दूसरा कारवाला, उसे फिर कार में साथ चलने की बात कर रहा है।

मैंने भरपूर तसल्लीवाले अन्दाज़ में कहा है, ''मैडम आप घबराइए नहीं। मुझ पर विश्वास कीजिए। मैं आपके फ्रैंड जैसा हूँ। आपको और कहीं नहीं ले जाऊँगा। सीधा पुलिस स्टेशन चलूँगा...रिपोर्ट दर्ज कराने।''

वो काँप-सी गयी है। उसने मुझे मुरझाए हुए चेहरे और निस्तेज आँखों से देखते हुए, अपने दोनों हाथ जोड़ते हुए कहा, ''नहीं...वहाँ नहीं।''

डरी हुई लड़की, हर शय से डर जाती है। वो पुलिस स्टेशन का सुनकर तो और ज़्यादा विचलित हो उठी है। जैसे पुलिस सुरक्षा का नहीं, भय का प्रतीक हो।

अजीब स्थिति है। दिन निकल रहा है। लड़की की साँस डूब रही है। उसने अपने पैरों पर खड़े होने की कोशिश की है। डगमगाती हुई-सी देह-अब गिरी कि तब गिरी। मैंने बहुत जल्दी उठकर उसे थाम लिया है।

मैंने बड़े सयानेपन से उसे समझाते हुए कहा है, ''प्लीज़, लिसन! आपका यहाँ रुके रहना ख़तरे से ख़ाली नहीं। यहाँ से निकल चलिए। आप जहाँ कहेंगी, मैं आपको छोड़ दूँगा।'' मैंने कुछ रुककर फिर कहा है, ''मैं अच्छा इनसान हूँ। आपकी मदद के लिए आया हूँ। आप बहुत ख़राब हालत में हैं। यहाँ कुछ देर और रुकी रहीं तो सर्वाइव नहीं कर पाएँगी।''

उसने मुझे कातर नज़रों से देखा है। पहली बार इस दृष्टि से जैसे वो मुझपर विश्वास कर रही हो। मैंने अपना हाथ बढ़ाया है। वो झिझक में डूब गयी है। मैं अपना हाथ फैलाए खड़ा हूँ। वो मुझे देख रही है। पता नहीं क्या सोचते हुए उसने अपना हाथ बढ़ा दिया है। मैंने सहारा देकर उसे खड़ा किया है।

वो चल रही है। नहीं, वो रेंग रही है। नहीं, वो चल रही है। कुछ ऐसे, जैसे बिना जड़ों का दरख़्त चल पड़े या बिना पहियों की गाड़ी।

दो चार क़दम चलकर वो फिर डगमगा गयी है। रुककर, इधर-उधर देखने लगी है। अपनी गुम हुई चीज़ को हम ऐसे ही देखते हैं।

वो क्या ढूँढ़ रही होगी? मैं सोच रहा हूँ। शायद वो अपने भीतर की उस स्त्री को ढूँढ़ रही हो जो एक ही रात में हलाक़ कर दी गयी।

एक झाड़ी के पास बैग पड़ा था। शायद वो अपने बैग को ढूँढ़ रही थी। मैंने बैग उठा लिया है। बैग भारी नहीं है। वो अब भी ठिठकी हुई है। उसकी गहरी काली आँखें भटक रही हैं। जैसे बैग के अतिरिक्त कुछ और भी हो, जो यहीं कहीं

पड़ा हो। मैंने दूर तक देखा। ज़मीन ऊबड़-खाबड़। लड़की निढाल। थकी-टूटी बदहाल। उसकी कमीज़ कई जगह से फटी हुई। भीतर से गोरी, कोमल त्वचा नज़र आती हुई। मैंने अपने आपको धिक्कार-सा दिया। ऐसी हालत में भी मैं उसके वक्ष की गोरी त्वचा को देखने से नहीं चूका।

दूर झाड़ी में अटका हुआ दुपट्टा। मैंने उसे दुपट्टा लाकर दिया तो उसने ख़ुद पर लपेट लिया। मैं उसके लिए पराया हूँ। दुपट्टा उसका अपना है।

"कुछ और सामान था आपका?" मैंने मुलायम स्वर में पूछा है। ऐसा स्वर जो बनावटी ज़्यादा नज़र आता है। उसने मुझे जवाब नहीं दिया। वो जवाब दे भी क्यों? एक अजनबी को उत्तर...जो ख़ुद किसी प्रश्न की तरह है।

उसकी नजरें भटक रही हैं। और वो ख़ुद? वो ख़ुद भी किसी भटकी हुई आत्मा जैसी नज़र आती है। वो चलने लगती है तो ऐसी दृष्टिहीन दीवार जैसी दिखाई देती है, गिर जाना जिसके भविष्यफल में लिखा हो। वो!...चलती। काँपती। बेतरतीब-सी आवाज़ निकालती। डगमगाती। बार-बार सजल आँखों को पोंछती। गिरने से पेशतर अपने आपको सँभालती हुई-सी।

"अटैचीकेस और पर्स।" उसने कहा है। मुझे नहीं जैसे किसी अन्य से कह रही हो। मैं मन ही मन सोच रहा हूँ—अटैचीकैस, बैग और पर्स! यानी, यह लड़की कहीं बाहर से आई है। बाहर, किसी शहर से आई अपरिचित लड़की का मैट्रोसिटी ने कैसा ख़ैरमक़दम किया है—जीवन-मृत्यु के बीच अटका हुआ कोई क्षण प्रतीत होती है।

कमर के पीछे बैग लटकाए, हाथ में अटैचीकेस थामे, अपने घर से निकली होगी यह लड़की। मुस्कराती हुई। खिलखिलाती। किसी नदी के आवेग जैसी। किसी सपने जैसी। प्रभात के जागरण जैसी। उम्मीदों का गुलदस्ता लिये, चुनौतियों से टकराने का हौसला। नये संसार को खुली आँखों से देखने का निश्चय। और एक कल्पना अपनी किसी ऐसी सृष्टि की, जिसमें स्त्रियों के आकाश में कोई सुराख करनेवाला न हो...

मुझे लगता है वो जॉब ढूँढ़ने आई है। जॉब ढूँढ़ने आई लड़की, अपने आपको ढूँढ़ रही है, फिलहाल!

मैंने उसके विषय में बहुत कुछ सोच लिया है। मैंने उसके विषय में कुछ भी नहीं पूछा। उससे कुछ भी पूछना उससे ज़्यादती होगी। उससे लगेगा मैं सूचनाएँ इकट्ठी करनेवाला कोई संवेदनशून्य चैनल हूँ।

पूछने को तो यह भी पूछा जा सकता है कि कितने लोगों ने उसके साथ दुराचार किया? कितनी बार किया? किस तरह किया? कार में या फिर कहीं और? लेकिन ऐसे प्रश्न पूछते हुए यह लड़की तो हिल ही जाएगी। जिस पृथ्वी पर वो खड़ी है,

वो पृथ्वी भी हिल जाए शायद! ऐसे प्रश्न पूछते हुए क्या मेरी आत्मा को कुछ नहीं होगा? ऐसे प्रश्न पूछकर अपमानित हो चुकी लड़की को मैं और अधिक अपमानित नहीं करना चाहता।

अचानक उसकी नज़र सफेद सलवार पर चली गयी है। खून की लकीरें। ख़ून के धब्बे देखकर वो व्याकुल हो उठी है। कोई अजीब-सी आवाज़ निकली है जो किसी भाषा में नहीं। किसी शब्द में भी नहीं। दुख कातर आवाज़ें इसी किस्म की होती हैं—अकेली। असहाय। घायल और भयभीत!

वो मुझे नहीं देखना चाहती। वो यह भी नहीं चाहती कि मैं उसकी सलवार की तरफ देखूँ।

अटैचीकेस दूर पड़ा था। मैं उठा लाया हूँ। बैग लटकाकर, अटैचीकेस को एक हाथ में थामकर मैंने दूसरा हाथ लड़की की तरफ़ बढ़ाया है। मेरा आगे बढ़ा हाथ हवा में रह गया है। फिर लौट आया है। मैं आहिस्ता आहिस्ता चल पड़ा हूँ। लड़की पीछे-पीछे आ रही है—गिरती पड़ती, सशंकित!

एक सफेद काग़ज़ का टुकड़ा नज़र आया है। मैंने रुककर उसे उठाया है। शायद इस लड़की का हो। कोई अडरेस या फोन नम्बर लिखा हो। फोल्ड किए गये उस काग़ज़ के टुकड़े को मैंने खोलकर पढ़ा है। स्तब्ध रह गया हूँ, स्तब्ध और जड़! एक पल के लिए चेतनाशून्य। अगले पल आक्रोश से भरा मैं।

काग़ज़ के टुकड़े पर सिर्फ़ दो शब्द लिखे हैं—'वी इंजायड' दो शब्द किसी स्लोगन की तरह हैं। सभ्य समाज के मुँह पर थूकते। किसी कलंक की तरह। किसी अन्य के दुख को पिकनिक में बदलते शब्द! शब्दों के पीछे छुपी दुर्भावना। हिंसा में मनोरंजन। दुष्कर्म में सुख।

मैंने कार का पिछला दरवाज़ा खोला है और युवती ने अपने-आपको पिछली सीट पर फैंक-सा दिया है। एक मरती हुई जीवित देह! जिसमें इतनी शक्ति नहीं कि पूछे मैं उसे कहाँ लिये जा रहा हूँ।

मैंने ड्राइविंग सीट पर बैठकर कार स्टार्ट की है। आवाज़ सुनकर वो उठ बैठी है। भौंचक-सी नज़र आ रही है—डरी हुई हिरणी जैसी!

मैं कार ड्राइव कर रहा हूँ। वो पिछली सीट पर बैठी है। बैठी शब्द सुविधा से भरपूर है। वो बैठी नहीं, पड़ी है किसी गठरी की तरह।...पता नहीं वो क्या सोच रही है। लेकिन ऐसा है कुछ ज़रूर, जिसे वो नहीं कह पा रही।

शब्दों की यही तो सीमा है। उन्हें कहने के लिए होंठों से उच्चरित करना पड़ता है और अगर होंठ तमाम कोशिशों के बाद ज़रा भी न हिलें, तब?

हो सकता है उसे प्यास लगी हो। हो सकता है वो दर्द से बेचैन हो। यह भी हो सकता है कि उसके पेट में मरोड़ उठ रहे हों। यह भी सम्भव है कि...। इस

बात को सोचते हुए मैं अपने भीतर संकोचग्रस्त हो गया हूँ कि...कि कहीं कोई ज़ख़्म न हो गया हो। कहीं?...यह भी हो सकता है कि उसे लघुशंका के लिए जाना हो और वो कह न पा रही हो या फिर उसे वहीं-कहीं जलन हो रही हो।

हो सकता है वो कुछ और सोच रही हो। रात के हादसे के बारे में। उस क्रूरता के बारे में...उस दरिन्दगी के बारे में, जिसने मन, आत्मा और देह को छीलकर रख दिया।

पता नहीं वो किस अन्तर्द्वन्द्व में घिरी है। पता नहीं वो कौन है, कहाँ से आई है? यह भी पता नहीं उसे जाना कहाँ था? मैं भी कितना बेवकूफ़ हूँ। उसे कार में बिठा चुका हूँ और नहीं जानता कि उसे कहाँ ले जाना है?

वो कुछ बोलती नहीं। इतनी ज़्यादा चुप और उस चुप में कोई तड़प-सी।

उसने बस इतना किया है कि अपना एक हाथ मेरी सीट के पास रख दिया है। जैसे वो अपनी बात हाथों के ज़रिये, कह देना चाहती हो।...कार में बैठना उसे अच्छा नहीं लग रहा। वो संशय में है कि मैं अखेटक हूँ। इसके बावजूद वो कार में चुपचाप बैठी है। बेशक उसकी चुप में हाहाकार है। लेकिन वो चुप है। इसके अतिरिक्त वो कर भी क्या सकती है।

''हम पुलिस स्टेशन चल रहे हैं?'' मैंने उसे कह दिया है। एक शुष्क-सी घोषणा।

''नहींऽऽऽ।'' एक कराहती हुई-सी आवाज़ निकली है उसके कंठ से।

पुलिस स्टेशन का नाम सुनकर वो डर गयी है। जैसे उसे एक जंगल से उठाकर किसी दूसरे जंगल में रख आने की तैयारी हो मेरी।

सीट पर रखा उसका हाथ काँपता हुआ महसूस हो रहा है मुझे। कोई मछली रेत पर रख दी गयी हो जैसे।

''प्लीज़...ट्राई टू अंडर स्टैंड। रिपोर्ट दर्ज करवाना ज़रूरी है।'' मेरा लहज़ा शुष्क है। मैं कार चला रहा हूँ। धौला कुआँ पुलिस स्टेशन के पास मैंने कार रोक दी है। कार में बैठे हम दोनों अपनी अपनी दुविधा में घिरे हैं। वो क्या सोच रही है मैं नहीं जानता। मैं क्या सोच रहा हूँ? रिपोर्ट लिखवाने के बारे में। एक दृश्य मेरे सामने उपस्थित है—दरोगा। सिपाही। रजिस्टर। मेज़ और प्रश्न और जड़ता और अमानवीयता।...वो इस लड़की की ख़राब हालत को और ज़्यादा ख़राब करेंगे। ऐसे ऐसे सवाल कि जीते जी इस लड़की का पोस्टमार्टम हो जाएगा। यह भी सम्भव है कि वो इस लड़की को चरित्रहीन साबित कर दें। या फिर रिपोर्ट ही न दर्ज करें।

पुलिस स्टेशन जाने से वो लड़की डर रही है। मैं घबरा रहा हूँ। हमारे देश की आज़ादी का यह कैसा चेहरा है कि हम उनसे डरने लगे हैं, जिनके ज़िम्मे हमारी सुरक्षा सौंपी गयी।

मैंने उसे पलटकर देखा है। वो सहमकर, इनकार में सिर हिला रही है।

मैं उसे देख रहा हूँ। एक बेहद मासूम-सी लड़की। जैसे प्रार्थना कर रही हो। उसकी याचना के आगे मैं हार गया हूँ। मैंने पुलिस स्टेशन जाने का विचार त्याग दिया है। बेशक यह निर्णय गलत है।

लेकिन मैं उसे कहाँ ले जा रहा हूँ? क्या अपने फ़्लैट में? किसलिये? युवती का अवसाद कम करने के लिए। लेकिन क्यों?...कौन हूँ मैं? डॉक्टर या समाजसेवी? क्या भूमिका है मेरी?...एक युवती को अपने घर में रख लूँ। कितने सारे सवाल उठ खड़े होंगे। हमारा समाज प्रश्नों के नेज़े उछालता है। और कुछ नहीं करता। मैं समाज को सफाई दूँगा कि मैं एक यौन उत्पीड़ित लड़की के प्रति संवेदनशील हो गया। लेकिन लोग मेरी संवेदना को शक की नज़र से देखेंगे। मेरा मख़ौल उड़ाएँगे। मेरी संवेदना पर राख डालते हुए, यौन इच्छाओं को ढूँढ़ निकालेंगे।

पवित्रता एक ढोंग है, बेशक! लेकिन एक स्त्री क्या हर वक़्त, हर समय, देह होती है। सिर्फ़ देह! वो चाहे कितनी तकलीफ़ में हो तब भी, देह।

लड़की पहले पिछली सीट पर बैठी थी। उसका एक हाथ, ड्राइविंग सीट के पास था। मेरी पीठ के पास। वो चुप थी। लेकिन उसका हाथ कुछ कहना चाहता था। उसका हाथ शायद उसकी वेदना को व्यक्त कर रहा हो। काँपता हुआ हाथ जैसे काँपते हुए संकेतों की अभिव्यक्ति हो। उसके हाथ की बेचैन, मैली, मिट्टी में धँसी और व्याकुल उंगलियाँ, शब्दों की सृष्टि से बाहर आकर, अपनी कसमसाहट में, अपनी तड़प को बयान कर रही हों।

कार की पिछली सीट पर बैठी एक रेपशुदा युवती का अवसाद मैं महसूस कर रहा हूँ। वो कभी-कभी बेतरतीब, व्याकुलता से भरी आवाज़ निकालती है। उसकी आवाज़ों में बेबसी की उड़ती हुई चिन्दियाँ हैं। वो ख़ुद मनहूस रात की एक ऐसी आत्मकथा है जिसका क़िस्सागो कोई और नहीं, उसका अपना दुख है।

अचानक मुझे कुछ ध्यान आया है। यह लड़की दुख और संकोच और शारीरिक आघात के कारण कुछ भी नहीं बोल रही। हो सकता है इसे प्यास लगी हो। कहीं डिहाइड्रेशन से इसकी मौत न हो जाए।

मैंने तत्काल गाड़ी रोक दी है। हमेशा मेरे पास पानी की बोतल रखी रहती है। आज मेरे पास पानी की बोतल नहीं है। मुझे अफसोस हुआ है अपने आप पर। इतनी सारी सीडी, एमपीथ्री लेकिन पानी की बोतल मेरे पास नहीं।

मैं कार से उतरा हूँ कि वो घबरा गयी है।

वो हर बात पर घबरा जाती है। उसका संशय बढ़ जाता है। मैंने उसे आश्वस्त करने की कोशिश की है कि मैं पानी की बोतल लेकर अभी आ जाऊँगा।

मैं जानता हूँ इस बीच यह लड़की उतरकर कहीं नहीं जाएगी। जो कार की

सीट पर ठीक से बैठ नहीं पा रही, वो कार से उतरकर कहाँ जाएगी।

पानी की बोतल और डिस्पोज़ेबल ग्लास लेकर मैं बहुत तेज़ी के साथ कार की तरफ़ आया हूँ। मैंने प्लास्टिक के डिस्पोज़ेबल गिलास में पानी भरकर लड़की की तरफ हाथ बढ़ाया है। वो इतनी ज़्यादा डरी हुई है कि पानी का गिलास लेते हुए भी डर रही है। उसने इनकार में सिर हिलाया है। एक कराहती हुई-सी 'नहीं' उसके सूखे गले से बहुत मुश्किल से निकली है। 'नहीं' कहते हुए उसे बहुत श्रम करना पड़ा है। उसकी आँखों में पानी उभर आया है। वो हाँफने लगी है।

मैंने पानी का गिलास उसके हाथ में देने की कोशिश की है। उसका हाथ बेतहाशा काँपने लगा है। गिलास छलछलाया है और एक ही पल में पूरा गिलास उस पर लुड़क गया है। वो फिर डर गयी है। उसकी कमीज़, दुपट्टा और सलवार तक भीग गये हैं।

मैंने झटपट डैश बोर्ड से तौलिया निकाला है। उसके आगे रख दिया है। उसने तौलिये को ज़रा-सा देखा है। फिर, किसी अपराधी की तरह मुझे देखकर उसने कुछ कहने की कोशिश की है। शब्द निकले नहीं उसके कंठ से। उसका गला ज़ख़्मी हो चुका है।

मेरे देखते ही देखते वो निढाल-सी गिर पड़ी है कार की पिछली सीट पर। मैं कार के बाहर खड़ा हूँ। पिछली सीट का दरवाज़ा खोलकर। अजीब बात है, इस लड़की का अवसाद मुझ पर हावी होने लगा है। मैंने पानी की बोतल को पटरी पर उछाल दिया है, जबकि मुझे प्यास लगी थी।

लड़की की तरह मैं हाँफ तो नहीं रहा लेकिन कुछ असामान्य हो रहा है मुझमें भी।

ड्राइविंग सीट पर बैठकर मैंने कार स्टार्ट की है। लड़की के गले से अजीब-सी, बेतरतीब-सी आवाज़ निकली है। उसके अन्दर की बेचैन आत्मा रह रहकर व्याकुलता से भर जाती है।

कार चलाते हुए मैं सोच रहा हूँ कि मैंने जीवन में कभी सोचा ही नहीं था कि ऐसा भी घटित होगा मेरे साथ, कि मेरी कार की पिछली सीट पर कोई दुष्कर्म पीड़ित लड़की निढाल-सी पड़ी होगी।

पहली बार ऐसा हुआ है कि मैं ड्राइव कर रहा हूँ और मुझे ख़ुद पता नहीं कि मैं कहाँ जा रहा हूँ। मैं कशमकश में घिरा हुआ हूँ। पिछली सीट पर पड़ी लड़की की हालत इतनी नाजुक है कि उसे कुछ हो गया तो? कुछ हो गया मतलब? लड़की मर गयी तो?

मेरे भीतर का मेट्रोमैन मुझे समझानेवाले अन्दाज़ में, मेरे कानों, में किसी दानिशमन्द की तरह कह रहा है—मिस्टर राजन! दिल्ली में इस साल छह सौ चालीस

रेप केस रजिस्टर हुए और हक़ीकत यह भी है कि इससे ज़्यादा रेप की घटनाएँ घटीं, लेकिन केस दर्ज ही नहीं कराया गया। यह केस। इतनी सारी घटनाओं में एक घटना का और इज़ाफ़ा। बस इतना ही। टेक इट लाइटली। बेवजह इमोशनल होने की कोई ज़रूरत नहीं। मिस्टर राजन! लड़की से उसके शहर का पता पूछो। बिठा दो उस शहर की बस में। रख दो उसका सामान उसकी बगल में। दिस इज़ मोर देन सफ़ीशेंट। और ज़्यादा जज़्बाती होने का क्या लाभ है?

लाभ? मैंने इस शब्द को चबाया है। सड़े हुए माँस के टुकड़े की तरह। मैंने अपने भीतर के काठ हो चुके मैट्रोमैन से पूछा है—ज़िन्दगी क्या प्रॉफ़ेट एंड लॉस का सवाल होती है?

जवाब नदारद है। मैं जानता हूँ ज़िन्दगी प्रॉफेट एंड लॉस का सवाल होती तो न बुल्लेशाह पैदा होते न अनहलक़। न शाह हुसैन पैदा होते न वारिसशाह!

ज़िन्दगी और कुछ हो या न हो, ज़िन्दगी जोगियों के उस डेरे की तरह तो होती ही है जहाँ विश्वास की धूनी का जलते रहना अनिवार्य होता है।

मेरे फ़्लैट में ईश्वर की कोई तस्वीर नहीं। ईश्वर की कोई तस्वीर होती भी होगी, मुझे नहीं पता। मैं जब ध्यान में होता हूँ तो कोई अदृश्य-सा ईश्वर मेरी बन्द आँखों के सामने खड़ा हो जाता है। वो इतना अदृश्य होता है कि मेरी बन्द आँखें उसे देख लेती हैं। मैं उसी ईश्वर के आगे अपनी तमाम प्रार्थनाएँ रख रहा हूँ। मेरी आँखें अपने आप सजल हो गयी हैं। ईश्वर के पास ख़ाली हाथ और भरी आँखों के साथ खड़ा हूँ मैं। ईश्वर से सिर्फ़ एक गुज़ारिश करता हुआ कि हे ईश्वर! इस विपदा की मारी लड़की को बचा लो।

मेरे घर में सिर्फ़ गणेश जी हैं। पीतल के छोटे से गणेश जी। जिनकी सूँड निकली हुई, पेट बढ़ा हुआ—फिर भी बहुत आकर्षक लगते हैं मुझे गणेश जी। मैंने मन ही मन उनसे भी विनीत स्वर में प्रार्थना की है कि इस लड़की की साँस टूटने मत देना।

मैंने अपने भीतर के तार्किक, सयाने नागरिक को डाँटकर चुप करा दिया है। मेरा दिमाग़ चकित है। मेरा दिल ख़ुश है। मैं दिल की बात मान रहा हूँ। मैं जानता हूँ, दिल जो निर्णय लेता है, ज़मानासाज़ों की नज़र में वो ग़लत होते हैं।

लेकिन क्या यह सच नहीं कि यह संसार दो तरह के लोगों का है। एक वो जो दिमाग़ से काम लेते हैं और दूसरे दिल से काम लेनेवाले।

यह भी तो दिल की बात है—लड़की के दिल की बात कि पुलिस स्टेशन में इस घटना की रिपोर्ट दर्ज नहीं कराई।

"आप निश्चिन्त रहें, हम पुलिस स्टेशन नहीं जा रहे।" मैंने कहा है।

"तो?" आवाज़ दर्द के जंगल से उभरी है।

"मैं आपको आपके घर छोड़ने चल रहा हूँ।" मैंने कहा।

"कहाँ?" वो चौंक पड़ी है। इस चौंकने में भी भय की खरोचें हैं।

यह लड़की अपने सामान के साथ अपने घर से आई है। घर छोड़कर, भागकर या फिर किसी और काम से। अभी, इस लड़की से ऐसे सवाल-जवाब करना ग़ैरज़रूरी है।

मैं चुप हो गया हूँ। उसे अशान्त नहीं करना चाहता मैं। मेरी कोई भी बात उसे अस्थिर और अशान्त कर सकती है। लेकिन मेरे मन में एक ख़्याल उभरा है। पुलिस स्टेशन तो नहीं ले जा सका उसे। मेडिकल ट्रीटमेंट इसके लिए बहुत ज़रूरी है। तन और मन दोनों पर आघात पहुँचा है। वो जितने शॉकिंग पीरियड से गुज़र रही है, कहीं ब्रेन हेमरेज न हो जाए।

मधुबन चौक के पास आस्था नर्सिंग होम की पार्किंग में मैंने कार पार्क की है। लड़की फिर सहम गयी है। मैंने कार का पिछला दरवाज़ा खोलकर उसे बड़ी आत्मीयता के साथ कहा है, "एक बार चैकअप करा लेते हैं। कोई मामूली-सा एंटीबायटिक्स या कोई पेनकिलर...।"

"चैकअप?" सिहर गयी है वो।

"थर्मामीटर से टेम्परेचर, बी.पी. तथा स्टेथोस्कोप से हार्ट बीट!" मैंने उसे आश्वस्त किया है।

कार से उतरना उसके लिए किसी यातना से कम नहीं। वो वहीं पार्किंग में ढह पड़ी है। मैंने झटपट व्हील चेयर खींची और लड़की को उसमें बिठाकर वेटिंग हॉल के बेंच पर बिठाकर कुछ पल खड़ा रहा।

उसने बड़े दुखभरे लहजे में मुझे देखा। कहा कुछ नहीं। लेकिन उसका अव्यक्त यही है कि वो अपार कष्ट में है।

मैं जानता हूँ, उससे बैठा नहीं जा रहा। वो अकेली, निरीह, अवसादग्रस्त लड़की, संसार की हर चीज़ से कट जाना चाहती है—शायद अपने आपसे भी।

मैं उसे बिठाकर कहीं भी नहीं जाना चाहता लेकिन मुझे रिसेप्शन तक तो जाना ही है।

मैं नर्सिंग होम के रिसेप्शन पर खड़ा हूँ। मैं उस लड़की को वेटिंग हॉल में बिठा आया हूँ। बिलकुल सामने। खड़ा मैं रिसेप्शन के पास हूँ लेकिन हर पल लड़की को देख रहा हूँ। मुझे समझ नहीं आ रहा कि किससे मिलूँ? क्या कहूँ? किस विभाग में जाऊँ? किस डॉक्टर के पास फ़ीज़िशियन... गायनी या मनोचिकित्सक!

रिसेप्शन पर खड़ा नौजवान स्मार्ट है। वो अट्ठाईस-तीस का होगा। उसने काले रंग का सूट पहन रखा है। जैसे होटल के मैनेजर होते हैं। वो अस्पताल का मैनेजर है या कुछ और! पता नहीं। उसके साथ, उसकी तरह एक स्मार्ट लड़की भी

खड़ी है। उसने साड़ी पहन रखी है। ऊपर सफेद कोट!...दोनों स्मार्टजन, क्लाइंटों से (यानी मरीज़ों से) संक्षिप्त-सी जानकारी लेते हैं। मुस्कराते हैं। मरीज कैंसर का हो या फिर अस्थिरोग का, वो दोनों मुस्कराते हैं। मरीज़ पहले से ज़्यादा उदास हो जाते हैं।

मैंने अभी-अभी उस लड़की को देखा है—व्याकुल, उद्विग्न और उक्ताई हुई। एक मुरझाई हुई देह, जो किसी शिकारगाथा की तरह दिखाई देती है।

गुणीजन कह गये हैं कि आत्मा के ऊपर जो देह है, वो केवल आवरण है। आवरण जो मिथ्या है। लेकिन क्या यह सच नहीं जो मिथ्या है, वही समाज का सबसे बड़ा सच है। इसी देह के लिए हम जीते-मरते हैं। इसी देह के लिए जीवनभर संघर्ष करते हैं। यही देह आकर्षण है। गर्व है। यही देह प्रेम है। मोह है। यही देह उन्माद, यही देह दुख। यही देह, पाँच तत्त्वों की देह। जीवन के वैभव और उत्सव का कथानक बनती!

"सर, मे आई हैल्प यू?" सूटधारी स्मार्ट युवक ने मुझसे पूछा है।

"आप थोड़ा पास आइए।" काउंटर के उस पार खड़े स्मार्ट नौजवान को मैंने कहा है। इस वाक्य ने उसके मन में सन्देह पैदा कर दिया है। वो थोड़ा सशंकित-सा मेरे करीब आ गया है। वो मुझे देख रहा है और सोच रहा है कि मैं अभी कोई भेद की बात उसे बताऊँगा।

"देखिए...बात ये है कि आज सुबह गुड़गाँव से आते हुए..."

"हूँ?" मेरे वाक्य को बीच में काटते हुए उसने 'हूँ' इस तरह की है जैसे वो बहुत उत्सुक हो और बहुत जल्दी में भी।

"मुझे एक लड़की पड़ी दिखाई दी।" मैंने झटपट अपनी बात पूरी की है और मैं चाहता हूँ वो तुरन्त मुझे किसी डॉक्टर के नाम पर्ची बनवा दे।

"दिस इज नॉट पुलिस स्टेशन।" उसके स्वर में व्यंग्य है।

"मैं जानता हूँ। और मैं यह भी जानता हूँ कि मैं पुलिस स्टेशन में नहीं, नर्सिंग होम में आया हूँ।" मेरा लहजा सख़्त है।

मेरी सख़्त आवाज़ सुनकर वो थोड़ा विनम्र हो गया है। "डेड और अलाइव?" उसने पूछा है। निस्संगता के साथ।

"अलाइव।" मैंने जवाब दिया है।

"रेप केस?" पूछते हुए वो ज़रा-सा मुस्कराया है। गोया किसी युवती के साथ किया गया दुष्कर्म, सांस्कृतिक कार्यक्रम हो।

"शायद।" मैंने धीरे से कहा है, "हो सकता है आपका अनुमान ठीक हो।"

"और आपका?" फिर से मुस्कान के साथ पूछा गया प्रश्न।

"मेरा भी यही विचार है।" मैं बात को ख़त्म करना चाहता हूँ।

"रिपोर्ट दर्ज कराई है आपने पुलिस स्टेशन में?"...इसके बाद हम कार्रवाई करेंगे। उसका लहजा प्रोफेशनल है।

"कार्रवाई या ट्रीटमेंट?" मेरी आवाज़ सख़्त हो गयी है।

नर्सिंग होम का मैनेजर या पी आर ओ या कुछ और...बहुत अच्छी पोशाक पहनकर खड़ा है। लेकिन उसकी भाषा वस्त्रहीन हो जैसे...नंगी और गंदी।

"अफकोर्स ट्रीटमेंट।" उसने मुझे देखते हुए कहा है। कोई फोन सुना है। फोन अपने साथ खड़ी लड़की को थमाते हुए उसने स्पष्ट किया है, "हम मीडिया को बुलाएँगे। डोंट वरी। लड़की का फेस, फेड ऑफ कर देंगे। वो अपनी आवाज़ में आपबीती सुनाएगी।"

"मीडिया...आपबीती?" मैं चौंक-सा गया हूँ।

"येस सर!...मीडिया!" उसका लहजा सपाट है।

"आप ऐसे कह रहे हैं जैसे लड़की स्वर्ण पदक जीतकर आई हो और उसे मीडिया के सामने बड़े गर्व के साथ अपना बयान देना हो।" इस बार मैंने उसका मख़ौल उड़ाया है—उसकी संवेदनशून्यता का।

"ट्राई टू अंडरस्टैंड। इन अवर टाइम...मीडिया जो है, कॉमन मैन की वॉयस बन चुका है। सिस्टम के बन्द डोर को मीडिया खोलता है।"

"इनफ़ैक्ट, मीडिया भी सिस्टम का हिस्सा बन चुका है।" मेरी आवाज़ में तल्ख़ी है। मैंने दाँत पीसते हुए उसे देखा है।

"क्या कह रहे हैं आप?...आपका कंसैप्ट क्लीयर नहीं है।"

"टू हैल विद कंसैप्ट।" मैं थोड़ा लाउड हो गया हूँ। मुझे लगता है मैं गलत जगह पर आ गया हूँ। गलत जगह या फिर ग़लत आदमी। मैं किसलिये आया हूँ—यह प्रश्न जैसे खो गया हो। सामने खड़ा स्मार्ट नौजवान किसी चैनल का एंकर हो जैसे। वो मीडिया पर बहस कर सकता है। पीड़ित स्त्री के प्रति उसके मन में कोई भाव नहीं।

मीडिया की निस्संगता मुझे अचानक याद आ गयी है। पटियाला की राजीव परांठा यूनियन का प्रधान—गोपाल किशन। जिसने सिस्टम के विरोध में आत्मदाह कर लिया। चैनलों की कैमरा टीमें उसे जलता हुआ देखती रहीं। 'लाइव दृश्य' कैमरे में क़ैद होते रहे। वो जलता रहा। कैमरे चलते रहे। वो तड़पता-भागता रहा। कैमरे चलते रहे।...फूलमालाएँ भाषण...पेट्रोल-सब सामान उपस्थित।...एक जलता हुआ आदमी कैमरे में। ऐतिहासिक क्षण। मीडिया कर्मी उसे बचाते नहीं जलता हुआ कवर करते हैं।

"सर, क्या सोच रहे हैं?" उसने मेरा ध्यान अपनी ओर आकर्षित करने की कोशिश की है।

मैं सचमुच कहीं खो गया था।

"कुछ नहीं...कुछ नहीं सोच रहा। मैंने गहरी साँस लेते हुए कहा है। मैं अब यहाँ से निकल जाने का सोच रहा हूँ।"

"सर, क्या मैं पेशेंट से...आई मीन विक्टम से मिल सकता हूँ?" उसके चेहरे पर उत्सुकता का भाव है। उसकी जिज्ञासा को मैं समझ सकता हूँ। वो शायद देखना चाहता है कि दुष्कर्म के बाद स्त्री का चेहरा कैसा हो जाता है...देह कैसी...आवाज़ कैसी...चाल कैसी...और...?

अचानक मेरा ध्यान वेटिंग हॉल की ओर गया है। मैंने मुड़कर देखा है। लड़की पसमान्दा हालत में बैठी है। मेरे मन में अपने प्रति ग्लानि का भाव पैदा हुआ है। मैंने वक़्त तो बहुत ज़्यादा ख़र्च किया है। नतीजा कुछ भी नहीं निकला।

"सर, रिपोर्ट लिखवा दीजिए। यह मानकर चलिए कि गुंडे पकड़े नहीं जाएँगे।...कई बार पुलिस तीर-तुक्के मारती हुई भी निशाने पर जा पहुँचती है।...सर, आपको याद होगा वो मर्डर केस? सर, पुलिस ने कैसे मर्डर मिस्ट्री को सॉल्व किया?...फॉरेन लेडी के किलर तक कैसे पहुँची पुलिस? सर, किलर को टोपियाँ पहनने का शौक था। वो एटीएम में पैसा निकालवाने गया। सिर पर टोपी। एटीएम में उसका फोटो आ गया। पुलिस टोपी के ज़रिए उस तक पहुँची।...सर, मैं यह कहना चाहता हूँ कि क्रिमिनल को सज़ा मिलनी चाहिए।"

"विल यू प्लीज़ शटअॅप।" मैंने तल्ख़ी के साथ कहा है। वो मेरे चेहरे की सख़्ती को देखकर घबरा गया है।

क्या करूँ क्या न करूँ की उधेड़बुन में मैंने रिसेप्शन काउंटर छोड़ दिया है।

लड़की ने मुझे देखा है, जैसे वो मेरी क़ैद में हो और मुझे किसी याचक की नज़र से देख रही हो। मैं जानता हूँ वो अपने आपको किसी अदृश्य ज़ंज़ीर में जकड़ा हुआ महसूस कर रही है। मुक्त होना चाहती है। लेकिन मुक्ति किससे...मुझसे या फिर अपने आपसे? या अपनी देह से...जिसका होना उसके सन्ताप का कारण है।

मैं उसके सामने किसी अपराधी-सा खड़ा हूँ। ये क्षण किसी चट्टान जैसे हैं—सख़्त। टलते नहीं। हिलते भी नहीं। मैंने धीमी-सी आवाज़ में उसे चलने के लिए कहा है। गहरी साँस ली है मैंने। मुझे अपने आप पर ग़ुस्सा आ रहा है और लड़की पर तरस!

वो उठने का प्रयास कर रही है। उठते हुए कराह रही है। वो कराहना नहीं चाहती, इसके बावजूद उसे इतना कष्ट है कि वो कराह रही है। मैं उसे उठाने की कोशिश कर रहा हूँ। लेकिन जड़ हो गया हूँ, वहीं का वहीं।

एक लेडी डॉक्टर हमारे सामने आकर खड़ी हो गयी है। पूछा है उसने, "क्या प्रॉब्लम है इनको?"

एक हमदर्द स्वर। राहत देता हुआ।

लेडी डॉक्टर ने लड़की को देखा है, फिर मुझे।

"प्रॉब्लम?" मैं शब्दों के बयाबाँ में खो गया हूँ। क्या कहूँ? कैसे कहूँ।

"मैं पूछ रही हूँ क्या तकलीफ़ है इन्हें?" डॉक्टर ने बड़ी शालीनता से अपना प्रश्न दोहराया है।

"मैडम! कल रात...कुछ गुंडों ने...।" मैं फिर अटक गया हूँ। मैंने लड़की की तरफ़ देखा है। वो सिर झुकाए बैठी है।

लेडी डॉक्टर समझदार है और संवेदनशील भी। वो समझ गयी है, प्रॉब्लम क्या है।

लेडी डॉक्टर ने लड़की की तरफ़ देखा है। लड़की सर झुकाए बैठी है। पूरा शरीर किसी बोझ की तरह है जिसे वो ढो रही है। वो बहुत देर से बैठी है। हर पल उसके लिए बेचैनी से भरा है। अपनी बेचैनी वो किसी को बता भी नहीं सकती। सर झुकाकर बैठना उसके बीमार होने के अलावा, बेबसी का भी वक़्तव्य है।

डॉक्टर लड़की को कुछ देर तक देखती रही है। फिर उसने तुरन्त कहा है, "प्लीज़ हरिअप! जल्दी से मेरे रूम में आओ।"

वो अपने रूम में चली गयी है। मैंने लड़की को सहारा देकर उठाया है। वो पहले से ज़्यादा बुरी अवस्था में है। मैंने दीवार के साथ पड़ी व्हील चेयर को खींचा है। लड़की को उसपर बिठाकर, लेडी डॉक्टर के रूम में ले आया हूँ।

बहुत बड़ा कमरा है। बीच में पार्टीशन है। कर्टन से रूम के दो हिस्से कर दिए गये हैं। कमरे में डॉक्टर की टेबल, चेयर, रैक, किताबें, वॉश बेसिन, एक छोटी-सी अलमारी (दवाइयों, इंजेक्शन—जिसे डॉक्टर ने खोला तो मुझे पता चला) और डॉक्टरी इक्वीपमेंट!

कमरा बहुत साफ़-सुथरा है। ज़रूर यह डॉक्टर कंसलटैंट होगी और सीनियर डॉक्टर!

डॉक्टर ने फीस जमा कराने के लिए कुछ भी नहीं कहा। नर्सिंग होम के प्राइवेट ओपीडी में फीस पहले से जमा करा दी जाती है। डॉक्टर फीस की पर्ची देखकर ट्रीटमेंट शुरू करते हैं।

लेकिन लेडी डॉक्टर ने कुछ भी नहीं कहा। सिर्फ़ एक प्रश्न पूछा है, "इनको कुछ दिया है?"

"नहीं।"

लेडी डॉक्टर तुरन्त उठ खड़ी हुई है। उसने अलमारी खोलकर इलैक्ट्रॉल का

एक पैकेट निकाला है।

पानी की बोतल जो वो अपने घर से लाई होगी। उसमें से एक गिलास पानी लेकर, इलैक्ट्रॉल मिलाकर लड़की के सामने मेज़ पर रखकर कहा है, "इसे रुक-रुककर पी लीजिए।"

लड़की ने पहली बार, चकितभाव से डॉक्टर को देखा है। एक हाथ से गिलास उठाने की कोशिश की है, लेकिन गिलास उठाया नहीं गया। उसने दोनों हाथों से गिलास उठाया है। दोनों हाथ काँप रहे हैं। गिलास भी काँप रहा है। काँप तो मैं भी रहा हूँ, कहीं गिलास की पकड़ इस लड़की के हाथ से ढीली पड़ी तो गिलास इसके हाथ से छूटकर गिर जाएगा। और तो कुछ नहीं होगा। डॉक्टर ग़ुस्से में आकर हम दोनों को अपने कमरे से बाहर कर देगी।

लड़की आधा गिलास पी चुकी है। वो हाँफने लगी है। डॉक्टर तत्काल अपनी कुर्सी से उठी है। लड़की के हाथ से गिलास लेकर उसने मेज़ पर रख दिया है। "बाद में पी लेना।" डॉक्टर ने कहा है। वो फिर अपनी कुर्सी पर बैठ गयी है।

वेटिंग रूम से लेकर यहाँ तक, डॉक्टर की पल-पल की गतिविधि को देखकर मैं चकित हूँ।

कमरे की एक दीवार पर छोटी-सी इबारत लिखी है। मैं पढ़ रहा हूँ। बैठे-बैठे कई बार पढ़ चुका हूँ—"मैं इसलिये आस्थावान हूँ कि मेरी आस्था मनुष्यता में है।"

कमरे में ख़ामोशी है। हम तीन हैं। फिर भी ख़ामोशी है। ख़ामोशी जो डराती नहीं, सान्त्वना देती है।

मोबाइल की घंटी बजी है। उसने कहा है, "प्रकाश, बाद में बात करेंगे।" फोन डिस्कनैक्ट कर दिया है। इतनी संक्षिप्त बात के बाद। डॉक्टर ने मोबाइल स्विच ऑफ करके मेज़ पर रख दिया है।

डॉक्टर ज़हीन है और बेहद संवेदनशील भी। उसने ऐसा वातावरण निर्मित किया है कि लड़की उसपर भरोसा करे।

"आप जाकर बेड पर लेट जाइए।" डॉक्टर ने लड़की से कहा है।

मैंने लड़की को सहारा देकर उठाया है। वो बेड पर है, वो ऐसे ही बिस्तर पर पसर गयी है। एक गठरी-सी बिस्तर पर।

मैं कुछ पल उसे देखता रहा, फिर वापिस डॉक्टर के पास, टेबल के सामनेवाली कुर्सी पर बैठ गया हूँ।

और कोई डॉक्टर होता तो अब तक दवाइयों की फहेरिस्त मेरे हाथ में थमाकर अपने ज़रूरी कामों में जुट गया होता। लेकिन लेडी डॉक्टर चुपचाप बैठी है। पता नहीं क्या सोच रही है।

''आपने पुलिस स्टेशन में रिपोर्ट दर्ज कराई है?'' डॉक्टर ने पूछा है।

''जी?...जी नहीं।''

''नहीं?'' उसने चौंककर पूछा है।

''नहीं।''

''रिपोर्ट दर्ज कराना ज़रूरी होता है।''

''जी।'' मैंने इतना भर कहा है। फिर रुककर मैंने स्पष्टीकरण-सा देते हुए कहा है, ''लड़की की हालत ऐसी थी कि अगर रिपोर्ट दर्ज कराने के लिए रुकता तो क्या पता ये मर जाती।''

मैं चुप हो गया हूँ।

डॉक्टर भी चुप है। और बिस्तर पर लेटी लड़की भी चुप!

''आपने इनको कहाँ देखा?'' डॉक्टर ने पूछा है।

''एयरपोर्ट की बाउंडरी वॉल के साथ जो सड़क द्वारका की तरफ़ जा रही है, वहाँ उप्पल आर्केड है। उप्पल आर्केड से कुछ पहले ख़ाली ज़मीन है, झाड़ियाँ और घास है, लड़की वहाँ पड़ी थी।

''आप वहाँ क्या करने गये थे?'' डॉक्टर के प्रश्न में संशय-सा छुपा है। लेकिन डॉक्टर का प्रश्न वाजबी है।

''मैं रात को अपने एक दोस्त के घर रुका। सुबह पाँच बजे दोस्त के घर से निकला। मैं बहुत स्लो ड्राइव कर रहा था। लिंक रोड पर जाते हुए दूर झाड़ियों में कोई आकृति नज़र आई। पास जाकर देखा तो यह लड़की थी।

मैं अपनी बात कहकर चुप हो गया हूँ। इस बीच डॉक्टर लड़की का बीपी चैक कर चुकी है। थर्मामीटर लगा चुकी है। एक स्लिप पर उसने फीवर और बीपी नोट किए हैं। डॉक्टर ने कहा है, ''हंडरेड फीवर है। बीपी लो है।''

डॉक्टर कर्टन के उस पार लड़की का मुआयना कर रही है। जाँच करते हुए डॉक्टर चुप है और वो लड़की भी चुप है। कुछ-कुछ शब्द सुनाई देते हैं। जीभ दिखाइए। आ आ की आवाज़ निकालिए। पीठ दिखाइए। ब्रेस्ट!...सलवार थोड़ा नीचे।

फिर एक प्रश्न सुनाई दिया है डॉक्टर का, ''हाऊ मैनी पर्सन?''

''थ्री।'' लड़की का उत्तर सुनाई दिया है।

लेडी डाक्टर जाँच कर चुकी है। वॉश बेसिन से हाथ धो रही है। उसने दो बार लिक्विड साबुन से हाथ धोए हैं। हाथ साफ कर चुकने के बाद सेनिटाइज़र से हाथ थोड़े से रगड़े हैं।

डॉक्टर फिर अपनी चेयर पर आकर बैठ गयी है। वो दुविधा में नज़र आ रही है। पता नहीं क्या सोच रही है?

''लिसन! विदाउट एफ आईआर कोई भी डॉक्टर इस लड़की को मेडिकल ट्रीटमेंट नहीं देगा। मैं कर रही हूँ सब। बिकॉज़...लड़की को तत्काल ट्रीटमेंट की ज़रूरत है। टाइम बहुत इम्पार्टेंट फ़ेक्टर होता है।'' डॉक्टर ने अपना विचलन दूर किया है।

''एंटीबायटिक्स और पेन किलर का इंजेक्शन दे रही हूँ।'' डॉक्टर ने कहा है। सिप्लोफ्लाक्सासिन और पेन किलर का इंजेक्शन देकर फिर चेयर पर बैठ गयी है। लेकिन एक पल बैठने के बाद फिर उठ खड़ी हुई है। स्टेथोस्कोप उठाकर फिर लड़की के पास चली गयी है। हार्ट बीट जाँचने गयी होगी या ब्रीदिंग...रेस्पीरेशन के लिए।

डॉक्टर लौट आई है। उसने धीमे से बताया है, ''लड़की की सलवार ख़राब हो चुकी है।''

''ब्लड के धब्बे और...।'' मैं कहते-कहते रुक गया हूँ।

''लड़की ने 'शिट' भी किया है।''

''मतलब पोटी?''

''हाँ।''

''ओह!''

''बहुत ज़्यादा डर और मेंटल स्ट्रैस में ऐसा हो जाता है।'' डॉक्टर ने कहा है।

डॉक्टर ने मेडिसन लिखने के लिए नर्सिंग होम की ओपीडी स्लिप उठाई है। फिर रख दी है। फिर सादा काग़ज़ उसने अपने सामने रखा है। दवाइयाँ लिखते-लिखते रुक-सी गयी है। डॉक्टर ने सीधा-सा सवाल किया है,'' इस लड़की के घर के बारे में कुछ पता है आपको?''

''नहीं।''

''तो इसे आप कहाँ ले जाएँगे...बस टर्मिनल या रेलवे स्टेशन?''

मैंने कोई जवाब नहीं दिया।

डॉक्टर एकटक मुझे देख रही है। यह देखना मामूली देखना नहीं। इस देखने में सवालों का तीखापन है।

''इसे मैं अपने फ़्लैट पर ले जाऊँगा।''

''गुड!'' डॉक्टर ने कहा है। फिर तीखा-सा सवाल, ''कौन-कौन है आपके घर में?''

''मैं अकेला हूँ।''

''अकेला?''

''जी डॉक्टर! अपने फ़्लैट में मैं अकेला।''

"आप यंग हैं और एक यंग गर्ल को अपने फ़्लैट में किसलिये ले जा रहे हैं?"

लेडी डॉक्टर का प्रश्न मुझे नश्तर की तरह चुभा है। लेकिन मैंने अपने आपको सँभालते हुए, बहुत शालीनता से कहा है, "यक़ीन मानिए डॉक्टर। मेरा अपना कोई स्वार्थ नहीं।"

"तो क्या है?"

"मैं बता नहीं सकता।"

"सम सीक्रेट?" डॉक्टर की आवाज़ में तंज़ है।

"सच बताऊँ डॉक्टर। मेरा एक उद्‌देश्य है।"

"उद्‌देश्य?...कौन-सा उद्‌देश्य?" डॉक्टर पूछ रही हैं।

मैं एक ख़स्ताहाल-सी चुप लेकर बैठा हूँ। क्या बताऊँ कि मेरा क्या उद्‌देश्य है। क्या बताऊँ कि मैं क्यों लड़की को लिये-लिये फिर रहा हूँ।

"डॉक्टर! उसे अपने घर में रखूँ ऐसा मेरा कोई उद्‌देश्य नहीं है। लेकिन यह लड़की कुछ बता नहीं रही। जिस दिन यह लड़की अपने घर का पता, शहर का नाम बताएगी, मैं इसे छोड़ आऊँगा...दो-तीन दिन के भीतर।"

डॉक्टर मुझे देख रही है। अविश्वास और विश्वास की पतली-सी राह के बीच में खड़ी डॉक्टर।

मैंने जेब से अपना विज़िटिंग कार्ड निकालकर डॉक्टर की मेज़ पर रखते हुए कहा है, "मैंने उच्च शिक्षा प्राप्त की है। मैं मैनेजर पद पर काम कर रहा हूँ। मेरे लिये बहुत आसान है इस लड़की को बस अड्डे या रेलवे स्टेशन छोड़कर आना। वहाँ इस लड़की के साथ फिर वही कुछ होगा जो पिछली रात को हुआ।"

"वैरी गुड।" डॉक्टर ने कहा है।

"मेरी इतनी-सी सद्‌भावना है कि ये कुछ ठीक हो और अपने घर चली जाए। पता नहीं क्यों इसके प्रति मेरे मन में हमदर्दी-सी पैदा होने लगती है।"

डॉक्टर थोड़ा-सा मुस्कराई है।

"डॉक्टर! यह समय ही ऐसा है कि कोई किसी पर विश्वास नहीं करता। मैं जानता हूँ आप भी मुझपर विश्वास नहीं कर रहीं।" मेरे शब्द टूट-टूटकर गिरते चले गये हैं। मैं बिखर-सा गया हूँ। और एकदम सन्नाटे की ज़द में हूँ।

"लेकिन मैं आप पर विश्वास कर रही हूँ।" डॉक्टर ने कहा है। वो थोड़ा-सा मुस्कराई है। मुझे देखते हुए वो कह रही है, "सुबह साढ़े पाँच बजे से अब तक आप जिस लड़की के लिए परेशान हो रहे हैं, वो आपकी कुछ भी नहीं लगती। लेकिन आपने एक रिलेशन क्रिएट किया है—आस्था और विश्वास का रिलेशन। आपके इस रिलेशन को अभी तक और कोई नहीं जानता। मै जानती हूँ। आप एक कम्पलीट जेंटिलमैन हैं। मैं आप पर भरोसा करती हूँ और विश्वास भी।"

मैं डॉक्टर को आभार व्यक्त करती नज़रों से देख रहा हूँ।

लेडी डॉक्टर बोल रही हैं, "यह लड़की हर जगह असुरक्षित है। अगर वो सुरक्षित है तो आपके फ़्लैट में।"

"थैंक्यू डॉक्टर।" मैंने कहा है।

"वन थिंग मोर! आपने इस लड़की को जीवन दिया है।"

"मैंने?"

"आपने। ये लड़की जिस कंडीशन में है, ज़्यादा देर तक सर्वाइव न कर पाती।...आप बड़े इनसान हैं।"

"मैं मामूली-सा नागरिक हूँ डॉक्टर। आप बड़ी शख़्सियत हैं।" मैंने मन से यह बात कही है।

डॉक्टर ने मेरी मेज़ पर रखे हाथ पर अपना हाथ रखा है। मेरे हाथ को थपथपाते हुए कहा है, "मुझे खुशी है कि इस शहर में बहुत सारे अच्छे लोग हैं।"

"लड़की का नाम?" डॉक्टर ने दवाइयाँ लिखने से पहले पूछा है।

"जी, मुझे नहीं मालूम।"

"मिस्टर राजन।" लेडी डॉक्टर ने विज़िटिंग कार्ड से नाम देखते हुए कहा है, "आपकी तरह आपका नाम भी अच्छा है।"

मैं हल्के-से मुस्कराया हूँ।

डॉक्टर थोड़ा संजीदा होकर कह रही है, "अब इस लड़की का ठीक होना या न होना आप पर निर्भर करता है।"

"डॉक्टर मैं पूरा ध्यान रखूँगा। वैसे भी एक-दो दिन की बात है। फिर ये लड़की अपने घर चली जाएगी। या फिर मैं इसे छोड़ आऊँगा।"

"लिसन। इतना आसान नहीं जितना आप सोच रहे हैं। बहुत सारी दिक्कतें आएँगी। ये जो चुपचाप नज़र आ रही है। यह इस लड़की के डिप्रेशन का आरम्भ नज़र आता है।"

"जी।"

मिस्टर राजन! आप इसे घर में रख रहे हैं तो एक डॉक्टर, एक नर्स, एक फ्रैंड और गारजियन—सबकी भूमिका में आप होंगे।"

"जी।"

"रेप एक तरह का इनह्यूमन एक्शन है। इसमें हिंसा ही हिंसा होती है। यह एक ऐसा हादसा होता है जिसका गवाह और कोई नहीं होता। विडम्बना यह है कि गवाह वो ख़ुद औरत होती है, जिसके साथ घिनौना और अमानवीय काम किया जाता है।" डॉक्टर चुप हो गयी है।

कुछ पल बाद वो फिर मुझे बता रही है, "इस हिंसक एक्शन में डिस्ट्रक्शन

बहुत होती है। रेप करनेवाला आदमी ख़ुद को ताकतवर समझ रहा होता है। औरत एक निवाला होती है—एक मादा। औरत हर पल अपने भीतर से टूट रही होती है। लिसन राजन! यह लड़की भी अपने भीतर से बहुत टूट फूट चुकी है। आप इसकी हर मूमेंट को वॉच करना। मेडिसन रेगुलरली देना। मैं लिखकर दे रही हूँ।''

मैं बेहद कृतज्ञ दृष्टि से डॉक्टर को देख रहा हूँ। वो दवाइयाँ लिखती है मुझे समझाती है—सेफ्टम फाइव हंडरेड एंटीबायटिक्स है। एक और एंटीबायटिक्स ओफ्लाक्सासिन फाइव हंड्रेड।—फर्स्टवन फाइव डेज़...सेकेंड वन थ्री डेज़।... क्रोसिन...। देन, रेबीफास्ट डी एस आर...ख़ाली पेट। इस लड़की को ऐसिडीटी की प्रॉब्लम आ सकती है, यह उसके लिए है। इसके बाद दूसरी तरह की मेडिसन एंटी डिप्रेसेंट...रेसीटा टेन...पन्द्रह दिन फिर रेसीटा फाइव...एलप्रैक्स फाइव मिलीग्राम...टेन डेज़ सोब्रियम टेबलेट रात को...नींद के लिए।''

''थैंक्यू डॉक्टर!''

इस लड़की को अकेला बिल्कुल नहीं छोड़ना कुछ दिन। बहुत कुछ बिखर चुका है। लिसन राजन! थोड़ा पेशेंस से काम लेना। जीवन की लय धीरे-धीरे लौट आएगी।''

''डॉक्टर! आपका मैं दिल से आभार व्यक्त करता हूँ।''

''ओ.के.! पानी ज़्यादा। आई मीन लिक्विड! नींद करती रहे कोई बात नहीं।''

फिर डॉक्टर ने अपना मोबाइल नम्बर लिखकर दवाइयोंवाली पर्ची मुझे देते हुए कहा है, ''कोई प्रॉब्लम हो तो फोन करूँ।'' मैंने नाम देखा है डॉक्टर का डॉक्टर फ़रीदा। ''थैंक्यू डॉक्टर फ़रीदा।'' मैंने कहा है।

वो कार की पिछली सीट पर बैठी है। ऐसे बैठी है जैसे रख दी गयी हो। मैंने उसे कार से उतारा तो वो उतर गयी। बिठाया तो बैठ गयी। नर्सिंग होम में चलने के लिए कहा तो चल पड़ी। बड़ी विवश दृष्टि से देखती रही। जैसे कह रही हो—मैं बहुत कष्ट में हूँ। लेकिन उसने कहा कुछ भी नहीं। हो सकता है अपने घर में वो बहुत बोलती हो। बोलती हो और हँसती हो। लेकिन अब उसके सारे वक्तव्य कहीं खो गये हैं वो इतनी ज़्यादा थक गयी है कि अगर बोलेगी तो और ज़्यादा थक जाएगी।

दुख किसे कहते हैं, उसके एक रूप को मैंने आज देखा है। दुख इस लड़की की आँखों में है, किसी धुएँ की तरह रिसता हुआ...किसी गीले बुरादे की तरह सुलगता हुआ। वो इतने बड़े हादसे से गुज़री है। वो अपने घर में होती तो किसी अपने का हाथ, सांत्वनाओं से भरे स्पर्श के साथ उसके कन्धे पर होता।...विडम्बना

कि वो एक अपरिचित की कार में है—नमक की तरह घुलती हुई। मोम की तरह पिघलती हुई।

वो फ़्लैट में जाने का सुनकर चौंक गयी थी। लेकिन उसने यह नहीं बताया था कि उसे जाना कहाँ है? अपने फ़्लैट में ले जाने के अतिरिक्त जो विकल्प हैं, बड़े निस्संगता से भरे हैं। न मैं इस लड़की को इस पसमांदा हालत में बस अड्डे छोड़ने का सोच सकता हूँ न रेलवे स्टेशन के मुसाफ़िरख़ाने में।...यकीनन, यह लड़की बचेगी नहीं। घोर अवसाद में घिरकर पागल हो जाएगी या फिर आत्महत्या कर लेगी।

समझ नहीं आ रहा कि मैं उसके साथ क्या बोलूँ? चुप बैठा रहूँ तो अजनबीयत और ज़्यादा गहरी होने लगती है। लड़की के मन का संशय और ज़्यादा गाड़ा...किसी कीचड़ जैसा गाड़ा।

अजीब मंज़र है। मेरे पास शब्दों का ख़ज़ाना है। लेकिन सारे शब्द कमज़ोर और व्यर्थ! एक भी ऐसा शब्द नहीं जिसे मैं बोलूँ और लड़की को सकून मिले। एक वक़्त ऐसा आता है, जब हमारे पास शब्दकोश होता है फिर भी हम निशब्द होते हैं। हमारे पास सारे शब्द बाज़ार की प्रयोगशालाओं से ढलकर, चालाक अर्थ के साथ आए हैं।

ऐसा कोई भी शब्द बोलूँ भी तो वो लड़की तक जाते-जाते, बेअसर हो जाएगा। लेकिन कार के भीतर इतनी चुप परेशान करनेवाली है। म्यूज़िक सिस्टम पर कोई भी सूफ़ियाना रचना एक सेहतमन्द इनसान को अपने साथ हाल (ध्यान) की अवस्था में ले जा सकती है। लेकिन इस लड़की को, जिसकी साँस की लय तक बेसुरी हो चुकी है, बाहर का संगीत क्या ख़ाक अच्छा लगेगा?

कार के भीतर चुप है। बाहर शोर। आवाज़ें। आवाज़ों का लश्कर। आवाज़ों का जलूस। कार के भीतर चुप। एक स्त्री की वेदना का मार्मिक सन्नाटा।

"यह रोहिणी है। हम सैक्टर नौ से जा रहे हैं। सैक्टर पन्द्रह में मेरा फ़्लैट है।" मैंने कमैंट्री-सी दी है। लेकिन लड़की ने कोई प्रतिक्रिया व्यक्त नहीं की। मैं सैक्टर नौ से गुज़रूँ या अवन्तिका से, लड़की को इससे क्या?

कैसी अजब विडम्बना है। जो लड़की मुझपर शक कर रही है उसी को मैं अपना अतिथि बनाऊँगा। वो शक करेगी और मैं तीमारदारी।

दायीं तरफ मैट्रो के पिलर हैं। ऊपर से मैट्रो गुज़र रही हैं, बेआवाज़। या बहुत कम आवाज़। यह शहर यानी यानी मैट्रो। बायीं तरफ़ बाज़ार। रेस्तराँ। कपड़े, जूते, खिलौने और मिठाइयों की दूकानें। बाज़ार अपने वैभव के साथ मौजूद है। कस्टमर अपनी भरी हुई जेबों के साथ। यही, वैभव बहुत बड़ा छल है। मरीचिका। सैराब। खुशियों के पीछे बेतहाशा भागते हुए लोग। ख़ाली हाथ, अपने अपने पछतावों के साथ लौटते हुए। मैट्रो-नागरिक अपने-अपने सुख से ऊबे हुए। अपने-अपने दुख से

भयभीत।

यह महानगर जितना वैभवशाली है, उतना उदास। उदास भीतर से। बाहर से चहल-पहल। खुशियों के जलसे। जाम से जाम टकराते। चीयर्ज़ का यक्षगान। कहकहों के फूटते अनार।

हर मैट्रोमैन भागता हुआ। एक ऐसी रेस जिसका अन्त कब होगा, पता नहीं। सब रेस के घोड़े। दौड़ते हुए। यह शहर दौड़ता रहता है। फ़्लाई ओवरों का शहर। फ़्लाई ओवरों के ऊपर रोशनी का सैलाब। फ़्लाई ओवरों के नीचे भिखारियों की डरावनी बस्तियाँ। आँखों में नींद के ज़ख़्मी जहाज़!

सब तेज़ रफ़्तार दौड़ रहे हैं। कारों से लेकर ऑटो और आर.टी.वी. तक! दौड़ते हुए शहर में दौड़ना,कोई हुनर नहीं, मजबूरी है।

हॉर्न बजाती हुई कारें आगे निकल जाती हैं। कोई नहीं जानता मेरी कार की पिछली सीट पर एक ऐसी लड़की बैठी है जो रात को अपना बहुत कुछ खो चुकी है। जो ऐसी हिंसा की शिकार हुई है, जिससे देह घायल होती है और आत्मा रक्तरंजित!

अचानक एक लक्ज़री लम्बी कारवाले ने हार्न बजाना शुरू किया है। वो निरन्तर हार्न बजा रहा है। लगता है, हॉर्न बजाने की कोई प्रतियोगिता है, जिसमें उसने अव्वल आना है। लगता है, वो तब तक हॉर्न बजाता रहेगा जब तक हमारे कान के पर्दे न फट जाएँ। या जब तक, इस शहर की बची खुची ख़ामोशी, पूरी तरह टूट के गिर न जाए।

ओह! यह बात मुझे बाद में समझ आई कि मैं थोड़ा बीच में आ गया था। मेरी मारुति स्विफ्ट के पीछे बी.एम.डब्ल्यू.। कार के भीतर बैठा नवधनाढय नौजवान ग़ुस्से में आ गया था। उसका ग़ुस्सा वाजबी था। इस धैर्यहीन शहर में ग़ुस्से में सब रहते हैं। वो भी ग़ुस्से में है। अभी कुछ दिन पहले रेस्तराँ में एक बंदे ने पापड़ माँगा। वेटर ने पापड़ देने में देर कर दी। बन्दे ने रिवॉल्वर निकाला। किचन में जाकर फायर किए। दो इनसान ढेर हो गये। बिलकुल इसी तर्ज पर एक कारवाले ने जब दूसरी कार को साइड नहीं दी तो पिछली कारवाले ने ओवर टेक करके कार रुकवाई। कहा कुछ नहीं। रिवॉल्वर से फायर किया। काम तमाम!

मैंने तुरन्त साइड दी है। बी.एम. डब्ल्यू. वाला मेरे पास से गुज़रा है। बहुत सारी गालियाँ देता हुआ। 'टू हैल विद' मैंने मन ही मन कहा है। लेकिन इस बीच कार की पिछली सीट पर बैठी शिकस्ताहाल लड़की बेतहाशा डर गयी है।

अकेले फ़्लैट में अकेला मैं। कभी अकेलेपन से दोस्ती तो कभी मुठभेड़। कभी लैपटॉप पर घंटों आफ़िस का काम करता हुआ तो कभी म्यूज़िक सिस्टम पर सीडी लगाकर

शिवकुमार शर्मा का सन्तूर सुनता हुआ। गुंदेचा भाइयों का ध्रुपद या फिर उस्ताद ज़ाकिर हुसैन साहब का सितार!...नुसरत फतेह अली की सूफ़ियाना कव्वालियाँ—सांसों की माला ये सिमरूँ मैं...पी का नाम...।

मैं कुछ-कुछ आत्मकेन्द्रित। कुछ कुछ स्नॉब। कुछ कुछ चिन्तक। कुछ-कुछ लापरवाह। कभी अपने साथ जिरह तो कभी ख़ामोशी के साथ तक़रार। कभी सतर्कता हावी तो कभी फ़कीरी।

मैं, जिसे ज़्यादा दोस्त बनाने में रूचि नहीं। ऐसा नहीं कि मैं सड़ियल-कड़ियल हूँ। बहुत दोस्त हैं। पर, क्या वो सचमुच के दोस्त हैं या फिर पार्टी के फ्रेंड्स! क्लीग और पार्टनर!...कई बार मुझे ऐसा लगता है। हमारा समय, दोस्त—समय नहीं है। मैं जिससे मिलता हूँ, वही दोस्तहीन दिखाई देता है। भरी जेबोंवाले दोस्तहीन लोग भी कई बार दरिद्र और दयनीय नज़र आने लगते हैं। पता नहीं, मित्रता व्यर्थ हो गयी है या फिर मित्रता के लिए समय नहीं बचा। गणित की मार हर शय पर पड़ी है। मित्रता पर भी। शायद इसलिये हर शख़्स ने एक बाउंडरीवॉल खींच रखी है। हर कोई अपनी-अपनी लक्ष्मण रेखा के उस पार खड़ा, नितान्त अकेला दिखाई देता है।

मैं, बेबाक और प्रसन्नचित नज़र आनेवाला सत्ताइस साल का नौजवान, कई बार आकाश को छूने की कोशिश कर चुका हूँ। वो हाथ कभी नहीं आया। और मैं हारा कभी नहीं। तनाव?...प्रसन्नता के बीच तनाव? तनाव हमारे समय का ज़रूरी तत्त्व है। तनाव कई बार इस बात का भी होता है कि जिनसे हम अन्तरंग हैं, वो अन्तरंगता कहीं प्रपंच तो नहीं?

मैं भी अजीब तरह का इनसान हूँ। कार में पिछली सीट पर बैठी लड़की का जैसे मुझे ध्यान ही न रहा हो। मैं कहाँ का कहाँ जा पहुँचा।

अब मैं अपने अपार्टमेंट्स के करीब पहुँच गया हूँ। पार्किंग इमारतों के नीचे होती है। जहाँ रोशनी के भीतर अन्धेरा भी छुपकर बैठा होता है। बेसमेंट को देखकर मुझे हमेशा यही लगता है कि ज़िन्दगी भी एक तलघर है—अन्धेरे में उजाला और उजाले में अन्धेरे की सरसराहट!

मैंने कार को लिफ़्ट के पास पार्क किया है ताकि ज़्यादा न चलना पड़े। मैंने आँखें मूँदकर प्रार्थना की है—हे ईश्वर! मुझे इतना धैर्य और सामर्थ्य देना कि यह डरी हुई युवती मुझपर विश्वास कर सके। मुझे इतना आत्मिक बल भी देना कि अकेले घर में इस असहाय लड़की को देखकर मैं कमज़ोर और कामातुर मनुष्य न हो जाऊँ...।

कार की पिछली सीट का दरवाज़ा खोलकर मैंने इसे किसी मित्र की तरह देखा है और किसी मित्र की तरह कहा है, "आइए।"

वो अब भी कार की पिछली सीट पर बैठी है—सशंकित!

वो सोच रही होगी, यात्रा कहाँ से शुरू की और उस यात्रा का अन्त किसी अपरिचित के फ़्लैट में।

वो मुझे कातर दृष्टि से देख रही है। दुविधाओं और आशंकाओं में धँसी हुई वो। मुझपर विश्वास करे तो कैसे? लेकिन फिलहाल विश्वास करना उसकी मजबूरी है। मैं जानता हूँ यह विश्वास करना नहीं, विश्वास का बोझ ढोना है। मैं कार का दरवाज़ा खोलकर ज़्यादा देर तक खड़ा नहीं रह सकता और वो सारी उम्र कार के भीतर बैठकर नहीं गुज़ार सकती।

मैंने उसका सामान उठाया है। वो भयभीत-सी कार से बाहर निकली है। हम लिफ़्ट तक आए हैं। मैं अभी अपने फ्लोर...सेवेंथ फ्लोर में पहुँच जाऊँगा—फ़्लैट नम्बर सात सौ दस में।

पूरे अपार्टमेंट में बेशुमार लोग रहते हैं। कोई किसी का अन्तरंग नहीं। कभी कभार 'हैलो' जैसा मरगिल्ला-सा शब्द उछलता है—अजनबीयत में लिथड़ा हुआ। बस। और कुछ भी नहीं। कोई किसी को ग़ौर से नहीं देखता। सब कनखियों से देखते हैं। हम एक दूसरे से बेतकल्लुफ़ नहीं हो पाए। इसलिये किसी से न याराना न फ़क्कड़पन। ऐसे सम्बन्ध, बर्फ की सिल्लियों जैसे। जो अक्सर 'फॉरमेलीटीज़' और तकल्लुफ़ के कोल्ड स्टोरेज में पड़े पड़े दम तोड़ देते हैं।

यहाँ लोग किसी की प्राइवेसी में दख़ल नहीं देते। लेकिन संशय के 'की-होल' सबके पास हैं। उस पार देखने के लिए। यही मैट्रोसिटी का आदाब है। लहजा है। तहज़ीब है और इक्वेशन भी।

वो शायद मेरे फ़्लैट को देख रही है। मुझे ऐसा गुमान हुआ है। लेकिन नहीं। वो फ़्लैट को नहीं देख रही। वो कुछ भी नहीं देख रही। वो देखने के बावजूद कुछ नहीं देख रही। पता नहीं, वो कहाँ देख रही है? एक भटकी हुई लड़की की भटकी हुई नज़र। कई बार कमरे में कोई तितली आ जाए तो उसे पता नहीं होता वो कहाँ बैठे। कमरे का भूगोल, उसके बगीचे के वातावरण से बिलकुल भिन्न होता है। वो भटकती रहती है। युवा लड़की की दृष्टि भटक रही है। शक किसी सुराख़ की तरह है। उसकी नज़र उस सुराख जैसी हो गयी है।

विश्वास अगर लफ़्ज़ों से पैदा किया जा सकता तो मैं डिक्शनरी खोलता और सारे ख़ूबसूरत शब्द उसके सामने बिछा देता। लेकिन लफ़्ज़ों की अपनी सीमा है। उन्हें ज़्यादा तराशा जाए तो वो बनावटी नज़र आने लगते हैं।

वो मुझे निरीह भाव से देख रही है। जैसे कि मेमना देखता है कसाई को। परिन्दा देखता है बहेलिए को। मछली देखती है मछेरे को—किसी याचक की तरह!

वो मुझे देख रही है शरणागत की तरह! उसने स्पष्ट रूप से एक बार भी नहीं कहा कि वो वापिस अपने घर जाना चाहती है। कहाँ है उसका घर, उसने यह भी

नहीं बताया।

वो एक ऐसी कश्ती है जिसमें न नाविक है न चप्पू। वो समन्दर के हवाले है। समन्दर पर वो विश्वास करे भी तो कैसे?

वो सोफे पर बैठी है। सोफे से अपनी पीठ टिकाकर नहीं। थोड़ा आगे होकर। जैसे कि उसे उठकर अभी चल देना हो। उसे कहीं नहीं जाना। लेकिन वो यहाँ रहना भी नहीं चाहती। रहने और न रहने के बीच की अवस्था किसी कील पर टंगे कलैंडर जैसी है—फड़फड़ाता हुआ कलैंडर!

मैं उसके सामने सोफे पर आ बैठा हूँ। वो नर्वस हो गयी है। मैंने विनम्र लहज़े में कहा है, ''घबराइए नहीं। आप यहाँ सुरक्षित हैं।''

जो लड़की अपना स्त्रीत्व खो चुकी है। उसे सुरक्षा का आश्वासन देना क्या फ़ब्ती जैसा नहीं होगा? शायद हो। लेकिन मैं क्या करूँ? मैं बात करना चाहता हूँ। लेकिन बात के सिरे को कहाँ से पकड़ूँ? उसका ख़ामोशी की बर्फ अगर न टूटी तो यक़ीनन वो ख़ुद टूट जाएगी। उसका बिल्कुल न बोलना। अवसाद के काले समन्दर में डूबने जैसा है।

मैंने पानी में बहुत सारा गुलूकोज़ मिलाकर उसके सामने मेज पर रखते हुए कहा है, ''इसे पी लीजिए। मैं अभी चाय बनाता हूँ।''

उसे प्यास लगी है। एक बार उसने मुझे देखा है। गहरी काली आँखें। वेदना से भरी। चेहरा सुन्दर लेकिन उदास। हाथ लम्बे, पतले सुन्दर लेकिन काँपते हुए से।...उसने एक हाथ से गिलास उठाने की कोशिश की है। गिलास उठाया नहीं गया। दोनों हाथों से गिलास उठाकर, आधा गिलास पानी पीकर, मेज़ पर रख दिया है गिलास। एक खट्ट की आवाज़ आई है।

बैठे-बैठे उसकी आँखें छलक पड़ी हैं। कुछ याद आ गया हो जैसे। शायद रात की घटना। आतंक। हिंसा। उत्पीड़न। उसकी आँखें नम हैं। शायद वो किसी अच्छे दिन की तलाश में भटक रही है। सिसकती हुई-सी वो। दबी जुबान में सिसकती हुई।

मुझे समझ नहीं आ रहा कि मैं उसे कैसे चुप कराऊँ?

अचानक फोन की घंटी बज उठी है! मेरा ध्यान भंग हुआ है। सामने बैठी उदास लड़की का भी।...मुझे फ़ोन का ख़्याल ही नहीं रहा। वरना रिसीवर हटा देता। फ़ोन मैनेजर पर्सनल का है। उसने बताया है कि मंडे की मीटिंग फिक्स हो गयी है। उधर से एक सूचना। इधर, मेरी तरफ से एक शब्द—ओ.के.!

अचानक एक थकी हुई-सी आवाज़ उभरी है, ''मैं यहाँ क्यों हूँ?''...मुझे कहीं

छोड़ क्यों नहीं आते?''

इतना लम्बा वाक्य वो पहली बार बोली है। इतना लम्बा वाक्य बोलते हुए वो हाँफ गयी है। उसके शब्द सफ़र करते करते गिर पड़े हैं। आवाज़ किसी फड़फड़ाते परिन्दे जैसी।

''छोड़ आता हूँ। लेकिन कहाँ?'' मैंने उससे सवाल किया है। उसने कोई जवाब नहीं दिया। जैसे वो मेरे सवाल से पराजित हो गयी हो।

वो मेरे सामने सोफे पर बैठी है। मेज़ पर अटैचीकेस, बैग वगैरा रखे हैं।

उससे बैठा नहीं जा रहा। सोफे की हत्थी पर अपना सर टिका दिया है उसने।

मैं उसे देख रहा हूँ। वो संसार की सबसे दुखी लड़की नज़र आ रही है।

उसने सोफे की हत्थी से अपना सर उठाया है। पता नहीं क्या सोचने लगी है।

अचानक मुझे अपने आप पर क्रोध आया है। कितना नासमझ हूँ मैं। मैंने झटपट जाकर टॉयलेट का दरवाज़ा खोला है। लाइट ऑन की है।

बहुत आहिस्ता से कहा है, ''मैडम, वॉशरूम सामने है।''

कुछ देर बैठे रहने के बाद वो उठने का प्रयास करने लगी है। लड़खड़ाई है। उसे चक्कर-सा आया है सोफे की पुश्त पकड़कर बैठ गयी है।

मुझे ध्यान आया है। इसकी सलवार और कमीज़ ख़राब हो चुके हैं। सलवार में तो...। मैं भागकर अपने कमरे की तरफ़ गया हूँ। अलमारी खोलकर लेडीज़ सूट निकाला है। पिछले साल मेरा एक दोस्त बैंगलोर से आया था, अपनी पत्नी के साथ। जाती दफ़ा वो अपना सूट भूल गयी।

मैंने सूट उसे दिखाते हुए कहा है, ''यह सूट बदल दीजिए।''

मेरी स्थिति विचित्र है—किसी तमाशाई जैसी। मेरा बस चलता तो उसकी पीठ थपथपाता। उसे सहारा देकर बॉथरूम तक ले जाता। लेकिन मैं किसी संगमरमर के तराशे गये बुत्त की तरह खड़ा हूँ।

सोफे से बॉथरूम तक का सफ़र वो ऐसे तय कर रही है, जैसे कोई बीहड़ पार कर रही हो। उसका चलना सामान्य नहीं। एक ऐसी स्त्री जो तन-मन के कई सारे घाव छुपाकर चल रही है।

वो बहुत देर से बॉथरूम में है, बॉथरूम-कम-टॉयलेट! पहले मैं सोच रहा था कि वो निवृत हो रही होगी। उसके बाद मुँह हाथ धोएगी। फ्रेश होकर दो-चार मिनट में बाहर आ जायेगी। लेकिन वो बॉथरूम में है। बीस-पच्चीस मिनट हो चुके हैं। मैं हजारों शंकाओं में घिर गया हूँ। क्या कर रही होगी? क्या पता उसे लूज़मोशन हो गये हों। शायद। शायद ऐसा न हो। शायद वो नहा रही हो। या फिर?...मैं ख़राब बात सोचकर सहम गया हूँ। कहीं ऐसा तो नहीं कि उसने पानी के भरे टब में

अपने आपको डुबो दिया हो? या फिर गीज़र की तार अपने हाथ में लेकर...करंट से मर गयी हो। या फिर उसने मिरर बॉक्स में रखे ब्लेड उठाकर अपने शरीर की नसें काट दी हों...।

मैं ज़िन्दगी में पहली बार इतना ज़्यादा बदहवास हुआ हूँ। कुछ का कुछ सोचता हुआ। इतना विचलित जैसे पैरों में मैंने बवंडर बाँध रखे हों। जो न मुझे खड़ा होने देते हों न बैठने!

क्या करूँ? बॉथरूम के दरवाज़े पर दस्तक दूँ? कितना इनडीसेंट होगा? कितना अशिष्ट।

फिर भी एक बार ज़रा-सा नॉक किया है मैंने। बिलकुल जरा-सा। जैसे मैंने नॉक न किया हो, कोई अपराध किया हो। मैंने दूसरी बार नॉक करने से पहले अपने हाथ को खींच लिया है। सोफे पर आ बैठा हूँ। बैठा नहीं गया। उठ खड़ा हुआ हूँ।

करीब तीस या पैंतीस मिनट बाद वो बॉथरूम से बाहर निकली है। थैंक्स गॉड! मैंने उसे देखकर राहत की साँस ली है। मैं सचमुच घबरा गया था। लड़की को देखकर मेरी धड़कन, साँस और मैं ख़ुद नॉर्मल हो रहे हैं।

पता नहीं इतनी देर तक वो बॉथरूम में क्या करती रही होगी—यह प्रश्न मेरे मन में है। लेकिन बहुत सारे प्रश्नों के साथ यह हादसा हो जाता है कि वो उत्तर तक नहीं पहुँचते। कहीं पहले दम तोड़ देते हैं।

मैं उससे सवाल नहीं पूछ सकता। लेकिन मन ही मन सोच तो सकता हूँ। शायद वो बॉथरूम के एकान्त में ख़ूब रोई हो। खुलकर रोना कई बार कितना अच्छा लगता है! तब और भी ज़्यादा, जब हमारे भीतर आत्मदया जैसी शय पैदा हो रही हो। यह भी हो सकता है, उसे रोशनी से डर लगने लगा हो और वो बॉथरूम में लाइट ऑफ करके बैठी रही हो। या फिर उसे रुक-रुककर पेशाब आता रहा हो। जलन होती रही हो। और वो अपने कष्ट को छुपाने के लिए अन्दर बैठी रही हो।

वो हाथ मुँह धोकर बाहर निकली है। उसका चेहरा साफ सुथरा लग रहा है। उसके उज्ज्वल रूप को मैंने पहली बार देखा है। चेहरे पर न गर्द है न मिट्टी। कुछ खरोंचें हैं। खरोचों के बावजूद चेहरा आकर्षक है—बेशक उदास। बेशक तनावग्रस्त!

वो सोफे पर आ बैठी है—बिलकुल उसी जगह जहाँ पहले बैठी थी। एक छोटा-सा कोना। वो इस कोने को शायद अपना समझ रही है। यहाँ आकर बैठी है।

मैंने चाय और बिस्कुट मेज़ पर रखे हैं। उसने इनकार में सिर हिला दिया है। मैंने चाय का कप उठाकर उसे देने की कोशिश की है। उसने न चाहते हुए, चाय का कप मुझसे ले लिया है लेकिन अस्वीकार की मुद्रा में। चाय का कप उसके हाथ में है। शायद वो ताउम्र इसी तरह बैठी रहे चाय के कप को हाथ में लेकर। किसी स्टैचू जैसी।

ऐसा लगता है उसकी भूख मर गयी है। भूख नहीं मरी, इच्छाएँ मर गयी हैं। यह लड़की जो चाय का कप पकड़कर बैठी है। मरी हुई इच्छाओं की छाया प्रतीत होती है।

"प्लीज़ चाय पी लीजिए।" मैंने कहा है। मेरे कहने में अपनापन है। उसने मुझे चौंककर देखा है। दो-चार घूँट चाय के पीए हैं, कुछ ऐसे जैसे कुनैन की कड़वी गोली को मैंने चाय में घोल दिया हो।

"बिस्कुट!" मैंने प्लेट आगे की है। और वो बेबस नज़रों से मुझे देखने लगी है।

इस लड़की को दवाइयाँ देनी हैं—एंटीबायटिक्स पेनकिलर, एंटीडिप्रेसेंट—लेकिन ख़ालीपेट सारी दवाइयाँ कैसे दूँ? अगर स्ट्रिप में से कैपसूल और टैबलेट इसके सामने रख दूँ तो मेरा पक्का यकीन है ये लड़की दवाइयों की तरफ देखेगी भी नहीं।

एक एक पल भारी है इसके लिए और मेरे लिये भी। अच्छा सिर्फ़ इतना हुआ है कि इस लड़की ने अपनी सलवार बदल डाली है। उस सलवार से वो ख़ुद भी परेशान होगी। अजीब तरह की गन्ध! ख़ून के धब्बे। पोटी की बू। ऐसा तो नहीं अब वो नहा-धोकर बैठी हो। लेकिन उस सलवार को उतारकर और मेरे दोस्त की पत्नी की सलवार डालकर, गन्ध मुक्त लग रही है। लेकिन अवसाद की भी एक गन्ध होती है, उससे वो कैसे मुक्त हो?

काश, वो दरिन्दे इस लड़की को देखते—लड़की के इस रूप को। दुख के काले समन्दर में डूबी यह लड़की। जिसे कुछ भी अच्छा नहीं लग रहा। वो एक स्त्री देह-कष्ट भोगती। लेकिन वो दरिन्दे। रातभर इस देह को भोगते रहे। एक का सुख। दूसरे का कितना बड़ा दुख हो जाता है। यह लड़की उस देह को देख रही है, अपनी उस देह को, हज़ार आँखों से देख रही है और हर आँख में आँसू के अतिरिक्त भी बहुत कुछ है।

वो हज़ार आँखों से अपने आपको जिस तरह देख रही है, मैं कहाँ देख सकता हूँ? स्त्री जैसी न विनम्र दृष्टि है मेरे पास, न अनुभूति! मैं बाहर खड़ा एक अजनबी। एक आगन्तुक।

मैं थोड़ी देर के लिए उसे अगर ग़ौर से देखने लगूँ तो मुझे डर-सा लगने लगता है। मुझे अपराध-सा लगता है, एक उत्पीड़ित स्त्री को इतने ग़ौर से देखना। मैं किसलिये उसे ग़ौर से देखूँ? यह प्रश्न मेरे हलक में अटक जाता है।

लड़की कभी दीवारों को देखती है, कभी छत को। कभी, दीवार के पास बड़ी-सी मेज़ पर रखे म्यूज़िक सिस्टम को। कभी खिड़की को जो मेनरोड की तरफ़ खुलती है।

सबसे बड़ी दिक्कत संवाद की है। हम दोनों के बीच संवाद बिलकुल भी

नहीं हो रहा। मैंने बहुत थोड़ी-सी कोशिश की है। शायद कोशिश की भी नहीं। वो इतनी नॉर्मल तो नहीं कि मैं उससे मौसम की बात करूँ। किसी नयी फ़िल्म की बात करूँ। अखबार में छपी किसी 'लीड' पर बात करूँ? अभी ऐसा कोई पुल बना भी नहीं। शायद वो बने या फिर न बने। हो सकता है वो दो-एक दिन में चली जाए यहाँ से।

मैं चाहता हूँ, एक-एक, दो-दो वाक्यों के संवाद होते रहें। वो अपनी चुप में डूबती चली गयी तो उस चुप से बाहर निकलना मुश्किल होगा। अपनी भीतर की चुप, इतनी लम्बी सुरंग की तरह होती है। उसपर चले जाने के रास्ते मिल जाते हैं—वापिसी बहुत मुश्किल!

अभी कुछ दिन पहले मेरे दफ़्तर की क्लीग मेरे घर में आई थी। वो भी मेरे लैवल की ऑफ़िसर थी। इस लिहाज़ से कोई फ़र्क नहीं था। वो आई तो वातावरण इतना संगीन और अटूट चट्टान जैसा बिलकुल भी नहीं था। बेशक! ऑफ़िस में हम दोनों में एक 'अनटोल्ड टस्सल' सी रहती है। हम आपस में चाय कॉफी पीते हैं। ऑफ़िस मैटर भी डिसकस करते हैं। मैटर ही नहीं, सीक्रेट भी डिसकस करते हैं। लेकिन फिर भी एक 'गैप' हमेशा बना रहता है। वो गैप दिखाई कभी नहीं दिया। वो गैप अपने होने की तस्दीक ज़रूर कराता रहा हैं।

फ़्लैट में वो अचानक नहीं आई थी। तय प्रोग्राम के मुताबिक संडे को साढ़े दस बजे। उसके आने से माहौल ख़ुशगवार हो गया था। अपने साथ फूलों का बुके लाई थी। उनकी ख़ुशबू थी, सो थी। उसकी अपनी ख़ुशबू भी थी। उसका ख़ास प्रफ़्यूम, जिसका नाम और ब्रैंड उसने कभी नहीं बताया था, वो प्रफ़्यूम उसकी ख़ास पहचान भी था। वो आई तो हमने एक दूसरे को 'ग्रीट' किया। एक दूसरे से न सिर्फ़ हाथ मिलाए, बल्कि गले भी मिले। गले मिलना बेहद प्रेक्टिकल था। उसमें उत्तेजना नहीं थी। मित्रता का विश्वास था। बेशक, ऐसे विश्वास भी समीकरणों, के रास्तों से होकर आते हैं।

हम कई बार मुस्कराए। कई बार हँसे। कई बार बेवजह भी हँसे। इसलिये हँसे कि हम एक दूसरे को नज़दीक पाकर बहुत खुश हैं—यह अहसास हम एक दूसरे को दिलाते रहे।

दफ़्तर की वो ऑफ़िसर, जिसका नाम नीता साहनी था—मैं उसे 'नीसा' कहता हूँ, वो मुझे रा...जन! ऑफ़िस में अब भी वो मुझे रा...जन कहती है, मैं नीसा?

हम दोनों चीयरफुल थे। हम एक-एक पल इंजाय करते रहे।

मैंने कैरीवैली की सीडी लगाई। सेक्सोफ़ोन की फेसीनेट करती आवाज़ ड्रॉइंग रूम में गूँजने लगी। नीता साहनी सुनती रही। कुछ देर बाद बोली, "आई लाइक इट।" मैं मुस्कराया। वो भी। ये कम्पलीमेंट्स थे। यह मुस्कराना अनिवार्य हो चुका

है। ऑफ़िस में भी हम इसी तरह मुस्कराते रहते हैं। अच्छा लगता है। फ्रेंडली एटमसफ़ेयर क्रीएट होता है। हम एक दूसरे की गलतियों पर मुस्कराते हैं। हमारी ग़लती पकड़ी जाए तब भी हम मुस्कराते हैं। दूसरों की ग़लतियाँ पकड़ी जाएँ तब भी मुस्काना। तब मुस्कराना बेहद लाज़मी होता है। हम बेशक महान नहीं हो रहे होते। लेकिन हम अच्छे मनुष्यों जैसे तो नज़र आ ही रहे होते हैं। एक ज़माना पहले डोर-क्लोज़रों की अहमियत थी। ऑफ़ीसर अपने केबिन में प्रविष्ट होता। डोर क्लोज़र धीरे-धीरे दरवाज़े को बन्द कर देता। दो दुनियाएँ। एक दुनिया डोर क्लोज़र के उस पार। दूसरी इस पार। अब हमारा मुस्कराते रहना नयी संस्कृति से ढलकर आया है। हमने अपनी-अपनी मुस्कानें, डोर क्लोज़रों के विलोम में पैदा की हैं। बेशक, हम सब जान रहे होते हैं कि हम बेवजह मुस्करा रहे हैं, लेकिन फिर भी हम मुस्करा रहे होते हैं। हम सब जानते हैं हमारी मुस्कान के पेपरवेट के नीचे, बिज़नेस टाइकून के पेपर फड़फड़ा रहे होते हैं।

नीता साहनी और मैं कॉफी पीते हुए कई बार मुस्कराए। हमने दफ़्तर पॉलिटिक्स की बातें कीं। अगर क्लास थ्री दफ़्तर की बातें करें तो वो निहायत शोहदे और बोर समझे जाते हैं। लेकिन दो उच्च पदों पर बैठे अधिकारी अपने फ़्लैट में, कॉफी पीते हुए, ऑफ़िस पॉलिटिक्स पर बातें करें तो वो 'डिसकोर्स' होता है।

हम दफ़्तर की बातें करते रहे। हम हँसे भी। हम मुस्कराए भी। हम एक दूसरे को यह अहसास दिलाते रहे कि हम बहुत करीबी हैं—एक दूसरे के बहुत अन्तरंग। इसलिये हमने बहुत बातें कीं। इसके बावजूद, कुछ वो छुपाती रही, कुछ मैं। फिर भी वो शानदार लगती रही।

कैरीवैली का सेक्सोफ़ोन गूँजता रहा। वो मुस्कराती रही। हमने एक-एक वोदका लिया। लाइम कार्डियल के साथ। बस एक-एक पैग! एक पैग में हम हल्के-से सरूर में होते हैं। थोड़े-थोड़े दार्शनिक भी होने लगते हैं। जैसे कि नीता साहनी ने कहा कि लाइफ़ इज़ जस्ट ए पैग ऑफ वोदका! वो कहती चली गयी—''मेमरीज़, पेन, ग्रीफ़, हैप्पीनेस ज्याय एंड मेंटल स्ट्रैस...सबका नशा होता है, यार।''

फिर हमने अपने ऑफ़िस क्लीग मनीष के बारे में बातें कीं। अच्छा-खासा, खाता-पीता यंगमैन मनीष! सेहतमन्द और ठहाकेबाज़ मनीष! सेलरी पन्द्रह लाख का पैकेज। गुड़गाँव की आरडी सिटी में अपना फ़्लैट! सबकुछ 'फैबुलस' सब कुछ ऐसा जिस पर रश्क किया जा सके। ऑफ़िस के कई बन्दे उस पर रश्क करते भी थे।

जिस पर आफ़िस के बन्दे रश्क करते थे, उसी मनीष ने आत्महत्या कर ली।

हम सब, सबके सब भौंचक रह गये। मनीष और आत्महत्या। जो लाइफ़ को स्ट्रगल कहता था और हमेशा स्ट्रगल करता रहता था। जो पीता और लतीफ़े सुनाना शुरू करता। जोक्स भी ऐसे वैसे नहीं। लड़कियाँ ऐसे जोक्स सुनकर शरमा जातीं।

मुँह पर हाथ रख लेतीं और ढेर सारा हँसती। उनके चमकीले दाँत नज़र आते। बाद में लड़कियों ने मुँह पर हाथ रखना और शरमाना छोड़ दिया था।

मनीष ने आत्महत्या क्यों की? यह सवाल बहुत ज़रूरी था। हम सब क्लीग कारणों की तलाश करते रहे। दरहकीकत, मनीष की आत्महत्या, एक ऐसे लाइफ़ स्टाइल की भी आत्महत्या थी, जिसमें हम सब थे। इसलिये मनीष की आत्महत्या हमें बहुत तंग करती रही।

आख़िर में हम दोनों रम्मी खेलते रहे। हारते-जीतते रहे। कार्ड शफ़फ़ल करते रहे। हमने कितना कुछ रि-शफ़फ़ल किया।

लेकिन सोफे के एक कोने में सिमटकर बैठी लड़की और कुछ नहीं कर रही। अपने आपको शफ़फ़ल कर रही है।

मुझे कुछ याद आया है। मेरे फ़्लैट में दो बेडरूम हैं। एक को मैं यूज़ करता हूँ। दूसरा बन्द पड़ा है। जब कोई बाहर से आता है तो मैं उसे खोल देता हूँ। उसमें दीवान, छोटी-सी मेज़, किताबों का रैक रखा है। छोटा-सा टू-इन-वन भी है। लेकिन एक प्रॉब्लम है। टॉयलेट-बॉथ अटैच्ड नहीं हैं।

बेडरूम खोलकर मैं उसके पास आकर खड़ा हुआ हूँ। कहा है मैंने कि व़ो बेडरूम में चली जाए। वो और ज़्यादा सशंकित हो उठी है। मैं जानता हूँ वो क्या सोच रही है? यही कि उसके पीछे-पीछे मैं भी चला जाऊँगा और फिर एक आखेट!...शिकार कथा फिर दोहराई जाएगी। आखेट फिर होगा। पूरी सृष्टि आँखें मूँद लेगी। सृष्टि का आँखें मूँदना, मनुष्यता की मौत का उद्घोष होगा—शब्दहीन!

सोफे पर बैठी लड़की किसी ग़रीब गड़रिये जैसी लग रही है। जिसकी सारी भेड़ें गुम हो गयी हैं। एक गठरी बची है...दुख की गठरी। उसी गठरी को वो मुझसे छुपाती है और मैं उस गठरी को देख लेता हूँ।

उसने फिर सोफे की हत्थी पर सिर टिका दिया है। ऐसा लगता है उसने अपने दुख सोफे की हत्थी पर टिका दिए हैं।

मैंने दवाइयों के स्ट्रिप में से गोलियाँ-कैपसूल निकालकर पानी के गिलास के साथ उसकी हथेली पर रखे हैं। उसने बिना हील हुज्जत के सब गोलियाँ एक साथ गटक ली हैं। पानी थोड़ा-सा पीया है। खाँसी छूट पड़ी है। आँखें गीली हो गयी हैं।...वो अपने साथ कई स्तर पर युद्ध लड़ रही हैं। युद्ध और पराजय!

एंटी डिप्रेसेंट टेबलेट से नींद आने लगती है।...मुझे ऐसा लग रहा है वो यहीं सोफे पर गिर पड़ेगी।

मैंने बड़ी विनम्रता से कहा है, ''कमरे में चलकर सो जाइए।...प्लीज़ आइए।...प्लीज़।''

उसने एक बार किसी फ़रियादी की नज़र से मुझे देखा है। उठने की कोशिश

में वो फर्श पर लुड़क गयी है। मैंने उसे उठाया है। मैं चाहता तो उसे अपनी बाँहों में भरकर, कमरे तक उठाकर ले जाता। लेकिन मैं उसे सहारा दे रहा हूँ। वो किसी चाबी के खिलौने की तरह चल रही है।

मैंने अटैचीकेस उठाकर उसके कमरे में रख दिया है—बेड के सामने। उसे नज़र आता रहे। और वो चाहे तो कपड़े बदल ले। उसका बैग मेज़ पर रखा है।

उसे बेड पर लिटाकर एक पल के लिए रुक गया हूँ। जो मुझसे डर रही थी। सुधबुध खोकर पड़ी है। मैं उसे देख रहा हूँ। एक तरह से चोरी कर रहा हूँ। इस तरह किसी नींद में पड़ी लड़की को देखना, नज़रों की चोरी नहीं तो और क्या है?

क्या ये रास्तों का कपट नहीं कि यह मासूम-सी लड़की कहाँ से चली, कहाँ आ पहुँची? कैसी यात्रा है ये? बीच में स्थगित। जैसे किसी अपशकुन ने उसके पाँव काट दिए हों या फिर रास्ते छीन लिये हों।...चलते वक़्त कितने उल्लास में होगी यह लड़की। अफ़सोस की कितनी स्याहियाँ है इस वक़्त, इसके चेहरे पर।

मैंने धीरे से कमरे का दरवाज़ा बन्द किया है। मैं बाहर आ गया हूँ। सोफे पर बैठा हूँ। अपने घर में अजनबी-सा। मुझे कुछ समझ नहीं आ रहा कि क्या करूँ? मैं अपने आपसे जैसे निकल भागना चाहता हूँ। मैं मुद्दतों से इस फ़्लैट में अकेला रहता आया हूँ। लेकिन इस कदर मैं कभी हलकान नहीं हुआ था। किसी गुमशुदा बच्चे की तरह यहाँ-वहाँ भटक रहा हूँ। पता नहीं मेरा क्या गुम हुआ है? पता नहीं मैं किसे ढूँढ़ रहा हूँ? मुझे लगता है, यह लड़की का संशय है जो मेरा पीछा कर रहा है। और मैं उससे बचने की कोशिश में, किसी नाबीना आँधी की तरह, पनाह ढूँढ़ रहा हूँ।

मेज़ पर पड़े बैग पर नज़र ठिठक गयी है मेरी। बैग लड़की का है। लड़की सो रही है। मन करता है बैग को खोलूँ। सारा सामान बाहर।

बैग मेरे सामने है। किसी सनसनी की तरह। जैसे बैग न हो लड़की हो और मैं उसकी निजता में झाँकने के लिए ललचा रहा हूँ। क्या यह चोरी नहीं? मैंने अपने आपसे सवाल किया है। मेरे हाथ रुक गये हैं। मैं, दरअसल, लड़की का नाम-पता जानना चाहता था—एक बीमार-सी सफाई दी है मैंने अपने आपको।

आज मैं अपने फ़्लैट में हूँ। फ़्लैट में एकान्त और एकान्त में धँसा मैं। इस फ़्लैट में दो जन हैं—एक स्त्री एक पुरुष। लेकिन ऐसा लगता है इस फ़्लैट में कोई नहीं। कोई भी नहीं। चुप इतनी पुरानी लगती है मानो इस फ़्लैट को छोड़कर कोई मुद्दतों पहले चला गया हो। घर इतना ख़ाली पहले कभी नहीं लगा जैसे अब। मैंने अपने-आपको इतना व्यर्थ पहले कभी नहीं समझा था जैसे कि अब।

फ़्लैट इतना निर्जन जैसे दरवाज़े के बाहर कोई इन्तज़ार का ताला लगाकर चला गया हो। अजब शय है इन्तज़ार। अजब शय है तलाश। अजब शय है भटकना।

अपने फ़्लैट में भटकना। जैसे फ़्लैट कोई दश्त हो और मैं हूँ कि अपने घर के रास्ते की तलाश में भटकता हुआ। मैं अपने घर में हूँ और अपने घर का रास्ता पूछता हुआ-सा मैं।

फ़्लैट के अन्दर दो शख़्स। अजीब बात है न! दो इनसानों की आहटें न शोर मचाती हैं न किसी के होने का सबूत देती हैं।

घर में मैं अकेला होता तो मेरी चुप मुझे न अखरती। मेरी चुप मेरे पैरों में, पैरों की हवाई चप्पलों में, या जूतों के तसमों में छुपी रहती है। कई बार वो चुप किसी किताब के भीतर, किसी गुमशुदा क़िस्सागो जैसी तो कई बार वो चुप लोकल बस की पुरानी टिकट जैसी, फ़र्श पर रेंगती-सी! कई बार वो चुप दरवाज़े के हेंडिल पर लटकी हुई। हाथ ज़रा-सा हेंडिल पर धरा कि चुप वाचाल!

अकेले आदमी के साथ-साथ कोई नहीं चल रहा होता, उसकी चुप चल रही होती है। कई बार मैंने उसे कालीन में दुबके देखा है। मानो मेरी आहटों को कालीन की तिजोरी में इकट्ठा करके रख रही हो—मेरी चुप!

लेकिन अब जो यह चुप है अजीब-सी चुप है। छोटे-से रेलवे स्टेशन के ख़ाली मुसाफ़िरख़ाने की चुप। वो चुप वीरानी में लिथड़ी हुई होती है और इस फ़्लैट की चुप अजनबीयत के तारकोल में।

अकेले घर में रहनेवाले इनसान की चुप दिलकश होती है, दिलफ़रेब होती है और दिल शिकन भी। खिड़की की सलाखों पर बैठा चाँद किसी डाकघर के डाकिये जैसा लगता है कमबख़्त! उसके सारे अन्तरदेशीय ख़ामोश प्रार्थनाओं का अनुवाद ही तो होते हैं। लेकिन कई बार चुप सरशार हो उठती है। हुँकारती हुई चुप। बोलती हुई चुप। ज़िद्दी चुप! जैसे जूते के सोल में किसी का फेंका हुआ च्युइंगम चिपक जाए। कई बार चुप कितनी तंग करनेवाली होती है, जैसे कोई ज़िन्दगी के टूटे हुए हेंडपम्प की हत्थी को हिलाता चला जाए...।

घर में दो शख़्स और दोनों चुप। मैं कई बार अपने फ़्लैट के चक्कर लगा चुका हूँ। कई बार बल्कनी में ठिठका हूँ। कई बार अपने लिविंग रूम में। लैपटॉप ऑन किया है। बैठा हूँ। ऑफ़िस रिपोर्ट। प्रोजेक्ट। कोई ईमेल! बहुत कुछ देखा जा सकता है। रोज़ाना देखता हूँ। ज़रूरी होता है मेल चैक करना। लेकिन आज। पता नहीं क्यों मैंने लैपटाप खोला ईमेल के लिए मैंने अपना पासवर्ड डाला। क्लिक किया। और फिर पता नहीं क्या सोचकर मैंने शटडाउन कर दिया।

मुझे ईमेल आई डी याद रही। पासवर्ड याद रहा। लेकिन लगता है कोई ऐसा पासवर्ड ज़रूर है, जिसे मैं भूल गया हूँ।

मेरे एक कमरे में एक अपरिचित, दुराचार से पीड़ित लड़की बहुत सारी दवाइयाँ खाकर, सुधबुध खोकर सो रही है। मेरे पास उसे जगाने का पासवर्ड है न उससे

बात करने का।

मुझे यह शऊर भी नहीं कि मैं उससे क्या बात करूँ, कैसी बात करूँ, किस लहजे में बात करूँ, कौन सी बात करूँ...या न करूँ?

कशमकश की ज़ंगखाई कील को निकालने में व्यस्त हूँ मैं। इस कशमकश में भी अजीब तरह की चुप है जो मुझे किसी जासूस की तरह देखती है।

मेरा दिल करता है, मैं इस चुप की आँखों पर पट्टी बाँध दूँ।

शनि और इतवार मेरे हंगामाख़ेज़ गुज़रते हैं। लेकिन आज। मैंने मोबाइल बन्द कर दिया है। लैंडलाइन से रिसीवर हटाकर रख दिया है। अब मैं पूरे संसार से कट गया हूँ। न कोई फ़ोन। न कोई आवाज़। आज मुझे महसूस हो रहा है कि आवाज़ें कितनी ज़रूरी होती हैं। आवाज़ें, वर्तमान का पता देती हैं। पुराने वक़्त के ज़ंगखाए सन्दूक में भी स्मृतियों की आवाज़ें होती हैं। आवाज़ों को खोकर हम कितने अकेले पड़ जाते हैं। संसार की सारी आवाज़ें अगर ख़त्म हो जाएँ तो कैसा लगेगा? जीते-जागते लोग, स्मारकों में बदल जाएँगे शायद!

शुक्र या फिर शनिवार की शाम, पार्टियों की शाम होती है। किसी रेस्तराँ में...इंडिया हैबीटेट सेंटर या किसी टैरेस पर। गिलास हाथों में। आँखों में भविष्य की कल्पना। होठों पर बेवजह-सी मुस्कान। पार्टियों में मुस्कराते रहना ज़रूरी होता है। ब्रांडेड कपड़े और ब्रांडेड मुस्कान। मुस्कान एक छल की तरह होती है और पार्टियाँ—पाखंड पर्व! हम दोस्तों से हँसते-मुस्कराते हुए मिलते हैं। हम अपने भीतर के सच को छुपाते हैं। दूसरे के सच को जानने के लिए उसका एक्सरे करते हैं। पार्टियाँ, कुल मिलाकर कॉरपोरेट दश्त की तरह होती हैं, जहाँ हम शिकार हो जाते हैं या फिर शिकार करते हैं।

एक नया शब्द चल निकला है—नेटवर्किंग! पार्टियाँ नेटवर्किंग का काम भी करती हैं। पहले पी. आर. शब्द था। अब पुराना पड़ गया है।...वैसे पार्टियाँ, कुछ भी नहीं होतीं। 'डील' होती हैं। रिलेशन्स की डील! रिलेशन के टूटने और बनने की डील। पार्टियों के ज़रिये, बहुत कुछ रेनोवेट होता है, बहुत कुछ रिन्यू!

यह दो-तीन हफ़्ते पहले की बात है। सुशान्त ने कुछ ज़्यादा ही पी ली थी। ज़्यादा पीना इसलिये ख़तरनाक होता है कि जिसे हम छुपाने की कोशिश करते हैं, वही सच उगल देते हैं। वो बहकते हुए कइयों के बीच कहता चला गया—राजेन! व्हट डू यू थिंक?...आई डोंट नो! बट...वो लड़खड़ाया। सँभला। बोला, "पार्टी का मतलब है सेलिंग एंड बारगेनिंग!...हम अपने आपको बेचने के लिए बारगेनिंग करते रहते हैं राजेन!...ओ.के.! इंजाय राजेन!"

पार्टियाँ हम ख़ूब इंजाय करते हैं। इंजाय करना किसी नाटक की तरह होता है। लकदक माहौल। ख़ूबसूरत पौशाक। और एक ख़ास छवि के साथ हम लोग...हम

सब लोग! हम अपनी अपनी छवि की हिफ़ाज़त में अक्सर सचेत रहते हैं। लेकिन विडम्बना यह है कि पार्टियों में ही छवियाँ बनती हैं और छवियाँ टूटती हैं। छवि का टूटना, एक क़िस्से का शुरू होना होता है। क़िस्सों पर पर्दा गिराने और उठाने का खेल, कॉरपोरेट गेम का हिस्सा होता है।

पार्टियों में शरीक़ लोग जो होते हैं, उनका होना कुछ और तरह का होता है। पार्टियों में लोग, एक चेहरा घर रख आते हैं। दूसरा चेहरा लगाकर आते हैं—प्लास्टिक कोटेड चेहरा। जिसकी 'लुक' भव्य होती है। ऐसे लेमिनेटेड चेहरों के बीच सबसे ज़्यादा परेशान जो होती है, वो होती है अन्तरंगता!

कई बार ऐसा लगता है जो हम थे...अपने असल रूप में...वो कहीं पीछे छूट गये हैं। जो अब हैं। वो सब ग्लोबल मानव हैं। जो ब्रांडेड सूट में स्मार्ट तो नज़र आते हैं लेकिन अपने भीतर की थकान का क्या करें? उसे छुपाने के लिए किसी अन्य पार्टी का आयोजन!

एक पार्टी में देवयानी मेरे बिलकुल पास चली आई थी। एक हाथ में गिलास। दूसरे हाथ में सिगरेट! उसने अपना गिलास मेरे गिलास से बदल लिया था। मुस्कराई थी। काफ़ी पी चुकी थी वो। क्लब के बाहर उसकी कार खड़ी थी—शोफर ड्रिविन कार। फ्लोर से कार तक ले जाने के लिए गार्ड थे या उसके फ्रेंड!...उसे कोई चिन्ता नहीं थी।

लेकिन वो फ़िक्रज़दा लग रही थी। वो कुछ देर मेरे पास चुपचाप खड़ी रही। गहरी साँस ली। बोली, कुछ ऐसे बोली जैसे उसके भीतर खड़ी कोई दीवार ढह गयी हो, "राजेन!...हम सब रेगिस्तान के ऊँट हैं।...तुम मुझे समझ रहे हो न! हम सब...सबके सब रेगिस्तान के ऊँट! पानी के लिए भटक रहे हैं।...पानी?...यू नो पानी? पानी का मतलब जानते हो तुम?...पानी मतलब भरोसा!...मतलब यक़ीन!...क्या मैं तुम पर भरोसा कर सकती हूँ राजेन?" वो ऐसे कह रही थी, जैसे बहुत ज़्यादा ठगी गयी हो।

पार्टियाँ शायद ठगने के लिए या ठगे जाने के लिए होती हैं। हर शय का अपना हैंगओवर होता है दुख का अपना अकेलेपन का अपना।

मैं अभी-अभी उसे देखकर आया हूँ। वो सो रही है। वो ऐसे सो रही है जैसे पूरी सृष्टि को नींद आ गयी हो। वो ऐसे सो रही है जैसे कोई नंगेपाँव मुसाफ़िर हज़ारों मील चलकर आया हो और थकान की ग़र्द झाड़े बिना सो गया हो।

मैंने बहुत आहिस्ता से दरवाज़ा खोला था। उसे देखता रहा था। उसका सिर तकिये पर नहीं था। तकिये के पास था। उसके बाल बिखरकर चेहरे पर आ गये थे।

चेहरे पर घने काले बालों की लटें थीं। चेहरे पर दुख की छाया थी। उसके साथ दुख भी इतनी देर तक जागा था कि वो भी थककर सो गया था।

वो ऐसे सोई थी जैसे कोई विस्थापित, माकूल-सी जगह पाकर सो जाए। वो सोई थी या फिर किसी अन्य संसार में चली गयी थी। एक स्त्री के कई सारे संसार होते हैं। जिन्हें वो धीरे-धीरे खोजती है। और अपने अन्दर छुपाकर रखती है।

उसकी कमीज़ दो तीन जगहों से फट गयी थी। उसके जिस्म की गोरी त्वचा नज़र आती थी। मेरी नज़र बार-बार वहाँ अटक जाती। अनैतिकता के कई रूप होते हैं। मेरा इस तरह फटी कमीज़ के भीतर की देह को देखते रहना आख़िर क्या था?

कुछ-कुछ देर बाद उसकी समूची देह काँप जाती थी। वो कसमसाती। एक कराह-सी निकलती। जैसे अपने भीतर से वो लहूलुहान हो रही हो।

वो नींद में थी। लेकिन कोई डर था जो उसे नींद में भी तंग कर रहा था।

मैं दरवाज़ा मूँदकर लौट आया हूँ। सोफे पर आकर बैठा हूँ—सोचता हुआ कि क्या करूँ?

अचानक वो लड़की उठकर आई है। सोफे पर बैठ गयी है। मेरे सामने। उसी कोने में। जहाँ वो पहले बैठी थी।

वो ऐसे बैठी है जैसे सन्नाटे का कोई बीहड़ हो। बौराई हुई-सी लग रही है वो। मैं घबराया हुआ-सा। वो संशय में है। मैं कशमकश में। कुछ बात करूँ? लेकिन कैसे? कहाँ से शुरू करूँ? वो चुप रही तो घने अवसाद में घिर जाएगी। इसलिये उसकी चुप को तोड़ना लाज़मी है। मैं जानता हूँ, उसके भीतर बहुत कुछ है—अव्यक्त! क्या वो मुझसे कुछ व्यक्त करेगी?

सोफे की हत्थी पर सिर टिकानेवाली लड़की, अपनी माँ के पास होती तो दृश्य दूसरा होता। वो माँ की गोद में अपने आपको छुपाती। सुबकती। सिसकती। माँ सांत्वना देती। माँ सहलाती। माँ पुचकारती। माँ आँसू पोंछती।

''आप नहा लीजिए।'' मैंने चुप को तोड़ने का प्रयास किया है।

''उससे क्या होगा?'' उसने ऐसा सवाल किया है जो मुझे छीलता चला गया है। मुझे उसके सवाल का जवाब देना है। लेकिन जवाब मेरे पास नहीं है। क्या जवाब दूँ?

वो उदास है। व्यथित। संतप्त! लेकिन जब वो बोलती है तो चिंगारियाँ-सी फूटती नज़र आती हैं।

''थोड़ा फ्रेश हो जाएँगी।'' मेरा जवाब बेहद घिसा हुआ, सपाट और चलताऊ किस्म का है। फ्रेश शब्द पर मैं ख़ुद अटक गया हूँ। यौन उत्पीड़न के बाद कोई स्त्री, नहाकर फ्रेश महसूस कर सकती है?

''उस आत्मा को किस डिटर्जन पाउडर से धोऊँ जो मैली हो गयी है?'' वो

मुझे देख रही है। जैसे कि उसकी पूरी देह प्रश्नवाचक हो।

"आत्माएँ मैली नहीं होतीं।" मैंने कथावाचकों की मुद्रा में कहा है।

"शरीर मैले होते हैं?" प्रश्न की कुल्हाड़ी बिलकुल मेरे पास आ गिरी है।

"नहीं।"

"तो?"

"हमारी सोच मैली हो जाती है, बस।" मैंने उसे देखते हुए कहा है।

"क्या मेरा शरीर जो हिंसा का शिकार हुआ, उसे किसी दूसरे का शरीर समझ लूँ?"

"हमारी दुनिया दो विश्वयुद्ध झेल चुकी है। फिर भी कितनी सहज नज़र आती है...चमक दमक, हंगामे...उल्लास।...हमारा देश सुनामी जैसे कहर को बर्दाश्त कर चुका है। फिर भी जीवन चल रहा है अपनी गति में...अपनी मस्ती में।" मैं उसे एकटक देख रहा हूँ। कहता जा रहा हूँ। मैं चाहता हूँ मैं बोलता रहूँ। वो भी बोलती रहे, कुछ भी। उसका बोलते रहना, उसके भीतर जमे अवसाद का बाहर निकलना है।

"लिसन।" उसने उसी लहज़े में मुझे देखा है, जिस तरह मैं उसे देख रहा था, "बॉथ लेते हुए आप जानते हैं क्या होगा?...आप नहीं जानते। क्योंकि आप स्त्री नहीं। क्योंकि आपके साथ ऐसा कुछ भी नहीं हुआ जो मेरे साथ हुआ है।" वो हाँफने लगी है। उसका हाँफना भी एक वक्तव्य है।

कुछ पल बाद उसने फिर कहा है, "मैं अपनी देह को देखूँगी। और अपनी देह को देखना...।" कहते-कहते वो सुबुकने लगी है। बहुत बोल्ड नज़र आ रही थी वो। लेकिन अन्त तक पहुँचते-पहुँचते वो टूट-सी गयी। वेदना का कोई टाँका उधड़ गया।

अचानक वो उठ खड़ी हुई है। वो कई सारे 'अचानकों' के बीच में है। अचानक उठती है। अचानक बैठती है। अचानक बोलती है और अचानक चुप हो जाती है।

अचानक उठने के बाद वो सोफे को पकड़कर खड़ी है। सोच रही है कि किधर जाए? उसकी सारी यात्राएँ इसी फ़्लैट तक सीमित हैं। और फ़्लैट उसके लिए पराया है। फ़्लैट का मालिक बेगाना।

सोफे के पास खड़ी वो कभी दीवारों को देखती है कभी मुझे। उसका देखना, व्याकुलता से भरा है। यह देखना नहीं। हताश मन का कथ्य है।

कुछ देर यूँ ही खड़े रहने के बाद वो उसी कमरे में जा रही है, जहाँ से आई थी। वो एक विवशता से निकलकर दूसरी विवशता में चली जाती है।

वो बिस्तर पर ऐसे जाकर गिरी है जैसे उसके भीतर का देवदार गिर पड़ा हो।

मैं कमरे का दरवाज़ा मूँदकर फिर आ बैठा हूँ। पता नहीं क्यों मुझे अपनी माँ की याद आ रही है। माँ अब इस संसार में नहीं। वो मर चुकी है। माँ अपने पुराने घर

में अकेली बैठकर गाया करती थी, "तुम ही शरण न देवोगे तो जाऊँगी मैं कहाँ?।...पता नहीं, माँ अपना भजन किसके लिए गाती थी? अपने लिये?...अपने अकेलेपन के लिए या फिर किसी देव के लिए? मैं 'तब' हैरान होता था—माँ भरे-पूरे घर में है, उसे शरण की क्या ज़रूरत है?

मुझे अब आकर पता चला है कि हम सब अपने भीतर से कहीं न कहीं निर्वासित हैं। ऐसे निर्वासित जिन्हें किसी शरण की ज़रूरत है। जैसे दरख़्त पृथ्वी की शरण में होते हैं। जैसे कश्तियाँ लहरों की शरण में। जैसे परिन्दे आकाश की शरण में। जैसे मधुमक्खियाँ छत्ते की शरण में। जैसे सूखे पत्ते हवाओं की शरण में। जैसे शब्द किताबों की शरण में। जैसे भक्त ईश्वर की शरण में। जैसे भावनाएँ मन की शरण में। जैसे यह लड़की...?

यह लड़की किसकी शरण में है? नहीं, मेरी शरण में नहीं। बिलकुल भी नहीं। यह लड़की, दरहकीकत, अपनी शरण में है।

अगर माँ मेरे पास होती तो वो इस अजनबी लड़की को सँभाल लेती। बिस्तर पर पड़ी लड़की, मेरी माँ के कन्धे पर अपना सर रखती। फूट-फूटकर रोती। मन हलका हो जाता। रोती हुई लड़की को माँ अपने पास बिठाती। अपने पास सुलाती। वो न सोब्रियम देती न एलप्रेक्स! वो अपना स्नेह देती। अपनी ममता से लड़की के दुख हर लेती।

लेकिन माँ इस संसार में नहीं है। और मैं अपनी माँ की जगह नहीं ले सकता।

लेकिन मेरी माँ मेरे भीतर है। तभी तो मैं इस लड़की को यहाँ ले आया हूँ। शायद मेरे अन्दर बैठी माँ ने कहा हो और मैंने लड़की को अपने घर ले आने की ठान ली हो।

माँ कहा करती थी, "राजन, हर स्त्री एक दुख का क़िस्सा होती है। स्त्री का जीवन, दुख की अनेक कथाओं का संग्रह होता है।"

वो कहा करती थी, "किसी भी विवश स्त्री को अपने जाल में फँसाना, संसार का क्रूरतम खेल होता है। तुम ऐसा खेल कभी मत खेलना राजन!"

माँ बड़ी दयालू थी। उसका एक हाथ काँपता था। वो अपने काँपते हुए हाथ को देखती रहती। लगता मानो अपने काँपते हुए हाथ से वार्तालाप कर रही हो। वो होती तो यक़ीनन इस लड़की की काँपती हुई उदासी, चुप और संशय से वार्तालाप करती। वो होती तो लड़की इतनी संशय में न होती। उसका न होना और फ़्लैट में सिर्फ़ मेरा होना, लड़की के लिए शक का कारण है। वो घर की निर्जीव वस्तुओं से नहीं डर रही, वो उसका कुछ भी नहीं बिगाड़ सकतीं। वो मुझसे डर रही है। उसे पक्का यकीन है कि मैं अब या तब या किसी भी क्षण इस लड़की को दबोच लूँगा। वो समझ रही है कि अभी तो मैं खेल खेल रहा हूँ, विश्वास जमाने के लिए।

माँ होती तो वो इस लड़की के संशय दूर कर देती। वो कहा करती थी—विश्वास और प्रेम हम किसी से माँगकर नहीं ले सकते। उन्हें अर्जित करना पड़ता है। आप लोगों को ठगते रहें और लोग आप पर विश्वास करें, ऐसा नहीं होता। वो कहा करती थी—कपट और छल हमारे दिल का कवच बन सकते हैं, आत्मा का नहीं। आत्मा की अपनी आवाज़ होती है। बड़ी महीन। वो अक्सर सुनाई नहीं देती। और उसे सुनना पड़ता है। आत्मा की आवाज़ सुनते हुए हम उपासना में होते हैं।

कई बार मैं इस ख़ूबसूरत उदास-परेशान लड़की को देखता हूँ तो दिल और आत्मा के रास्ते अलग होने लगते हैं। दिल कमज़ोर पड़ने लगता है। आत्मा की आवाज़ तब ज़्यादा ताकतवर होने लगती है। मुझे आत्मा की आवाज़ सुननी है, ताकि यह लड़की विश्वास करना सीखे। मैंने इस लड़की से छल किया तो यह लड़की संसार के किसी भी पुरुष पर, यकीन नहीं करेगी।

माँ दवाइयों से नहीं, दुआओं से दुखियों का इलाज करती थी। उसका एक हाथ काँप रहा होता और वो काँपते हाथ में आटे का कटोरा, दहलीज़ के उस पार खड़े फक़ीर को देने चल पड़ती। हाथ में आटे का कटोरा आँखों में नमी—माँ थके हारे फ़कीर की वेदना बन जाती।

माँ होती तो वो इस लड़की की हथेली पर अपना काँपता हुआ हाथ रखती। दो हाथ मिलकर एक गूँज में बदल जाते। दुख सुनाई देने लगता। माँ लड़की को गले से लगा लेती। दुख गूँजने लगता।

मैं इस लड़की के हाथ पर हाथ नहीं रख सकता, इसे गले से भी नहीं लगा सकता। मैं ऐसा करूँगा। तो मेरे मन में हो सकता है कोई विकार पैदा होने लगे। मेरे मन के विकार, मेरा प्रतिपक्ष है। मैं उनके मुकाबिल खड़ा हूँ।

माँ के मन में कोई विकार नहीं था। साँझ के वक़्त वो अक्सर दो दीपक जलाती। एक दीपक मौहल्ले के शिवाले में रख आती, दूसरा दीया मसीत में। मसीत में कोई नहीं रहता था। वीरान पड़ी मसीत और किनारे पर खारी पानी का कुआँ। माँ कुएँ की जगत पर दीया रख आती। कुएँ के पास एक गुमटी थी। गुमटी में दीनानाथ रहता था—नाबीना दीनानाथ। जिसे लोग अन्धा दीना कहते थे। माँ जब रात को रोटी बनाती तो तीन रोटियाँ और दाल दीनानाथ को दे आती। दीनानाथ माँ के पैरों की आहट से पहचान जाता। दूर से बोलता—"लीला, तूं आई है?" माँ हाँ में आवाज़ देती।

दीनानाथ सबके पैरों की आहटों को पहचानता था। दीनानाथ का रिश्ता देखने से नहीं, सुनने से था। वो लोगों की आहटों को याद रखता। उसने लोगों के पाँव नहीं देखे थे। लेकिन पैरों की आहट से वो लोगों की पहचान कर लेता था। हमें तब मालूम हुआ था कि पैरों की आहटें, पहचान पत्र भी हो सकती हैं।

माँ होती तो वो और कुछ न करती। समय ने जो उस लड़की की आवाज़ें

छीन ली हैं, समय से वापिस माँगकर उस लड़की को दे देती।

लेकिन पिता! पिता की बात दूसरी थी। वो उस लड़की की वेदना को बहुत गहरे तक महसूस करते और फिर दर्द आमेज़ आवाज़ में कहते—के शिकस्ता हो तो अज़ीज़तर है निगाहे—आईनासाज़ में।

वो इस लड़की की शिकस्तगी के नये अर्थ तलाश करते। वो इस लड़की के सर पर हाथ रखकर कहते, "तुम एक नदी हो और नदियाँ अपनी रवानी में अच्छी लगती हैं।"

वो चाय के शौकीन थे। चाय बनाते। अपने लिये और लड़की के लिए। मेज़ पर चाय का कप रखते हुए कहते, "तू इतनी ख़ामोश क्यों है बेटी? तेरी आवाज़ में ताबिन्दा खनक है कितनी है?

चाय का कप पड़ा रहता तो वो कप उठाकर लड़की को पेश करते।

पिता की अपनी दुनिया थी। शायरी की दुनिया। ज़िन्दगी को वो शायरी की ऐनक से देखते। ज़िन्दगी उन्हें मोहतरम लगती। दुनिया को वो ग़ज़ल के मिसरों में तलाश करते, दुनिया उन्हें दिलफ़रेब और दिलफ़रोग़ महसूस होती।

अगर मेरे पिता इस फ़्लैट में होते तो वो यक़ीनन इस संसार से रूठी हुई लड़की को मना लेते। बेशक, वो लड़की के अवसाद को बहुत गहरे तक महसूस करते हुए ये शेर भी सुनाते—अभी न छेड़ मुहब्बत के गीत ऐ मुतरिब/अभी हयात का माहौल ख़ुशगवार नहीं।

वो बेचैन लड़की को देखते रहते बेचैन होते रहते। बेचैन होना उनकी फ़ितरत में था। वो बहुत बड़े भुलक्कड़ भी थे। चश्मा कहीं रखते उसे ढूँढ़ते कहीं। हवाई चप्पल पाँव में होती और वो हवाई चप्पलें ढूँढ़ने के लिए पूरा घर तलाश कर डालते। एक बार जब बारिश होने लगी तो उन्होंने दायें हाथ और बायें हाथ को मिलाकर छतरी खोलने की कोशिश की। छतरी उनके हाथ में थी ही नहीं। उसे वो कहीं पीछे छोड़ आए थे।

लेकिन जब वो बोलते तो हवा तक उनकी बात सुनने के लिए ठिठक जाती। वो होते तो यक़ीनन इस लड़की से कहते कि जीवन इसलिये सुन्दर है क्योंकि वो असुरक्षित है। वो लड़की को समझानेवाले लहजे में कहते—सुरक्षा एक क़ैद होती है। हम छटपटाने लगते हैं। वो होते तो यक़ीनन इस लड़की से कहते—आपके मन तथा आपकी देह के पास अनेक प्रश्न हैं। उनके उत्तर भी तलाश कर लिये जाएँगे। ज़रा इस बात को सोचकर देखो कि आप इतनी ज़्यादा सुखी होतीं कि आपके पास सिर्फ़ उत्तर होते। सिर्फ़ उत्तर।

वो लड़की की वेदना को महसूस करते रहते। फिर कहते—कौन इस घर की देखभाल करे। रोज़ इक चीज़ टूट जाती है।

एक दिन उन्होंने कहा था, "बरखुरदार," अहंकार बेहद ग़ैरज़रूरी शय है। अहंकार आत्मा का प्रतिसंसार रचता है। वो आत्मा का झूठा विकल्प होता है और कुछ नहीं। तुम अपने आपको जानो। जब अपने आपको जानोगे कि तुम कौन हो फिर अहंकार की कोई गुंजाइश नहीं बचेगी।" फिर उन्होंने बुल्लेशाह की काफ़ी सुनाई थी—बुल्लेशाह ओहदी ओ जांणे/मैंनू अपणी तोड़ निभावण दे।

पिता होते तो इस लड़की को अपने पास बिठाते और कहते कि हम सब लोग इस संसार में इस यकीन के साथ तो जी रहे होते हैं कि ज़िन्दगी को हमारी ज़रूरत है।

फिर वो लड़की को खाना खिलाते। रोटी का एक छोटा-सा टुकड़ा थाली में अलग रखते हुए कहते—"एक निवाला चिड़िया का।"

लड़की हैरान होकर पिता को देखती।

पिता रोटी का एक और टुकड़ा तोड़ते। दाल में भिगोते। और कहते, "एक निवाला मुनिया का।" और वो रोटी का टुकड़ा लड़की के मुँह में धीरे-से डालते।

वो इस तरह लड़की को खाना खिलाते।

मैं किस तरह खाना खिलाऊँ, मुझे समझ नहीं आ रहा।

मुझे ऐसा लगता है उम्मीद के साथ-साथ लड़की की भूख भी मर चुकी है। मुझे इसकी भूख को ज़िन्दा करना है लेकिन मैं न अपनी माँ को ज़िन्दा रख सका न पिता को। दोनों एक साल के भीतर चल बसे। मैं अकेला रह गया।

किचन में खड़ा सोच रहा हूँ क्या बनाऊँ? दूध! दूध में कॉर्नफ्लैक्स। चाय। बटर स्लाइस। जैम।...अचानक दलिये का ध्यान आया है। मैंने दूध में दलिया डालकर कुकर को गैस पर चढ़ा दिया है। गैस को सिम पर करके मैं सोचने लगा हूँ—कम रफ़्तार पर चलनेवाले लोग अक्सर पिछड़ जाते हैं। लेकिन उनके चेहरों पर लाखों नक़्शे-क़दमों की अभिव्यक्ति होती है।

मैं जब गैस को 'सिम' पर रखता हूँ तो मुझे अच्छा लगता है। बहुत तेज़ लपटें न सिर्फ़ रोटी को जला देती हैं मेरे अच्छे क्षण भी जैसे जल जाते हैं।

कभी-कभी मैं खाना ख़ुद बनाता हूँ। आधी से ज़्यादा दिल्ली सर्वेंट और मेड सर्वेंट के सहारे चलती-फिरती नज़र आती है। निकम्मेपन की दीवार से पीठ टिकाकर बैठे लोग पता नहीं क्यों अपने आपको सुखी समझ लेते हैं। मैं अपने फ़्लैट की ख़ुद सफाई करता हूँ। खाना कभी बाहर से तो कभी ख़ुद।

मैं उसके उठते का इन्तज़ार कर रहा हूँ। दलिया बन चुका है। मैं सोफे पर बैठा हूँ। अख़बार की मोटी सुर्खियाँ पढ़ता।

वो आकर बैठ गयी है। कोई बेचैन-सी आँधी चली आई हो जैसे। वो हाँफ रही है। वो बेहद अशान्त है। कोई तड़प-सी है उसमें।

अचानक सन्नाटे को चीरते हुई आवाज़ गूँज-सी गयी है, "आपने पूछा था न?...पूछा था न आपने क्या मैं अपने शरीर से भाग सकती हूँ?...हाँ, भाग सकती हूँ। भागना बहुत आसान है।...ऐसे टूटे-फूटे शरीर से जुड़ना मुश्किल है। ऐसे शरीर को, जो मुझे प्रतिद्वन्द्वी नज़र आता है, उसे अपने साथ रखना कितना कठिन है?...मेरे पास आसान रास्ता है।...आप समझ गये न!" उसकी साँस उखड़ गयी है। वो थक गयी है। पहले से ज़्यादा शिथिल। लेकिन उन्माद में, "सर, मैं अपने शरीर को आत्महत्या करके छोड़ सकती हूँ। सड़ता रहे यह शरीर। और मैं निकल जाऊँ कहीं।...हाँ, बिलकुल कर सकती हूँ मैं ऐसा।" वो बिफर गयी हो जैसे। उसके स्वर में बदहवासी है। न लय न ठहराव। सिर्फ़ भटकाव।

उसका लहज़ा, तेवर, आवेश और तनाव देखकर मैं घबरा गया हूँ। इतना कम बोलनेवाली लड़की, इतना ज़्यादा बोलती चली गयी है। यह क्या है? अवसाद या फिर उन्माद? यह दुख की पराकाष्ठा है या एक निर्बल, असहाय और दयनीय लड़की की तड़प!

"लेकिन मैं आत्महत्या नहीं करूँगी।" उसने बहुत ठहरे हुए लफ़्ज़ों में कहा है। मेरी जान में जान आ गयी हो जैसे। मैंने भगवान का लाख-लाख शुक्र अदा किया है।

"मैं जीवित रहना चाहती हूँ सर।" एक काँपती हुई-सी आवाज़। आवाज़ में कोई पीली-सी रोशनी।

वो दृढ़ता का अहसास करा रही है। मैं जानता हूँ उसकी दृढ़ता, कच्ची मिट्टी के बर्तन जैसी है। जाने कब गिरे और टूट जाए। मैं चुप हूँ। मैं चाहता हूँ वो बोलती रहे। उसकी छटपटाती वाणी के ज़रिये, उसके भीतर का जमा हुआ लावा बाहर निकले।

"जीवित रहकर ही तो मैं पुरुष समाज की निर्लज्जता को देख सकती हूँ।" उसने अपने जीते रहने का तर्क पेश किया है। जैसे कि पुरुष समाज के मुँह पर थूक दिया हो।

सोफे पर मेरे सामने बैठी लड़की किसी स्टीम इंजन की तरह लग रही है। बोलती है तो दर्द की भाप निकलती है। देखती है तो आँखों से धुआँ-सा रिसता है।

उसने बहुत कुछ उगल दिया है। वो मुरझाई हुई लगने लगी है। जैसे कोई बल्ब तेज़ रोशनी के साथ जले और फ़्यूज़ हो जाए।

वो सोफे से उठी है। उसके सामने बेहद सीमित-सी दुनिया है। वो उसे देख रही है। एक मैं हूँ। जिसे वो नहीं देख रही। यही, मुझे न देखना, उसका निर्बल-सा प्रतिवाद है।

वो बॉथरूम में चली गयी है। एक सुरक्षित जगह है बॉथरूम। बॉथरूम में

शायद वो अपने भीतर बैठी, अवसादग्रस्त स्त्री से संवाद करने जाती है। तब वो अपने साथ अन्तरंग हो जाती है। तब वो अपनी शिकारज़दा देह को शायद सहलाती है। उसकी आँखों में पानी छलक पड़ता है। पानी बाल्टियों में होता है। पानी आँखों में। संसार में हज़ारों तरह के पानी हैं शायद। आँख का पानी सबसे विचित्र। दुख के बादल फटते हैं। आँखों में पानी तैरने लगता है। आँखों में तैरते पानी में, उदास सपनों की डूबी हुई कश्तियाँ होती हैं।

उसने देर लगा दी है। लेकिन मैं पहले की तरह चिन्तित नहीं। थोड़ी घबराहट ज़रूर हो रही है मुझे। क्या पता, एक निहायत कमज़ोर लड़की, किस क्षण में क्या कर बैठे?

डॉ. फ़रीदा की बातें याद आ रही हैं। उसने बताया था कि इस लड़की को सामान्य मत समझना। इसके भीतर बर्फ़ के ग्लेशियर पिघलेंगे। ज्वालामुखी फट पड़ेंगे। कभी बेहद शान्त। बेहद ख़ामोश। तो कभी आक्रामक!

डॉ. फ़रीदा ने मुझे समझाया था कि ऐसी लड़कियाँ घोर डिप्रेशन का शिकार हो जाती हैं। कारण होता है—हॉरर ऑफ एनानिमिटी!...इसी के चलते पेट में मरोड़, लूज़मोशन, घबराहट, बेचैनी, एसीडिटी, कन्धों में दर्द। लो बीपी और रोना-सुबुकना सब सम्भव है।

डॉ. फ़रीदा शालीन थी। संवेदनशील और सुसंस्कृत। उसने इस उत्पीड़ित युवती की पीड़ा को बड़ी गहराई से महसूस किया था। दवाइयाँ लिखकर दी थीं। इंजैक्शन लगाए थे। इलैक्ट्रॉल डालकर पानी का गिलास भी दिया था।

डॉ. फ़रीदा ने मुझे समझाते हुए कहा था कि फॉरेन कंट्रीज़ में किसी लड़की के साथ रेप की घटना का घट जाना और इंडिया में ऐसा होना...दोनों घटनाओं में बहुत फ़र्क है। विदेशों में, रेप के बाद कोई लड़की, सुसाइड नहीं करती। इंडिया में ऐसा होता है। लड़की अपने आपको ख़त्म करने की कोशिश करती है। सभी लड़कियाँ नहीं। कुछेक। "पता है क्यों?" डॉक्टर ने अचानक मुझसे पूछा था। मैं बिना कोई जवाब दिए—डॉ. फ़रीदा को देखता रहा। डॉ. फ़रीदा ख़ुद बोली, "यहाँ रेप के बाद स्त्रियाँ जिस मानसिक और सामाजिक आघात को झेलती हैं, वो यन्त्रणा, उन्हें मर जाने के लिए मजबूर करती है। ऐसी स्त्री के साथ, समाज का रवैया सहानुभूतिपूर्ण नहीं होता। ऐसी स्त्री, एक सनसनीख़ेज़ ख़बर बन जाती है। समाज का एक क्रूर वर्ग ऐसा भी होता है जो दुष्कर्म से पीड़ित स्त्री को चरित्रहीन बना देता है। स्त्री, उस अपराध की सज़ा भोगती है, जो उसने कभी किया ही नहीं होता।"

डॉक्टर फ़रीदा चुप हो गयी थी। जैसे उसका मन विचलित हो उठा हो। वो स्टेथोस्कोप को उठाती रखती रही थी। अचानक उसने एक मारक-सा प्रश्न किया था, "आप इस लड़की को अपने साथ, अपने अकेले फ़्लैट में लिये जा रहे हैं...क्या

करेंगे आप इस लड़की का?''

उसका प्रश्न किसी ललकार की तरह था। ऐसा प्रश्न जो मेरी नैतिकता का सी टी स्कैन ले रहा था। डॉ. फ़रीदा बेहद समझदार और जज़्बाती डॉक्टर थी। वो मानवीय कमज़ोरियों से अच्छी तरह परिचित थी। क्या हमारे भीतर एक राक्षस छुपकर नहीं बैठा होता जो किसी कमज़ोर क्षण की इन्तज़ार में होता है? डॉक्टर फ़रीदा का संकेत उसी राक्षस की तरफ था।

मैंने डॉक्टर को बड़ी दृढ़ता से कहा था, ''मैं जानता हूँ यह लड़की अपना बहुत कुछ खो चुकी है। एक आधी अधूरी नज़र आनेवाली लड़की की मैं सम्पूर्णता लौटाने की कोशिश करूँगा।''

डॉ. फ़रीदा की आँखों में पता नहीं क्या था? शायद विश्वास था। तभी तो उसने मेरे हाथ पर अपना हाथ रख दिया था।

अभी वो बॉथरूम में है। मैंने दलिया दो प्लेटों में रख दिया है। प्लेटों को ढक दिया है। मैं उसकी प्रतीक्षा में हूँ। कभी, बहुत साल पहले, जब मैं छोटा था और मेरी माँ जीवित थी। वो भी शायद इसी तरह मेरा इन्तज़ार करती थी। मैं दोस्तों के साथ खेलने निकल जाता। वो खाना बनाकर बैठी होती। जब वापिस आता तो माँ मुझसे रूठ जाती। मैं उसकी गोद में अपना सर रख देता। रूठी हुई माँ, मुझे सहलाने लगती।

मैं जिस लड़की की इन्तज़ार में, प्लेटों में दलिया डालकर बैठा हूँ, उससे रूठने-मनाने की बात सोच भी नहीं सकता। मैं न माँ हूँ। न डॉक्टर हूँ। न मनोचिकित्सक हूँ। काश, मैं होता। कुछ भी होता। कुछ न होता तो कम से कम एक स्त्री होता। लेकिन मैं कुछ भी नहीं। मेरा कुछ न होना, लड़की और मेरे बीच किसी फासले की तरह बिछा पड़ा है।

और फासले के बीच संशय के नुकीले पत्थर हैं।

बॉथरूम से लौट आई है वो। शायद रोकर आई है। या 'फ्रेश' होकर। पता नहीं।

मैंने दलिये की प्लेट को दोनों हाथों में पकड़कर कहा है, ''आप इनकार मत करना। जितना भी खा सको खा लेना। मैंने बड़े मन से बनाया है।''

उसने पहली बार मुझे किसी अन्य नज़र से देखा है। प्लेट अपने हाथों में ले ली है। एक बार उसने बड़े कातर लहजे में कहा है कि उसे बिलकुल भी भूख नहीं है। फिर भी रुक-रुककर उसने दो-तीन चम्मच दलिये के खाए हैं। मैंने आग्रह किया है। उसने कुछ और चम्मच दलिये के खा लिये हैं। मुझे लगता है वो भूखी है। एक ऐसे हादसे के बाद जब अपना पता नहीं रहता, भूख भी शरीर के किसी कोने में दुबकी पड़ी होती है—डरी हुई सी।

चाय का कप भी मैंने उसे उठाकर दिया है। वो घूँट-घूँट चाय पी रही है।

शायद वो घूँट-घूँट दुख भी गटक रही है। अचानक उसने गहरी साँस ली है। कुछ याद आ गया है उसे। उसने कप रख दिया है। वो एकदम चुप है। जैसे उसके भीतर का कोई ज़ख़्म, सन्नाटे के इश्तिहार की तरह चस्पाँ हो गया हो उसके चेहरे पर।

अचानक मेरी नज़र उसकी कमीज़ के फटे हुए हिस्से पर चली गयी है—दो-तीन बार। मैंने कोशिश की है कि न देखूँ। लेकिन दृष्टि, किसी ज़िद्दी मक्खी की तरह है। वहाँ जा बैठती है। बिलकुल वक्ष के पास दो इंच का लम्बा कट! मेरी नज़र वहाँ अटकी है। वक्ष का गुप्त हिस्सा नज़र आ रहा है।

''उनके पास तेज़ धारवाला चाकू था।'' लड़की ने मेरी नज़र को पकड़ लिया है। वो चाहती तो मुझे फटकार देती। लेकिन वो ठंडे लफ़्ज़ों में अपनी बीती कथा सुना रही है। मैं लज्जित हूँ।

''उन्होंने यहाँ चाकू रखा था।'' वक्ष के पास कमीज़ के फटे हुए हिस्से को उँगली रखकर उसने कहा है। यह 'डेमो।' कितना मार्मिक है। विवशताभरा और हौलनाक!

''ओह!'' मेरे गले से अटकी हुई आवाज़ निकली है।

''पहले उन्होंने...तीन लोगों ने...चाकू रखा। फिर कमीज़ को चीर दिया।'' लड़की ऐसे बोल रही है जैसे किसी आरे की मशीन से शब्द चिरते हुए निकल रहे हों।

''उन्होंने चाकू से कमीज़ को चीरते हुए कहा था कि मैं उनका विरोध करूँगी तो वो मुझे चीर देंगे। चाकू को उन्होंने मेरे यहाँ गड़ा दिया था। मैं चीख पड़ी थी। वो हँसने लगे थे। मेरी चीख चुटकुला थी। मेरा शरीर पिकनिक।''

वो बोलती चली गयी। अपने बारे में। उस हिंसा के बारे में। जो उसके साथ घटित हुई। उसकी आवाज़ दर्द के जबड़ों से निकल रही थी। वो मेरे सामने ऐसे बैठी थी जैसे वो ख़ुद न हो, अपनी वेदना का स्मारक हो।

मैंने उसके सामने जो दवाइयाँ रखी थीं उन्हें पानी के साथ गटककर वो कमरे में चली गयी है। उसके पैरों में आँखें उग आई हैं। वो जानती हैं कहाँ तक जाना है। उसकी यात्रा शुरू होने से पहले समाप्त हो जाती है।

वो दीवार का सहारा लेकर बैठी होगी। सामने की दीवार को देखती। दीवारों के बीच वो ख़ुद भी किसी दीवार जैसी-गिरती हुई और गिर पड़ने से ख़ुद को सँभालती हुई।

मुझे इस बात का बेहद अफसोस है कि मैं कुछ भी नहीं जानता। लड़की के साथ मेरा कैसा व्यवहार होना चाहिए, मुझे बिलकुल पता नहीं। चाय, बिस्कुट, दलिया, दवाइयाँ देना—जैसे कोई रोबेट अपना काम कर रहा हो।...मैंने बहुत कुछ पढ़ा है। दर्शनशास्त्र। साहित्य। एम.बी.ए.। लेकिन किसी शास्त्र में यह नहीं बताया गया कि

यौन उत्पीड़ित युवती अगर आपके साथ हो तो आप क्या करें? सारे शास्त्रों ने ज्ञान की बातें की हैं। दुख की परिभाषाएँ गढ़ी हैं। यह नहीं बताया कि 'पार्टनर' का दुख कैसे कम किया जाए?

कई बार मन में आया है कि पूछूँ—वो कहाँ से आई है?...कौन है वो? उसका नाम्र तक मुझे मालूम नहीं। मैंने जब-जब लड़की के बारे में जानने का मन ही मन प्रयास किया है, मुझे एक पौराणिक कथा याद आती रही है, जो मुझे माँ सुनाया करती थी।

कथा कुछ इस तरह है—

एक बार राजा भोज और कवि माघ, शाम के वक़्त भेस बदलकर घूमने निकले। सामने दो रास्ते देखकर वो दुविधा में पड़ गये। वहीं, पास एक बुढ़िया खड़ी थी। वो उसके पास गये।

राजा भोज ने पूछा, "बुढ़िया, ये रास्ता किधर जाता है।"

बुढ़िया ने दोनों को ग़ौर से देखा। फिर कहा, "ये रास्ता कहीं नहीं जाता। इस रास्ते से यात्री ज़रूर जाते हैं।...आप लोग कौन हैं?"

"हम यात्री ही हैं।" राजा भोज ने उत्तर दिया।

"यात्री तो केवल दो ही हैं, एक सूरज, दूसरा चाँद! आप इनमें से कौन हैं?" बुढ़िया ने पूछा।

"जी, हम अतिथि हैं।" राजा भोज को जब सही उत्तर न मिला तो उसने अपने आपको अतिथि कहा।

"अतिथि भी दो होते हैं...एक धन...दूसरा यौवन! आप कौन?" बुढ़िया ने फिर प्रश्न किया।

"हम राजा हैं।" राजा भोज ने जवाब दिया।

"राजा भी दो हैं...इन्द्र और यम।" बुढ़िया ने फिर प्रश्न किया।

"हम क्षमावन्त हैं।" राजा भोज ने बुढ़िया के आगे हाथ जोड़कर, विनीत स्वर में कहा।

"क्षमावन्त भी दो हैं...पृथ्वी और नारी।" बुढ़िया राजा भोज को देखकर बोली।

"हम परदेसी हैं।" राजा भोज बोले।

"परदेसी भी दो हैं...जीव और वृक्षपर्ण।" बुढ़िया राजा भोज को निरूत्तर करती चली गयी।

हारकर राजा भोज बोले, "हम ग़रीब हैं।"

बुढ़िया दीर्घ श्वास लेकर बोली, "राजा भोज! ग़रीब भी दो ही होते हैं...बकरी और लड़की।"

राजा भोज अवाक रह गये। कवि माघ एकटक देखते रहे बुढ़िया को।

मैं जब-जब इस अपरिचित लड़की को देखता हूँ, मुझे बुढ़िया का आखिरी कथन स्वतः याद आ जाता है कि ग़रीब दो ही होते हैं—बकरी और लड़की!

काश, मैं इस लड़की को उसका समूचापन दे पाता। यह लड़की इसलिये ग़रीब नज़र आती है कि अपने आत्मविश्वास की सारी पूँजी गुम कर चुकी है। काश, मैं इस लड़की का आत्मविश्वास कहीं से ढूँढ़कर ले आता। तब, तनकर खड़ी होती यह लड़की मेरे सामने-सुन्दर। विशिष्ट! और गर्व से दपदपाती!

मैं जानता हूँ दीवार से पीठ टिकाकर बैठी लड़की अपने साथ जंग लड़ रही होगी।

युद्ध क्या सिर्फ़ युद्धभूमियों में लड़े जाते हैं? वो मन में भी होते हैं—अपने आपको घायल करते!

वो धड़धड़ाती हुई-सी कमरे से बाहर निकली है। फासला थोड़ा-सा है। इस थोड़े-से फासले में वो दो बार गिरते गिरते सँभली है। सोफे के पास आकर ठिठकी है। हाँफ रही है वो। लेकिन एकटक मुझे देख रही है—यक्ष प्रश्न लिये।

वो इस तरह हाँफती हुई, बदहवास, धड़धड़ाती हुई-सी आकर मेरे सामने खड़ी हुई है कि मैं घबरा-सा गया हूँ।

"आप मुझे यहाँ बन्धक बनाकर रखना चाहते हैं? उसकी आवाज़ उलझी हुई, बेतरतीब और तीखी है।"

"नहीं तो।"

"तो? इतना संक्षिप्त प्रश्न कि मैं इस 'तो' मैं उलझ-सा गया हूँ। क्या जवाब दूँ?"

"तो क्या?" मैंने हकलाते हुए कहा है।

"तो? मैं किसलिये हूँ आपके फ़्लैट में?"

"आप यहाँ? अभी मैं पूरा जवाब ढूँढ़ रहा हूँ।"

"हाँ, मैं यहाँ। मैं यहाँ किसलिये? उसने मेरा जवाब छीनकर उसे तीखे प्रश्न में बदल दिया है।"

"आप यहाँ...कोई असुविधा?"

"सर, सुविधाओं के नर्म कालीन पर हूँ मैं। बट, किसलिये हूँ यहाँ?"

"मैं इस लड़की का आवेश देखकर चुप-सा हूँ।"

"सर टेल मी?" क्या मुझे यहाँ होना चाहिए, अकेले फ़्लैट में? अकेले आदमी के साथ?

"अकेले आदमी ने आपसे कुछ कहा?" मैं पूछता हूँ।

"नहीं कहा। लेकिन कह तो सकता है।"

"आप मुझसे डर रही हैं?"

"मेरे सवाल का यह उत्तर नहीं।"

"तो?"

"क्यों हूँ मैं यहाँ?"

"आप यहाँ...।" मैं फिर सोच में डूब गया हूँ।

"आपकी मर्सी पर?"

"नहीं।"

"आपकी 'मर्सी' पर नहीं तो फिर किसलिये हूँ मैं यहाँ? सर, टेल मी?"

"आप यहाँ अपनी इच्छा पर है।"

"इज़ इट नॉट ए जोक?" उसने तीक्ष्णता से कहा है।

मैं उसे देखने लगा हूँ।

"कोई लड़की किसी स्ट्रेंज पर्सन के घर में अपनी मर्ज़ी से रहने लगेगी?"

मैं उठ खड़ा हुआ हूँ। मैं जानता हूँ वो थक गयी होगी। मैं जानता हूँ यह जो इतना सारा बोल रही है। सवालों के नेज़े उछाल रही है। यह भी एक स्थिति है। उसके नार्मल न होने की स्थिति।

मैं उठ खड़ा हुआ हूँ। वो डर गयी है। मैं उसके पास बिलकुल पास जाकर रुका हूँ। वो भयभीत हो गयी है। मैंने उसे बड़े मन से देखा है। आत्मीयता से आगे कुछ होता है तो उसी भाव से।

शब्द बहुत बाद में आया। शब्द से पहले स्पर्श था। स्पर्श बहुमूल्य है। मैंने धीरे से उसके दोनों हाथ पकड़े हैं। स्पर्श वहाँ तक पहुँचा है और पहुँच चुका है। मैं बोलना चाहता तो मेरे शब्द तैयारी कर रहे होते।

"सुनो।" उसने मुझे देखा है। मैंने बड़ी विनम्रता से उसे कहा है, आप बैठ जाइए। आप बहुत कमज़ोर हैं।"

"एक स्त्री अपनी ताक़त को पहचानी है।" उसने मेरी बात का प्रतिवाद किया है।

"बेशक आप ताक़तवर स्त्री हैं।" मैंने उसे सोफे पर बिठाया है।

"मेरी एक इच्छा है?" उसने बड़े विनीत स्वर में कहा है।

"कौन-सी इच्छा?"

"मेरी इच्छा यह है कि आप मुझे छोड़ आइए।"

"कहाँ?" मैंने उसकी तरफ़ जिज्ञासा के साथ देखा है।

"यह प्रश्न पूछनेवाले आप कौन होते हैं?" जैसे नेज़ा उछाला हो उसने मेरी तरफ़।

मैं हतप्रभ-सा उसे देख रहा हूँ। मेरे सीधे से प्रश्न को उसने कितना जटिल बना दिया है।

''लिसन!'' उसे अहसास हुआ है वो कुछ ग़लत बोल गयी है। अपनी बात को दुरुस्त करते हुए उसने विनम्रता के साथ कहा है, ''आप मुझे रेलवे स्टेशन या बस अड्डे कहीं भी छोड़ आइए।''

उसने ऐसे कहा है जैसे प्रार्थना कर रही हो।

''आप कहीं बाहर से आई हैं?'' मैंने अपनापन दिखाते हुए सवाल किया है।

''हाँ।'' जवाब बेहद संक्षिप्त है।

''कहाँ से?'' मैंने इस तरह पूछा है कि उसे लगे मैं कुरेद नहीं रहा।

''अपने प्रश्न को नाखुन मत बनाइए सर।'' वो एकदम आवेश मैं आ गयी है।

मैं समझ गया हूँ कि वो अपना पहचान पत्र छुपाकर रखना चाहती है।

''शाम होनेवाली है। कुछ देर बाद रात हो जायेगी। रात का वक़्त मुश्किल वक़्त होता है।'' मैंने उसे कठिन समय के बारे में बताने की कोशिश की है।

''रात मुश्किल होती है...आप मुझे बता रहे हैं?...रात कितनी मुश्किल होती है, आप मुझसे ज़्यादा नहीं जानते।'' उसके शब्द टूट फूटकर गिरने लगे हैं।

''इसलिये तो।'' मैंने कहा है।

''इसलिये क्या?'' सपाट-सा प्रश्न।

''रात होनेवाली है और आप यहाँ से जाना चाहती हैं।'' मैंने हैरान होकर कहा है।

''हाँ। मुझे मालूम है। क्योंकि रात होनेवाली है। मैं यहाँ से चले जाना चाहती हूँ।'' एक संशय-सा छुपा है उसमें।

''आप मुझपर विश्वास नहीं कर सकती?'' मैंने जैसे इल्तिजा-सी की हो।

''मैं संसार के किसी भी पुरुष पर विश्वास नहीं कर सकती'' एक ठगी गयी स्त्री का दुख बोल रहा है। वो एक पुरुष के सामने बैठी, संसार के तमाम पुरुषों पर अविश्वास प्रकट कर रही है।

वो चुप हो गयी है। मैं भी चुप हूँ। उस तरफ़ बेयकीनी है। इस तरफ़ यक़ीन दिलाने की कोशिश है। ख़ामोशी हमारे बीच किसी गूंगे न्यायाधीश की तरह बैठी है।

''एक बात कहूँ?'' मैंने बात का सिरा ढूँढ़ने की कोशिश की है।

उसने मेरी तरफ़ देखा है।

''आप आनेवाली रात से डर रही हैं। इस अकेले फ़्लैट में, यह पूरा दिन क्या डरावना नहीं हो सकता था?'' मैंने गहरी साँस ली है।

''हो सकता था।'' उसने अपना चेहरा झुका लिया है। चुप हो गयी है।

अचानक मुझे कुछ सूझा है। मैं सोफे से उठा हूँ। दीवार पर लटकी बहुत सारी चाबियों में से दो चाबियाँ निकालकर लाया हूँ। उसके सामने आ बैठा हूँ।

चाबियों को मैंने मेज़ पर रखा है। वो चकित-सी मुझे देख रही है। उसका चकित होना ही प्रश्न है।

"ये कमरे की चाबियाँ हैं।" मैंने चाबियों को उठाकर कहा है।

"फिर?"

"रात को आप कमरे को लॉक कर देना भीतर से। यक़ीन मानिए। कमरे की दो ही चाबियाँ हैं। कोई तीसरी चाबी नहीं है।" मैंने फीके-से लफ़्ज़ों में बात पूरी की है।

वो मुझे देख रही है। मुझे और चाबियों को।

चाबियों को मैंने उसकी तरफ़ सरकाते हुए कहा है, "ताला लगाने के बाद आप निश्चिन्त होकर सो सकेंगी।"

"निश्चिन्तता।" उसने मेरे शब्द पर फ़ब्ती कसी है, "पराए घर में...पराए आदमी के साथ...कोई लड़की क्या सचमुच निश्चिन्त हो सकती है?"

"हो सकती है।"

"कैसे?"

"यदि विश्वास हो तो।"

"और यदि विश्वास न हो तो?"

"तब भी आपको रात भर यहीं रुकना होगा। संशय के पीछे जो कमज़ोर-सा विश्वास खड़ा है, उसका सहारा लेकर।" इस बार मैंने न पहले जैसा जज़्बा पेश किया है न विनम्रता दिखाई है।

"कल सुबह आप जहाँ कहेंगी, मैं आपको छोड़ आऊँगा।" मैंने उसे आश्वस्त करने की कोशिश की है।

वो कभी चाबियों को देखती है कभी मुझे। कभी उस बैग को भी देख लेती है। मैं जानता हूँ उसके भीतर कोई विचलन है। एक गहरा अन्तर्द्वन्द्व! इस द्वन्द्व की छायाएँ उसके चेहरे पर भी नज़र आने लगी हैं।

मैं चाय बिस्कुट और पानी का गिलास ले आया हूँ। वो पहले से ज़्यादा नर्वस नज़र आने लगी है। वो कुछ भी खाना पीना नहीं चाहती। उसे भूख नहीं। शायद यह भी कि वो किसी अहसान के नीचे नहीं दबना चाहती।

"आप एम्पटी स्टमक मेडिसन लेती रहीं तो...?"

"तो उससे क्या हो जाएगा?" उसने मेरी बात काटकर प्रश्न किया है। उसके प्रश्न के पीछे खड़ा आवेश मुझे दिखाई दिया है। आवेश के पीछे हताशा का भाव है, मैं जानता हूँ।

मैंने चाय का कप उठाकर उसके हाथ में थमा दिया है, "चुप करके चाय पीजिए। कोई सवाल नहीं। और ये दो बिस्कुट...ये आपके लिए हैं, समझे!"

उसने चाय का कप मुझसे लेकर मेज़ पर रख दिया है। अचकचाकर मुझे देख रही है। थोड़ा सहम गयी हो जैसे। कप के साथ रखे पानी के गिलास को उठाकर उसने कुछ घूँट पानी के गले से उतारे हैं। आँखें मूँद ली हैं। कुछ देर बाद आँखें खुली हैं उसकी। सजल आँखें। सजल आँखों से वो शून्य को देख रही है। संसार की सबसे दुखी, मासूम और अकेली लड़की, जो मेरे सामने बैठी है।

चाय का कप लेकर वो खिड़की के पास चली गयी है। खिड़की से बाहर का दृश्य, एक छोटे-से फ्रेम जितना, वो उसे देख रही है। शायद आकाश को। आकाश में उड़ते परिन्दे को। शायद दरख़्त को। या दरख़्त से टूटते पत्ते को। शायद सड़क पर जाते किसी पैदल आदमी को।

हम सब एक संसार से दूसरे संसार तक पैदल ही तो जाते हैं—वो शायद खिड़की के पास खड़ी यही बात सोच रही हो। यह भी सम्भव है वो रात के बारे में सोच रही हो। पिछली रात ने उसे तहस-नहस कर दिया...इतना अधिक कि वो अपनी देह में नहीं लौटना चाह रही।

और यह रात!

यह रात संशय से भरी रात है उसके लिए। मेरे लाख आश्वासन के बावजूद वो मुझपर विश्वास नहीं कर रही।

यह रात उसके लिए संशय की रात है, मेरे लिये परीक्षा की।

उसने थोड़ा-सा दलिया खाया है। बच गया है उसकी प्लेट में। वो थोड़ा डर गयी है। "कोई बात नहीं।" मैंने कहकर प्लेट उठा ली है।

फिर वही रैपर। गोलियाँ। कैपसूल! पानी।

गोलियाँ-कैपसूल पानी के साथ निगलकर, वो कमरे मे चली गयी है। चाबियाँ मेज़ पर रखी रह गयी हैं।

मैंने दोनों चाबियाँ उसके तकिये के पास रख दी हैं और कह दिया है कि वो कमरे को अन्दर से बन्द कर ले।

सोने से पहले मैंने फ़्लैट की सारी लाइटें जला दी हैं। बेशक, रोशनी का छल, अँधेरे के छल से कम नहीं होता। फिर भी, अँधेरा ज़्यादा डरावना होता है—एक डरी हुई, अकेली, हिंसाग्रस्त स्त्री के लिए और भी ज़्यादा।

सुबह का वक़्त है। पिछली सुबह को चौबीस घंटे गुज़र चुके हैं। चौबीस घंटे पहले यह लड़की मुझे मिली शिकस्ता हालत में। मैं इसे अपने घर ले आया।

फिर सुबह हुई है। लड़की मेरे लिविंग रूम में सो रही होगी। शायद जाग रही हो। जाग रही हो और यहाँ से चले जाने का सोच रही हो।

सुबह कभी अकेली नहीं आती। वो अपने साथ आवाज़ों का लश्कर लेकर भी आती है। रात, आवाज़ों को डाँटकर सुला देती है। सुबह उन आवाज़ों को जागने का हुनर अता करती है। जागती हुई चीज़ों को देखना, किसी ख़ुशख़्याल से कम नहीं होता।

सुबह की आवाज़ और स्त्री के पैरों की आवाज़, कई बार एक जैसी प्रतीत होती हैं। दोनों को दिन भर की लम्बी यात्रा करनी होती है।

स्त्रियों को देखो तो कई बार वो ख़ुद किसी सुबह की तरह नज़र आती हैं। ताज़ादम, धूप के पानी में नहाई हुई। वो उठती हैं तो घर की हर शय जाग उठती है। फ़र्श जागता है और बर्तन भी। चायपत्ती, चीनी और उबलता हुआ पानी सब जागते हुए। चूल्हे की आग जाग जाती है और टूथपेस्ट का ब्रश, दाँतों के साथ मिलकर जागने की ही तो बातें कर रहा होता है। स्त्रियाँ सचमुच सुबह की तरह होती हैं। सोई हुई हैंडपम्प की हत्थी को भी स्त्रियाँ ही तो जगाती हैं।

स्त्रियाँ घर में चहलक़दमी की तरह होती हैं। लेकिन वो स्त्री जो कमरे में अब तक सो रही है। वो चलती है तो ऐसा लगता है मानो उसने पैरों में उदासी की हवाई चप्पलें पहन रखी हों। वो अपनी चहलक़दमी न जाने कहाँ छोड़ आई है।

जीसस ने कहा था—धन्य हैं वो लोग जो पीछे होने में समर्थ होते हैं।

यह लड़की अपने आपको पीछे रखती है। संसार में सबसे पीछे। नहीं संसार से पीछे नहीं। वो अपने से भी पीछे रहती है।

पीछे रहनेवाले लोग कभी शिखर नहीं होते। वो घाटियाँ होते हैं। घाटियाँ जो हमेशा भरी हुई रहती हैं।

यह लड़की मुझे किसी घाटी जैसी प्रतीत होती है। दुख की सैकड़ों वनस्पतियाँ और यह लड़की।

मेरे ऑफ़िस में कितनी सारी लड़कियाँ हैं—यंग लेडीज़। स्नॉब। स्मार्ट। शानदार कपड़े। सम्मोहित करती। अपनी तरफ़ खींचता-सा प्रफ़्यूम।

वो तमाम लड़कियाँ मुझे अच्छी लगती रही हैं, बेशक। अपोज़िट सेक्स का आकर्षण तो होता ही है। लेकिन यह लड़की। पता नहीं क्यों, मुझे उन सब लड़कियों से यह लड़की ज़्यादा अच्छी लगने लगी है।

यह लड़की जो मुझे अच्छी लगने लगी है, हो सकता है वो आज ही यहाँ से चली जाए।

मैं बहुत देर से चाय के दो कप बनाकर बैठा हूँ। पानी का गिलास, ग्लूकोज़, चम्मच मैंने एक प्लेट में रख दिए हैं। बिस्कुट भी दो तरह के रख लिये हैं मैंने। केक स्लाइस भी और चीज़ क्यूब भी।

प्लेट के पास मैंने रेबीफस्ट डी एस आर भी रख ली है। उसे ख़ाली पेट लेना

होता है।

मैंने एक और चीज़ भी रख ली है—वो इन्तज़ार है। मैं उसके आने का इन्तज़ार कर रहा हूँ।

इस बात पर मैं ख़ुद हैरान हूँ कि मैंने उसके दरवाज़े को 'नॉक' नहीं किया। बस, यूँ ही बैठा हुआ इन्तज़ार कर रहा हूँ। जैसे मुसाफ़िर रेलवे प्लेटफार्म पर बैठे उस रेलगाड़ी का इन्तज़ार कर रहे होते हैं जो लेट चल रही होती है। जो पेसेंजर ट्रेन होती है। जिसका हर छोटे बड़े स्टेशन से पुराना रिश्ता होता है। जो हर केबिन मैन को सलाम करते हुए गुज़रती है।

मैं लड़की का इन्तज़ार कर रहा हूँ। हर पल सामने दरवाज़े की तरफ देखता हूँ।

आज मैं इतना फ़ुरसत में हूँ कि इन्तज़ार करना मुझे जीवन का अनिवार्य हिस्सा लग रहा है।

अमूमन, सुबह के वक़्त मैं बहुत व्यस्त रहता हूँ। काम में जुटा रहता हूँ। कभी कुछ कभी कुछ। बाकी दिन दफ़्तर की तैयारी में। संडे का दिन घर की बिखरी चीजों को ठीक करने में गुज़र जाता है। पता नहीं डस्ट कहाँ से आ जाती है। मैं डस्ट झाड़ता हूँ। और एक हफ़्ते के अन्दर फ़्लैट में डस्ट! डस्ट सारे चोर दरवाज़े जानती है। ताज्जुब है, मुझे अपने फ़्लैट के चोर दरवाज़ों का पता नहीं, लेकिन डस्ट को पता है। डस्ट मुझे बिलकुल अच्छी नहीं लगती, लेकिन वो होती है। अपने वजूद के साथ। हर जगह। अपना रूप बदलती हुई। लेकिन हर जगह। वो शेल्फ़ में बारीक तह की तरह। दरवाज़ों पर दस्तक की तरह। टी.वी. स्क्रीन पर बेसुरे भक्ति संगीत की तरह। फ़र्श पर रेंगती हुई ख़ामोशी की तरह।

इस डस्ट का क्या करूँ जो पूरे शहर में, शहर की आबोहवा में घुलमिल गयी है। हम जिसे तहज़ीब कहते हैं उसमें भी कुछ परतें डस्ट की चढ़ चुकी हैं।

आत्मा का मुझे पता नहीं, लेकिन डस्ट,' मन में बेरोक-टोक चली आती है। कभी तनाव के रूप में। कभी रिश्तों के ख़ात्मे के रूप में। संशय और भय की डस्ट तो अब इस मैट्रोसिटी के जीवन शिल्प में शुमार हो चुकी है। लोग पहले दूसरों से डरते थे, अब अपने आपसे डरने लगे हैं। पता नहीं चलता मैट्रो की इन्तज़ार में खड़ा शख़्स, मैट्रो के आते ही, मैट्रो के आगे कूद जाएगा। वैशाली का टिकट लेनेवाला शख़्स अपनी अनन्त यात्रा पर निकल जाएगा—किसने सोचा था? डस्ट अगर दिमाग़ में छा जाए तो वो जाले बुनने लगती है। और दिमाग़ के जाले, आदमी को संसार से काट के रख देते हैं।

व्यर्थता क्या डस्ट नहीं होती? बेशक होती है। और व्यर्थता का बोध? कुल्हाड़ी के प्रहार जैसा। यह समय ऐसा है कि हर कोई व्यर्थतता की डस्ट से बचना चाहता है।

वो लड़की बॉथरूम की तरफ़ गयी है। उसकी आँखें झुकी हुई थीं, सर पृथ्वी की ओर। वो मुझसे छुपकर या बचकर निकल जाना चाहती थी। हम जिससे चिढ़ते हैं उसे अक्सर अनदेखा करके निकलते हैं। वो इसी तरह बॉथरूम की तरफ गयी है। मैंने अपने आपसे सवाल किया है—क्या वो मुझसे गुडमॉर्निंग करती? वो जैसे गयी है, कोई भी लड़की बॉथरूम की तरफ इसी तरह जाती।

बॉथरूम से निकलते वक़्त उसने दुपट्टे से कमीज़ के फटे हुए हिस्से को ढँकने की कोशिश की है। फिर पूरे फ़्लैट को अजब नज़रों से देख रही है। उसे लगता है जैसे फ़्लैट की दीवारें उसे घूर रही हैं। कमीज़ के शिगाफ़ के भीतर झाँक रही हैं।

फिर उसने मुझे देखा है। दुपट्टे में ख़ुद को लपेटती हुई-सी। दुपट्टा उसका सुरक्षा कवच है।

वो सोफे के पास आकर खड़ी हो गयी है।

मैंने उठकर कहा है, "मैं आपका इन्तज़ार कर रहा था। आप बैठिए।"

उसने हैरान नज़रों से मुझे देखा है। पता नहीं क्या सोच रही है?

"आप बैठिए। चाय ठंडी हो गयी है। मैं दोबारा बना लाता हूँ।"

वो बैठ चुकी है। चाय से ज़्यादा सर्द तो वो है। वो इतनी सर्द है कि वातावरण को आइस क्यूब में बदल डालती है।

मैं दोबारा चाय बना लाया हूँ। चाय से पहले मैंने पानी का गिलास उसके सामने रखा है फिर स्ट्रिप में से रेबीफास्ट डीएसआर निकालकर दी है।

उसने कातर दृष्टि से मुझे देखा है। आँखें थोड़ी थोड़ी नम हैं। हाथ अब भी काँपते हुए-से। चेहरे पर अब भी उदासी की काई।

पानी के साथ उसने टेबलेट को गटक लिया है। लेकिन गिलास रखना भूल गयी है। गिलास उसके हाथ में है। मैंने बड़े इत्मीनान से गिलास को उसके हाथ से ले लिया है। चाय का कप उसके हाथों में सौंपते हुए ज़रा-सा हाथ छू गया है। उसने मुझे देखा है। मैंने उसे। इस स्पर्श ने ज़रूर कुछ कहा है। पता नहीं क्या कहा है।

खिड़की के पास जो कुर्सी पड़ी है। वो चाय का कप लेकर वहाँ जा रही है।

कुर्सी पर बैठते-बैठते चाय का कप उसके हाथ से फिसला है। फ़र्श पर जा गिरा है। कप के टूटने की आवाज़ के साथ उसकी भी आवाज़ सुनाई दी है। रोती हुई-सी। डरी हुई-सी आवाज़।

वो सचमुच डर गयी है। टूटे हुए कप, बिखरी हुई चाय को देख रही है। थर-थर काँप रही है। कुर्सी पर बैठी हुई वो जैसे करंट की ज़द में आ गयी हो।

मैं भागकर उसके पास पहुँचा हूँ। मैंने उसके कन्धे पर हाथ रखा है। वो चौंक गयी है। डर तो वो पहले से रही थी।

मैं कहता जा रहा हूँ, "कुछ नहीं हुआ। कुछ भी नहीं हुआ। कप ही तो टूटा है। चाय ही तो बिखरी है। मामूली-सी बात है। बिलकुल मामूली बात। नथिंग टू वरी। चाय का कप तो गिरता ही रहता है। मुझसे कई बार गिरा है। कप टूटे हैं बहुत सारे। इसमें डरने की क्या बात है? अभी चाय बन जाएगी। रिलैक्स! प्लीज़ रिलैक्स!"

वो थोड़ा सहज तो हुई है। लेकिन हाँफ रही है। हर बात पर हाँफने लग जाती है। वो डरी हुई आँखों से देखते-देखते खिड़की की तरफ़ देखने लगी है।

मैं किचन की तरफ लपकता-सा गया हूँ। चाय बनाई है। शानदार कप में चाय डालकर उसके लिए चल पड़ा हूँ।

पहली बार उसने मुझे आभार व्यक्त करती नज़रों से देखा है। दोनों हाथों से चाय का कप लेकर अब वो खिड़की के बाहर देखने लगी है। वो जिस दुनिया से डरी हुई है। उसी दुनिया को देख रही है। सामने एक सौ बीस फुट चौड़ी सड़क। वाहन। हॉर्न। लोग। कोठियाँ। फ़्लैट। एक सरगर्म दुनिया। अपने में ग़र्क। व्यस्त। शोर मचाती दुनिया। अपने होने का अहसास कराती दुनिया।

वो किसी-किसी वक़्त चाय के घूँट भरती है। उस दुनिया को देखती है। उस दुनिया को या उस दुनिया की छलनाओं को। उस दुनिया का आकर्षण, कपट की उस सर्कस तक ले जाता है जहाँ हर बौना, पाखंड का महा-उत्सव रचता है। वो उस दुनिया को देख रही है। चाय का कप उसके हाथ में है। वो चाय ख़त्म नहीं करना चाहती। चाय के कप के रूप में उसे सच्चा साथी मिल गया हो जैसे।

मैंने मोबाइल चार्जिंग पर लगाया है। स्विच ऑन हो गया था शायद। रिंगटोन बज उठी है। मैं सँभल-सा गया हूँ। वो सिहर-सी गयी है।

चौबीस घंटे बाद यह शायद पहली आवाज़ है—बाहर की आवाज़। एक फोन पहले भी आया था मनीष का। दो बातें। टो टूक। फ़ोन बन्द।

मोबाइल पर रिंगटोन बज उठे तो हमें अच्छा लगने लगता है। मुझे पता नहीं सब लोग कैसा महसूस करते हैं। लेकिन मुझे अच्छा लगता है। किसी की कॉल मेरे भीतर के सन्नाटे और बाहर के अकेलेपन को रुख़सत कर देती है कुछ देर के लिए।

मोबाइल पर किसी दोस्त की बातें सुनना किसी क्लीग से बातें करना एक शगल की तरह होता है। ऐसे वक़्त मैं कुछ सतर्क भी हो जाता हूँ। हमारी बातचीत जारी रहती है और हम सब निरन्तर चौकन्ने भी रहते हैं। हमारी भाषा औपचारिकता की चारदीवारी में खड़ी होती है।

लेकिन इस वक़्त फ़ोन सुनना प्रॉब्लम क्रिएट कर सकता है और न सुनना भी।

खिड़की के पास कुसी पर बैठी लड़की रिंगटोन सुनकर सहम गयी थी। वो हर आवाज़ से डर जाती है। डर उसके भीतर स्थापित है और यह लड़की इस घर में विस्थापित!

‘‘कल मीटिंग है।’’ जतिन का फोन है। वो मुझे याद दिला रहा है। हम दोनों एक ही आफ़िस में, एक ही डिपार्टमेंट में हैं। डेज़ीगनेशन भी बराबर हैं। लेकिन मैं सीनियर हूँ। मेरा इम्प्रेशन भी ‘वी पी’ पर ज़्यादा है।

‘‘कल मीटिंग है, रिमेम्बर।’’

‘‘हाँ पता है।’’

‘‘मोबाइल ऑफ था? उसने पूछा है।’’

‘‘हाँ।’’

‘‘मैं कल से ट्राई कर रहा था। मोबाइल क्यों बन्द कर रखा था? मोबाइल के ज़रिये तो हम ‘टच’ में रहते हैं।’’ उसने प्रवचन-सा झाड़ा है।

‘‘आई नो।’’

‘‘व्हॉट?’’

‘‘के मोबाइल के ज़रिये हम टच में रहते हैं।’’ मैंने रूखा-सा जवाब दिया है। लफ़्ज़ों की रेत उड़ती हुई नज़र आई है मुझे।

‘‘क्या बात थी? वो पूछ रहा है।’’

‘‘कौन-सी बात?’’

‘‘बात? बात यही कि यार तूने मोबाइल स्विच ऑफ कर रखा था।’’

‘‘मैं थोड़ा पर्सनल होना चाहता था।’’ मैंने रुखा-सा जवाब दिया है। मैंने पलटकर देखा है। वो लड़की मेरी बातें सुन रही है। चाय का कप अब भी उसके हाथ में है। जैसे चाय का कप न हो, किताब हो और वो उसे बड़े मनोयोग से पढ़ रही हो।

‘‘पर्सनल होने की क्या ज़रूरत थी?’’ वो पूछ रहा है।

मैंने कोई जवाब नहीं दिया। मैं लड़की को देख रहा हूँ।

‘‘यानी नो डिस्ट्रबेंस एट ऑल। फ्री फ्रॉम ऑल केयर्ज़ एंड एंग्ज़ायटीज़।’’ वो हँस रहा है। मैं चिढ़ रहा हूँ। लड़की देख रही है।

‘‘निर्वाण प्राप्त करने का इरादा है क्या?....फ़्लैट बन्द। दरवाज़े बन्द। मोबाइल बन्द। पूरी दुनिया से कट ऑफ़। अपना एक डेरा। अपना एक नो मैंस लैंड...एम आई राइट?’’ जतिन हँस रहा है। लेकिन मैं उसकी हँसी में शामिल नहीं हूँ। और कोई वक़्त होता तो मैं ठहाके लगा रहा होता। लेकिन यह वक़्त, नाज़ुक और मार्मिक वक़्त है। खिड़की के पास बैठी ग़मगीन और उदास लड़की मेरी हँसी को किस रूप में लेगी। मेरे ठहाके पत्थर की तरह उछलेंगे। और जा लगेंगे सीधा उसके दिल पर। पूरा माहौल दो हिस्सों में बँट जाएगा। एक मैं, ठहाके लगाता हुआ। एक वो, अपने सोग़ में डूबी हुई।

दो लोग दुखी हों तो वो एक जैसे होते हैं। उनका एक संसार होता है। एक

संसार के दो प्राणी। एक दूसरे के दुख का आदर करते हुए। लेकिन एक दुखी हो और दूसरा हँसता-मुस्कराता।

लड़की निर्निमेष मुझे देख रही है। मैंने मोबाइल कान पर लगा रखा है। लेकिन मैं बोल नहीं रहा। वो मेरी ख़ामोशी को पचा नहीं पा रही। इस ख़ामोशी का वो कोई अर्थ तलाश कर रही है।

''राजेन सो कुआइट यू आर। सो सीरियस।'' जतिन ने मेरी ख़ामोशी को महसूस किया है।

ऑफ़िस में सब क्लीग मुझे राजेन कहते हैं। राजन कोई भी नहीं कहता।

''नथिंग एल्स! आई एम फ़ाइन।'' मेरे लहजे में लापरवाही-सी है।

''वेदर इज़ आलसो फ़ाइन।'' जतिन हँस रहा है।

मैं चुप हूँ।

''कुछ नर्वस हो यार?''

''बिलकुल नहीं।''

''राजेन टेल मी। कल कार से आओगे या मेट्रो से?'' जब बातें ख़त्म होने लगती हैं तो हम कार, मैट्रो, सिनेमा, मॉल की बातें करने लगते हैं। जतिन के पास बातें ख़त्म हो चुकी हैं।

''जतिन, कल मैं ऑफ़िस नहीं आऊँगा।'' मैंने बहुत धीमे से कहा है। कुछ इस लिहाज़ से कि खिड़की के पास बैठी लड़की मेरी बात सुन न ले।

''कल मीटिंग है यार।''...इम्पोर्टेंट मीटिंग।

''सारी मीटिंग इम्पोर्टेंट होती हैं।''

''क्यों नहीं आ रहा कल...क्या प्रॉब्लम है?''

''भतीजा हॉस्पीटलाइज़्ड है। इसलिये दो-तीन दिन आफ़िस नहीं आ सकूँगा।''

मेरी बात उस लड़की तक पहुँची है शायद। वो मेरी तरफ़ देख रही है।

''ओह आई एम सॉरी राजेन। क्या प्रॉब्लम है उसे? जतिन की आवाज़ में बनावटी क़िस्म का दुख है।

''अभी डायग्नोज़ नहीं हुआ।...शायद लीवर प्रॉब्लम है।''

''कौन-से हॉस्पिटल में है?''

''अभी गंगाराम में है। अपोलो में शिफ़्ट करने का सोच रहे हैं।''

मैंने झूठ को बड़े विश्वसनीय ढंग से व्यक्त किया है। वो बहुत ज़्यादा सच लगने लगा है।

लेकिन लड़की हैरान होकर मुझे देख रही है।

''मीटिंग इज़ इम्पर्टेंट बट!...यार, भतीजे का प्रॉपर्ली इलाज कराओ।''

''हाँ यार, उसके लिए हम सब चिन्तित हैं।'' मैंने बात पूरी करके मोबाइल

बन्द कर दिया है।

मोबाइल बन्द करने के बाद मैं लड़की को देख रहा हूँ। चौंक-सा गया हूँ। हतप्रभ हूँ उसे देखकर। उसने चाय का कप फ़र्श पर रख दिया है। ख़ुद भी फ़र्श पर बैठी है। टूटे हुए कप के टुकड़े उसने हाथों में उठा रखे हैं। साबुत कप उसने रख दिया है। टूटे कप के टुकड़े उसके हाथ में हैं।

अजीब लड़की है। हर पल एक नयी स्थिति पैदा कर देती है। मैंने जाकर उसके हाथों से टूटे हुए कप के टुकड़े ले लिये हैं। उसने वो टुकड़े ऐसे दिए हैं जैसे अपनी टूटी हुई उम्मीदें मेरे हाथ में दे रही हो।

मैंने बात बदलने की नीयत से कहा है, "आप शर्ट चेंज कर लीजिए।"

"किसलिये?"

इस प्रश्न का तो मेरे पास कोई जवाब नहीं। मैं चुप खड़ा उसे देख रहा हूँ।

"साफ सुथरी शर्ट पहन लूँ?" उसने मासूमियत से कहा है। एक अबोध शिशु जैसी लग रही है वो।

"इस शर्ट पर कीचड़ लग गया है।" उसके कथ्य को मैं समझ रहा हूँ। उसने कीचड़ शब्द पर कुछ ज़ोर-सा दिया है।

"कीचड़ और ख़ून के धब्बे और यह शर्ट फट भी गयी है कई जगह से।" उसने गहरी साँस ली है।

मैं चुप हूँ। उसे नहीं देख रहा। कहीं और देख रहा हूँ। देख रहा हूँ या अपने आपको उससे छुपा रहा हूँ। उसके प्रश्नों ने मुझे निहत्था कर दिया है। मेरी आँखें शून्य में भटकती हुई, कोई चारागर ढूँढ़ रही हों जैसे। एक ऐसा चारागर जो इस लड़की की वेदना को कम कर सके।

वो उठकर चली गयी है। अटैची से तौलिया और घरेलू सूट और अंडरगारमेंट्स निकालकर बॉथरूम की तरफ जा रही है अंडरगारमेंट को तौलिये में छुपाकर।

मैंने राहत की साँस ली है।

लड़की बेशक हालात से टूट चुकी है। लेकिन हार नहीं मान रही। अपने भीतर टूट गयी किसी शय को जोड़ने की कोशिश कर रही है। मैं हैरान हूँ वो नहाने चली गयी है हो सकता है वो मुझसे डरकर सब काम कर रही हो।

बहुत साफ-सुथरी, बहुत सुन्दर लग रही है वो। बॉथरूम के पास ठिठक गयी है। मैं अपलक देख रहा हूँ उसे। उसके गीले बालों से टपकती पानी की बूँदें। उसका उज्ज्वल-सा चेहरा—प्रज्वल्लित दीप शिखा जैसा। न फ़ेशियल, न क्रीम, न मेकअप। फिर भी सुन्दर। बड़ी-बड़ी काली आँखों से मुझे देखती हुई।

वो सोफे के उसी कोने में आ बैठी है।

"आप सम्पूर्ण स्त्री लग रही हैं।" मैं कह तो बैठा। बाद में मुझे महसूस हुआ

प्रशंसा का यह तरीका कुछ ठीक नहीं।

''मेरी सम्पूर्णता नष्ट हो गयी है।'' आवाज़ में तल्खी।

''कुछ भी नहीं।''

''बस इतना आसान हल!'' वो आवेश में है।

''कुछ लोग मुश्किलों को चुनौती के रूप में लेते हैं। असम्भव से जीवन की शुरुआत करते हैं।''

''शुरुआत या अन्त?''

''आप अन्त का सोच रही हैं?''

''नहीं, अन्त का नहीं सोच रही। लेकिन अधूरेपन का सोच रही हूँ।'' उसकी आँखें भीग गयी हैं। और आवाज़ न सिर्फ़ ग़मज़दा बल्कि डूबी हुई।

मन करता है उठकर उसके पास जाऊँ। उसके चेहरे को अपने हाथों में भरकर कहूँ, ''आप अधूरी नहीं हुई। आप बिलकुल वैसी हैं, जैसे कभी थीं। मन करता है उसे सहलाता रहूँ। तब तक, जब तक कि वो अपना रोना बन्द न कर दे।

यही तो दिक्कत है। मैं सोचता ज़रूर हूँ। कर कुछ भी नहीं पाता। हमारे बीच संवादों का एक काग़ज़ी पुल बनता है। कुछ देर बाद टूट जाता है। वही अविश्वास फिर से आकर खड़ा होता है उसके अन्दर। फिर अन्त कुछ इस तरह होता है कि वो उठकर चली जाती है।

वो अब भी उठकर कमरे में चली गयी है।

मैंने किचन में जाकर चाय बनाई है। बटर टोस्ट तैयार किए हैं। ट्रे में चाय के दो कप, बटर टोस्ट की प्लेट रखकर उसके कमरे में आया हूँ। वो दीवार की तरफ़ मुँह करके लेटी हुई थी। चौंककर उठ बैठी है। हैरान-सी है। मुझे देखकर। चाय देखकर। उससे पहले जितनी बार चाय पी, बाहर बैठकर पी। अब मैं कमरे में चला आया हूँ—किसी हस्तक्षेप की तरह। मैंने उसकी निजता को खंडित कर दिया हो जैसे। या फिर उस अहसास के अदृश्य पंडाल को गिरा दिया हो, जिसमें वो ख़ुद को छुपाकर बैठी थी।

''मेरा यहाँ आना अच्छा नहीं लगा?'' मैंने बिस्तर पर अख़बार बिछाते हुए, उस पर चाय की ट्रे रखते हुए पूछा है।

''सारा घर आपका है सर! आप कहीं आएँ। मैं कौन होती हूँ अच्छा या बुरा महसूस करनेवाली?'' फिर वही ज़ख़्मी आवाज़। अवसादग्रस्त मन से निकली है।

मैंने चाय का कप उसके हाथ में थमा दिया है। वो कुछ देख रही है। कुछ सोच रही है। अचानक उसकी आवाज़ उभरी है, ''सर, आज आप मुझे छोड़ आएँगे?''

विनती है उसके स्वर में।

''ज़रूर छोड़ आऊँगा। लेकिन लेडी डॉक्टर ने पाँच दिन के रेस्ट के लिए

कहा है। आप सुन रही थीं न डॉक्टर की बात?" मैंने किसी बच्चे को समझानेवाले लहजे में उसे कहा है।

उसने चाय के कप को ट्रे में रखते हुए कहा है, "सर, एक बात पूछूँ? ...क्या दुष्कर्म के बाद स्त्रियों को आराम की ज़रूरत होती है?"

उसका सवाल सुनकर मैं हिल-सा गया हूँ। वो प्रश्न नहीं करती। ब्लेड-सा चला देती है। ऐसा सवाल कोई सामान्य स्त्री किसी पुरुष से नहीं पूछ सकती। लेकिन इस लड़की की हालत कुछ और है। वो अवसाद में है। बौराई हुई। अकेली। उसे शायद पता नहीं, वो क्या बोल रही है। हो सकता है उसे सब पता हो। लेकिन मैं जवाब देने की स्थिति में नहीं हूँ।

चाय के कप हम दोनों के ट्रे में रखे हैं। हम दोनों अपनी अपनी चुप को चबा रहे हैं।

"तो पाँच दिन के लिए मुझे यहाँ रुकना होगा?" वो पूछती है। एक बेबस-सा प्रश्न।

"तीन चार दिन।...अगर आप चाहें तो?"

"न चाहूँ तो?"

"आप जहाँ कहेंगी मैं आपको छोड़ आऊँगा।"

वो आवेश में उठती है। जैसे कि एक मिनट में अटैची और बैग उठाकर चल पड़ेगी।

मैंने उसके कन्धों पर अपने हाथ रखे हैं। कोई दोस्त, दूसरे दोस्त के कन्धे पर हाथ रखता है जैसे। उसने कहा कुछ नहीं। थोड़ा सकुचा गयी है। मुझे देख रही है, और मैं उसे।

"सुनो।" मैंने बड़ी हार्दिकता से कहा है, "आप कम से कम तीन दिन तक यहाँ रहेंगी।"

"यहाँ?" बच्चे जैसे प्रश्न को दोहराते हैं, वैसे उसने सवाल को दोहराया है।

"ठीक है सर।" एक डरी हुई लड़की का स्वर है यह।

"और सुनो।" मैंने थोड़ी ऊँची आवाज़ में कहा है। वो सहमकर देखने लगी है।

"मैं 'सर' नहीं. राजन हूँ...राजन।"

"ओ.के. सर!"...राजन।" झाड़ियों में अटकी हुई आवाज़। खरोंचज़दा।

मैंने चाय का कप उसके हाथ में फिर थमा दिया है। वो चाय लेकर दीवार की तरफ़ चली गयी है।

चाय के कुछ घूँट भरकर रुकी रही है कुछ देर। फिर उसकी आवाज़ उभरी है", उत्पीड़ित होना बहुत बुरा होता है सर।...शरीर और आत्मा दोनों घायल हो

जाते हैं।''

''पीड़ित कौन नहीं?'' मैंने चाय का घूँट भरकर पूछा है।

''कौन मतलब?''

''मतलब कि हम सब!...हम सब पीड़ित-शोषित हैं...कहीं न कहीं...किसी न किसी क्षेत्र में।'' मैंने दलील दी है।

''मेरी तरह पीड़ित?'' नुकीला-सा प्रश्न है उसका।

''नहीं, वैसे तो नहीं।'' मैं उससे नज़रें नहीं मिला पा रहा।

''सर, यह समय डरावना समय है।'' उसकी आवाज़ में गहरा दुख है। वो अवसाद में है। उसपर गोलियों का असर है। वो निहत्थी लड़की, अपने भीतर डरी हुई, गहरी साँस लेती है। जैसे साँस टूट गयी हो उसकी।

''आप ठीक कहती हैं। यह समय दुराचारियों के जश्न मनाने का समय है।''

उसने चाय पी है। थोड़ा-सा बटर टोस्ट खा पाई है। उसने मुझे ऐसे देखा है जैसे वो चाहती हो कि मैं उसके कमरे से चला जाऊँ।

मैं उठकर चला आया हूँ। वो धप्प से गिर पड़ी है। उसे गोलियाँ सुला देती हैं। उसे सदमा जगा देता है। वो हड़बड़ाकर उठती है। बॉथरूम में चली जाती है। लौटती है। सोफे के कोने में आ बैठती है। उसकी पलकें बोझिल-सी नज़र आती हैं। उसके हाथ आपस में गुत्थम-गुत्थ! जैसे वो कोई युद्ध लड़ रही हो अपने इन दो हाथों से।

कभी कभी वो मेज़ पर पड़े बैग को देखती है। विरक्ति ऐसी कि बैग को उसने कभी नहीं खोला। बस, देखा है कई बार।

तीन दिन गुज़र चुके हैं। आज चौथा दिन है। मैंने उसे तीन दिन रहने के लिए कहा था। मैंने उसे रहने के लिए क्यों कहा और वो तीन दिन मेरे फ़्लैट में...अजनबी, अकेले पुरुष के घर में क्यों रुकी रही, ऐसे सवालों के जवाब मेरे पास नहीं हैं। लेकिन फिर भी नेज़े उछालता सवाल बड़ी शिद्दत के साथ मौजूद है कि मैंने इस लड़की को अपने फ़्लैट में क्यों रोका?

यह सवाल और कोई नहीं पूछ रहा, मेरी आत्मा पूछ रही है। आत्माओं के पास प्रश्नों का अम्बार होता है। प्रश्न पीछे पड़े रहे जाते हैं। हम आगे निकल पड़ते हैं।

मैंने उसे तीन दिन रुकने के लिए कहा था। मियाद पूरी हो चुकी है। वो अब यहाँ से चली जाएगी और मैं उसे नहीं रोक पाऊँगा। मैं क्यों रोकूँ? मैं होता कौन हूँ उसे रोकनेवाला? कैसी मेहमाननवाज़ी है ये। मेहमान रुकना नहीं चाहता और मेज़बान उसे रोकने पर आमादा है।

हम आमने सामने बैठे हैं—जैसे मकान की दो दीवारें होती हैं। एक दूसरे को देखती हुई—चुपचाप!

मैंने उसके सामने चाय का कप रखा है। लेकिन चाय के कप को उचटती नज़र से देखकर उसने सवाल किया है, ''आप मुझे यहाँ कब तक रखेंगे?''

''रखेंगे?'' मैं इस लफ़्ज़ को दोहरा रहा हूँ। कितना बेकैफ़-बेलज़्ज़त है ये लफ़्ज़—रखेंगे।

जैसे मैंने उसे बन्धक के रूप में रखा हो।

''आप यहाँ किसी रखी हुई चीज़ की तरह नहीं हैं। और किसी बन्धक की तरह भी नहीं हैं आप।''

''मैं किस रूप में हूँ यहाँ?'' उसने बड़ी सादगी से पूछा है।

''मित्र के रूप में।''

''मित्रता के लिए बराबर का प्लेटफ़ॉर्म होता है।''

''क्या मैं आपको मित्र जैसा नहीं लगता?''

''बात लगने की नहीं, होने की है।''

''लिसन! यहाँ आप अपने होने को मित्र का होना मान सकती हैं।''

''कैसे मान लूँ?''

''तो आप यहाँ से जाना चाहती हैं?''

''हाँ, जाना चाहती हूँ। और...।'' वो कुछ कहते-कहते रुक गयी है।

''और क्या?'' मैं चाहता हूँ वो मन की बात कह दे।

''नहीं, कुछ भी नहीं।'' गहरी साँस ली है उसने। फिर कुछ देर चुप रहने के बाद, चेहरे को छत की तरफ देखते हुए वो कह रही है, ''इस फ़्लैट में दो व्यक्ति हैं।...दो पात्र।...दो स्थितियाँ...।'' वो चुप हो गयी है। मैं उसे देख रहा हूँ बस।

वो किसी मंच से बोल रही हो जैसे, ''एक पात्र दयनीय।...एक पात्र हीनता से पीड़ित।...एक पात्र दुराचार की वेदना को भोगता। एक पात्र छटपटाता हुआ। एक पात्र भयभीत। एक पात्र विस्थापित।...दूसरी ओर आप! एक अन्य पात्र। उदार। उदात्त। दयावान् और शरणदाता...।'' कहते-कहते वो हाँफने लगी है। जैसे कुएँ से पानी नहीं, शब्दों को रस्सी से खींच रही हो।

वो अवसाद में डूबी है। अस्थिर, बेचैन, अकेली, धैर्यहीन! वो जब बोलती है उसके शब्दों में नुकीलापन आ जाता है। एक बौखलाई हुई लड़की का आक्रोश-दबा-दबा-सा, महसूस होता है।

उसमें धैर्य नहीं रहा। मुझमें तो है। वो आक्रोश में हो बेशक, मेरी कोशिश तो यही हो कि मैं विनम्र बना रहूँ। बेशक, मैं रामचन्द्र नही बन सका। रामचन्द्र जैसा औदात्य और पराक्रम भी मुझमें नहीं है। उन जैसी तेजस्विता, प्रज्ञा और शक्ति भी

मुझमें नहीं। उन जैसी विनम्रता और सहनशीलता भी नहीं। विनम्रता का प्रयास तो कर सकता हूँ।

विनम्रता का प्रसंग मुझे अक्सर याद आता है।

रामचन्द्र समुद्र पर पुल बनाना चाहते थे। उन्होंने यज्ञ-हवन के लिए राजा रावण को आमन्त्रित किया जो ब्राह्मण थे। रावण लोक परम्परा के अनुसार आमन्त्रण को अस्वीकार नहीं कर पाए। उपस्थित होकर पूजा सम्पन्न कराई।

पूजा के बाद रामचन्द्र ब्राह्मण को दक्षिणा देना चाहते थे। बोले, ''मेरी सामर्थ्य के अनुसार आप कुछ माँगिए।''

''तू क्या देगा, दर-दर की भीख माँगनेवाला।'' रावण का अहंकारी स्वर फूट पड़ा।

''फिर भी आप कहिए।'' रामचन्द्र जी ने पुनः निवेदन किया।

''अरे, तू अपनी पत्नी की रक्षा न कर सका नपुंसक! तू मुझे क्या देगा?'' रावण ने न सिर्फ़ कटाक्ष किया बल्कि रामचन्द्र के पौरुषरूप को भी ललकार दिया।

रामचन्द्र कुछ देर शान्त रहे। फिर दोहराया अपना कथन, ''अपने सामर्थ्य के अनुसार मैं आपको कुछ तो दे सकता हूँ। ...आप कहिए तो सही।''

इस बार रावण बड़ी गम्भीरता से बोला, ''रामचन्द्र! तू दे सकता है तो अपनी यह विनम्रता मुझे दे दे।''

मैं जब-जब आवेश में होता हूँ। मुझे यह प्रसंग अनायास याद आने लगता है। तब ऐसा महसूस होता है मेरे भीतर छुपकर बैठा कोई रावण, रामचन्द्र से विनम्रता का दान माँग रहा है।

वो उठकर चली गयी है। मैंने अपने फ़्लैट में किसी अपरिचित-सा बैठा हूँ। चुप हूँ। उतना चुप मैं पहले कभी नहीं रहा। आवाज़ों की एक दुनिया होती है। साइकिल की घंटी की आवाज़ से लेकर बसों के, डर पैदा करते हॉर्न तक की आवाज़! नारे लगाते जुलूस की आवाज़ों से लेकर, पटरी पर बैठे सहमे हुए भिखारी की मरियल-सी आवाज़! ईंटों के खरंजे पर जूतों की आवाज़ से लेकर, दरख़्त से टूटकर गिरते पत्तों की आवाज़!...आवाज़ों की एक अपनी दुनिया होती है। उस दुनिया में हम भी होते हैं अपनी आवाज़ के साथ!

मुझे अब पता चला है, ख़ामोशी की भी एक सल्तनत होती है। वो आवाज़ों के संसार से ज़्यादा व्याकुल, ज़्यादा अर्थवान होती है। वो भाषा की तरह होती है...किसी लिपि की तरह भी।

मैंने इन दिनों महसूस किया है, ख़ामोशी बोलती बेशक न हो, सुनती ज़रूर है।

इस अपरिचित लड़की ने बहुत थोड़ा-सा खाया है। आधी चपाती। थोड़ी सी सब्जी। चाय। बस इतना ही।

कुछ देर वो बेचैन-सी बैठी रही। उठी। और वॉशबेसिन में जाकर उल्टी कर दी। एक बार दो बार...। तीसरी बार जब वो उल्टी करके आई है तो पूरी तरह से निढ़ाल हो चुकी है।

मैं उसे देखकर घबरा गया हूँ। कहीं मर न जाए—यह सोचकर मैं बदहवास हो उठा हूँ। समझ नहीं आ रहा है कि क्या करूँ? इतना ज़्यादा कमज़ोर मैंने उसे पहले शायद नहीं देखा था। हो सकता है पहले दिन वो इसी तरह निढाल, अशक्त अधमरी-सी लग रही हो। लेकिन वो उसका सबसे ख़राब दिन था। अब पाँच दिन हो चुके हैं। पाँच दिन बाद उसकी यह हालत। वो चल नहीं पा रही। हाँफ रही है। आँखों से पानी बह रहा है होंठों से लार! वो चलते हुए कराह रही है। मैंने सहारा दिया है। कमरे में ले आया हूँ उसे। उसे लिटाकर सोच रहा हूँ कि क्या करूँ?

मैंने मोटी इलायची, काली मिर्च और सेंधा नमक-तीनों चीजें मिलाकर उसकी हथेली पर रखीं हैं। पहली बार, हाँ शायद पहली बार उसने मुझे अपनेपन से देखा है। वो सारे मिश्रण को फाँक गयी है।

एक पल के लिए बैठी है। फिर गिर पड़ी है बिस्तर पर।

मैं इस चिन्ता में हूँ कि उसे उल्टियाँ क्यों आईं?...यह चिन्ता मुझे खाए जा रही है।

अचानक डॉक्टर आंटी का ख़याल आया है। मेरे दोस्त संजय की मम्मी। डॉ. सरिता नागपाल, उसे मैं आंटी कहता हूँ। दो-तीन महीने बाद उनके घर भी चला जाता हूँ। डॉक्टर आंटी से भी थोड़ी-बहुत बातचीत हो जाती है।

डॉ. आंटी को मैंने फोन पर संक्षेप में सारी बात बताई तो कुछ पल वो चुप रही। फिर भड़क उठी, "राजन, तूने ये क्या बेवकूफ़ी कर डाली?"

"बेवकूफ़ी?" मैंने चकित होकर पूछा है।

"और नहीं तो क्या?...बैठे बिठाए तू अपने फ़्लैट में एक प्रॉब्लम ले आया।"

"आंटी, वो प्रॉब्लम नहीं। एक लड़की है। बहुत अच्छी, सोबर और शालीन!"

"फालतू की बातें छोड़।...लड़की का तेरे फ़्लैट में होना ही प्रॉब्लम है।"

"आंटी, वो बीमार है। तीन बार उल्टियाँ कर चुकी है।...मुझे चिन्ता हो रही है। उसे कहीं कुछ हो न जाए।"

"दिस इज़ दि फ़ैक्ट।...यही तो मैं कह रही हूँ। अगर लड़की तेरे फ़्लैट में न होती तो तेरे मन में उसकी कोई चिन्ता भी न होती।"

"आंटी, क्या हम किसी उत्पीड़ित को अपने घर नहीं रख सकते?"

"शान्ति निकेतन खोल ले अपने फ़्लैट में।" डॉ. आंटी बहुत ख़राब लहजे में

बोलीं। मैं चुप रहा। उन्होंने फिर कहा, ''क्या लगती हो वो तेरी?''

''क्या किसी का लगना ज़रूरी होता है?'' मेरे प्रतिप्रश्न पर वो चिढ़-सी गयी हैं।

''देख राजन, इस लड़की को तीन बार उल्टियाँ आई हैं। मुझे नहीं पता इसे क्या है? मुझे इसकी फ़िज़ीक का भी पता नहीं।...ये बच भी सकती है और इसे डि-हाईड्रेशन से लेकर, ब्रेन हेमरेज तक कुछ भी हो सकता है।'' डॉ. आंटी ने मुझे सचमुच डरा दिया है।

मेरे गले से मरी हुई आवाज़ निकली है, ''मैं अब क्या करूँ?...यानी ट्रीटमेंट?''

''ट्रीटमेंट।'' डॉक्टर आंटी ने एक बार मेरे शब्द को दोहराया है। फिर उन्होंने अपनी बात पूरी की है, ''यू नो राजन, दिल्ली इज़ 'रेप केपिटल'। रोज़ाना दस 'रेप' होते हैं। किस-किस 'विक्टम' को तू अपने घर पनाह देगा? समाज सुधारक मत बन।...इतना समझदार यंगमैन है तू और ऐसी फुलिशनेस।''

मैंने ट्रीटमेंट पूछा है डॉक्टर आंटी से। वो जीवन का गणित सिखाने लगी हैं। हो सकता है जीवन का प्रेक्टिकल रूप ठीक हो। लेकिन फिलहाल मैंने फोन बन्द कर दिया है और डॉक्टर आंटी के विचारों को, गुस्से के पायेदान के नीचे दबा दिया है।

मैंने लड़की को पानी में इलैक्ट्रॉल डालकर देने की कोशिश की है। एक बेहद कमज़ोर, बीमार और जीवन से हारी हुई आवाज़ सुनाई दी है, ''उल्टी आ जाएगी।''

''आ जाएगी तो आ जाए। वॉशबेसिन तक जाने की ज़रूरत नहीं। यहीं कर दैना। मैं बाद में साफ कर लूँगा।'' मैंने उसे देखा है—गठरी बनी लड़की को।

''नहीं।'' काँपती हुई-सी आवाज़।

''अच्छा यहाँ नहीं। वॉशबेसिन तक आपको उठाकर ले चलूँगा।'' मैंने उसके कन्धे पर जरा-सा साथ रखा है। फिर हटा लिया है। जान-बूझकर। उसे असुविधाजनक न लगे।

उसने मुझे देखा है। मैं नहीं जानता वो किस भाव से मुझे देख रही है। उसने पानी का गिलास मुझसे लिया है। इलेक्ट्रॉलवाला पानी पीकर, गिर-सी पड़ी है बिस्तर पर।

मैं किसी असफल सेनापति-सा खड़ा हूँ। जैसे मैं हार गया हूँ—अपने आत्मविश्वास से या अपने आपसे। या फिर उस समय से, जो मुझे डराने लगा है। मैं इस बात से भी डर रहा हूँ कि आनेवाला समय शायद और बुरा हो।

मैं बिस्तर पर पड़ी लड़की को देख रहा हूँ, मेरे मन में आया है कि उसके माथे को सहला दूँ। लेकिन क्या पता, वो डर जाए...सिहर उठे। वो और ज़्यादा

चिन्ताग्रस्त हो उठे और ज़्यादा बीमार!

मैं दरवाज़ा मूँदकर बाहर आ गया हूँ।

मेरे पैरों में ज़लज़ला रेंग रहा हो जैसे। मैं बैठता हूँ। उठता हूँ। खिड़की के पास खड़ा हो जाता हूँ। अपने कमरे में। फिर सोफे पर। पल भर बैठता हूँ। उठ खड़ा होता हूँ। लड़की के कमरे में। बिस्तर पर गठरी-सी पड़ी लड़की को देखता हूँ। उसके माथे पर हल्के से हाथ रखता हूँ। वो आँखें खोलती है। टिमटिमाते हुए दीये की तरह देखती है। देखने में अविश्वास तो नहीं। दीनता का बोध है।

मेरे मन में भावनाओं का प्रबल आवेग है। भावनाओं का आवेग कि यह लड़की बिल्कुल ठीक हो जाए। लेकिन भावनाएँ! क्या करूँ भावनाओं का। वो तो बन्दरगाह पर खड़े किसी जहाज़ की तरह हैं—जो कुछ करता नहीं, खड़ा रहता है, बस!

लेकिन मैं डरा हुआ हूँ। डॉक्टर आंटी ने मुझे डरा दिया है। लड़की को ब्रेन हेमरेज भी हो सकता है। इस बात से मैं बेहद व्याकुल हूँ।

मुझे माँ की बात याद आ रही है। भय को लेकर उसने एक दिन कहा था—राजन, हम सबमें डर रहता है। निडर कोई भी नहीं। जो निडर है, डर उसमें भी है। फिर उसने कहा था—भोग में रोग का भय होता है। अभिमान में दीनता का भय। सामर्थ्य में शत्रुता का भय। सौन्दर्य में बुढ़ापे का भय। ज्ञान में तर्कशील विवादी का भय। गुण में दुष्टता का भय। संसार में हर शय भययुक्त है राजन। सिर्फ़ वैराग्य भयमुक्त है।

माँ की बात मुझे याद आ रही है। डर हर कहीं है। वैराग्य में डर नहीं। लेकिन मैं वैराग्य धारण करने का तो नहीं सोच सकता। इस वक़्त मुझे लड़की का सोचना है।

डॉक्टर आंटी पूछ रही थी—वो तेरी क्या लगती है? मैं सोच रहा हूँ किसी का होना काफ़ी नहीं है क्या?

मुझे एक छोटी-सी बच्ची की बात कई बार याद आ जाती है अनायास! एक संन्यासी पहाड़ से उतर रहे थे। उसी रास्ते पर एक छोटी-सी लड़की एक बच्चे को उठाकर पहाड़ पर चढ रही थी।

संन्यासी ने लड़की को देखा और कहा, ''लड़की तू पहाड़ पर चढ़ रही है और तूने बोझ भी उठा रखा है।''

लड़की ने तुरन्त जवाब दिया, ''ये बोझ कहाँ है ये तो मेरा भाई है।''

ये लड़की जो बिस्तर पर गठरी-सी बनी पड़ी है इसे मैं बोझ समझूँ? रिश्ते बोझ हो जाएँ तो कन्धे पर उठाए नहीं जा सकते। कन्धे दुखने लगते हैं।

अचानक मुझे आस्था नर्सिंग होम की लेडी डॉक्टर का ध्यान आया है। फोन करके उससे पूछूँ। नर्सिंग होम में ले जाने की बात सोची जा सकती है। लेकिन इस लड़की को वहाँ तक ले जाना बहुत मुश्किल है।

लेडी डॉक्टर ने अपना फोन नम्बर भी लिखा था। कोरे काग़ज़ पर दवाइयों की फेहरिस्त। फिर उसने अपने दस्तख़त किए थे फिर मोबाइल नम्बर लिखा था।

डॉक्टर ने मेरी बातों को ध्यान से सुनने के बाद पहला सवाल यही किया है कि मैंने इस लड़की के साथ कैसा सलूक किया।

मैं समझ गया हूँ कि वो क्या पूछना चाहती है। मैंने बड़े सहज भाव से कहा है कि मेरा व्यवहार एक मित्र जैसा रहा है। और मित्रता की अगर कोई बाउंडरी होती है तो मैंने उसे पार नहीं किया।

''क्या फ्रेंडशिप की कोई बाउंडरी वॉल होती है?' लेडी डॉक्टर पूछ रही है।

''नहीं होती डॉक्टर! लेकिन इस लड़की को जिस दिन मैं अपने फ़्लैट में लेकर आया। मैंने ख़ुद एक बाउंडरी वॉल खड़ी कर दी और अपने आपको मैंने कहा कि मुझे बाउंडरी के इस पार रहना है।''

''गुड!'' डॉक्टर ने कहा है। उसकी आवाज़ मुझे चमकती हुई-सी महसूस हुई है।

''मतलब?'' मैंने चकित होकर पूछा है।

''डोंट अफ़रेड! उसे कुछ भी नहीं हुआ है।'' डॉक्टर फ़रीदा ने मुझे आश्वस्त करने का प्रयास किया है।

''लेकिन डॉक्टर, उसे तीन बार उल्टियाँ आ चुकी हैं।...बहुत कमज़ोर हो गयी है वो।''

''आप नहीं समझ रहे। यह साइकिक प्रॉब्लम है।...लड़की को उस रात की घटना, अचानक याद आ गयी होगी। पूरी की पूरी, रील, घूमती चली गयी होगी।...वो टॉर्चर...वो अटैम्पट...वो ख़ौफ़...वो तीन गुंडे...वो कार...पिछली सीट...। और वो सब बुरी बातें जो सिर्फ़ उस लड़की के साथ घटित हुई थीं...। सब याद करते-करते उसका जी मिचलाने लगा होगा। उल्टियाँ आने का...मेरा ख़्याल है, यही कारण है।'' डॉक्टर फ़रीदा ने मुझे विस्तार से समझाया है। वो जीनियस है और मेरी चिन्ताओं को समझ रही है।

मैं धन्यवाद करने का सोच रहा हूँ।

''शाम तक देखना ठीक हो जाएगी।'' डॉक्टर फ़रीदा ने कहा है। मैं ऐसे आशावादी स्वर को सुनना चाहता था।

''रियली?'' बड़ी उम्मीद के साथ मैंने पूछा है।

''हाँ, उसे कुछ भी नहीं हुआ।''

"लेकिन मैं बहुत घबराया हुआ हूँ।"

"आपकी आवाज़ से लग रहा है।"

"डॉक्टर, क्या ट्रीटमेंट दूँ?"

"मित्रता सबसे अच्छा ट्रीटमेंट होती है मिस्टर राजन!...वो ट्रीटमेंट आप दे रहे हैं।...डिहाइड्रेशन मत होने दें। इलैक्ट्रॉल...लिम्का...थोड़ी चाय...खिचड़ी...थोड़ा लाइट!"...बाकी वही मेडिसन जो आप दे रहे हैं। एंटीड्रिप्रेसेंट मेडिसन एकदम बन्द मत करना।...ओ. के.।"

ईश्वर आसमान में रहता है वो तो पता नहीं। अगर वो मनुष्यों में रहता है तो यक़ीनन वो डॉक्टर फ़रीदा के भीतर किसी न किसी रूप में मौजूद है।

"आप बहुत अच्छी हैं डॉक्टर।" मैं थोड़ा भावुक हो गया हूँ।

"अच्छे लोगों के साथ, अच्छे लोग जुड़ते चले जाते हैं।" यह डॉक्टर फ़रीदा की आवाज़ है। अच्छी डॉक्टर की अच्छी-सी आवाज़!

आज इतवार है। पिछले इतवार को यह लड़की मेरे घर आई थी। आई थी? नहीं, आई नहीं थी। मैं लाया था। पिछले इतवार से लेकर इस इतवार तक आठ दिन हो चुके हैं। आठ दिन! एक अकेली लड़की मेरे घर में थी। मैं चकित हूँ। अपने आप पर। मैं इस लड़की पर चकित हूँ।

सिर्फ़ चकित नहीं, बदहवास भी हूँ। आठ दिनों से मैंने इसके कई रूप देखे हैं। कई बार इसका एक्शन और व्यवहार इतना नॉर्मल रहा है कि मैंने राहत की साँस लेते हुए अपने आपसे कहा—अब यह लड़की बिलकुल ठीक हो जाएगी। लेकिन कुछ घंटे बाद यह लड़की एक ऐसा दश्त बनकर मेरे सामने आ खड़ी हुई है कि मैं घबरा-सा गया हूँ। घरों में प्रविष्ट होते हुए डर नहीं लगता, लेकिन जंगल में जाते हुए डर लगता है। यह लड़की एक जंगल जैसी। और अजीब तरह का सन्नाटा, आवाज़ें निकालता हुआ। कई बार किसी हज़ारों साल पुराने पिरामिड जैसी, जहाँ हर क्षण कोई अव्यक्त, सहमापन पैदा करता है।

इन आठ दिनों में वो सबकुछ के बावजूद, अकेली, उदास, थकी हुई लड़की नज़र आई है। आँखों में आँसू कम धुआँ ज़्यादा। आँसू सूखने लगें तो दुख धुएँ में बदल जाता है। वो कभी सहज नहीं हुई। पराए घर में सबसे ज़्यादा चुभनेवाला मैं। मेरी उपस्थिति।

मैं एक दिन नीचे मार्केट में सामान खरीदने चला गया था। क़रीब आधे घंटे बाद लौटा। वो बेतहाशा घबराई हुई थी। पहली बार उसने मुझे कुछ अन्य भाव से देखा था। पहली बार उसने एक प्रश्न किया था जिसमें तीखापन नहीं था—"सर,

आप कहाँ चले गये थे।'' बस इतना-सा सवाल। उसने मेरे उत्तर की इन्तज़ार नहीं की थी। यह प्रश्न ही काफ़ी था कि मेरे जाने के बाद वो डरती रही थी। बेशक। मैंने उसे कहा था कि वो अन्दर से चिटखनी लगा ले। इसके बावजूद, वो डर गयी थी। बन्द चिखनियाँ सहेलियाँ नहीं होतीं जो अकेलापन दूर करें। बन्द चिटखनियाँ ऐसा कवच भी नहीं होतीं कि डरी हुई लड़की निडर हो जाए।

मैंने उसको देखते हुए बहुत संक्षिप्त-सा वाक्य कहा था, ''आपको अकेला छोड़कर अब कहीं नहीं जाऊँगा।''

वो निर्मिमेष मुझे देखती रही। पता नहीं क्यों? इतनी देर तक वो मुझे कभी नहीं देखती थी। वो जब-जब देखती, अविश्वास की किरचें उसकी आँखों में आ गिरतीं। लेकिन अब कुछ और था। मैं नहीं जानता क्या था।

मैंने कुछ सोचा। पूछा—''आप चाय पीएँगी?'' उसने जवाब नहीं दिया था। इनकार भी नहीं किया था। बस, यही उसकी 'हाँ' थी। मैंने चाय बनाई। सिर्फ़ उसके लिए। कप मेज़ पर पड़ा रहा। काफ़ी देर बाद उसने कहा—''आप?''

पहली बार मुझे सकून मिला। पहली बार मुझे अच्छा लगा। पहली बार मुझे लगा कि उसके मन में मेरे प्रति अविश्वास के अतिरिक्त आदर का भाव भी है।

हम दोनों ने एक साथ चाय पी। उसने कई बार मुझे देखा। अपने अकथ को वो बिलकुल भी व्यक्त नहीं करना चाहती थी।

लेकिन यह उसका एक रूप था। वरना उसके भीतर कोई डाइनामाइट छुपा हुआ था। धमाकों की आवाज़ बाहर सुनाई नहीं देती थी। भीतर विस्फोट होते रहते थे।

आसमान में जैसे विस्थापित बादल फट पड़ते हैं, कभी-कभी। इसी तरह वो फट पड़ती थी। बोलती चली जाती। एक दिन उसने मुझे कपटी, धोखेबाज और दुराचारी भी कहा था। उस दिन मैं सचमुच सकते में आ गया था। दुराचारी एक गाली नहीं थी। बहुत कुछ था। मैंने उसके कन्धे पर एक-दो बार हाथ रखा था या फिर मेरे हाथ उसके हाथों को छू गये थे। यही दुराचार था मेरा।

अगले दिन उसने मेज़ पर एक काग़ज़ रखा था। बाद में मुझे पता चला। मैंने काग़ज़ उठाया। उसने एक शब्द लिखा था—सॉरी!

उसके इस एक शब्द ने तो रुला-सा दिया था। वो अब भी घोर अवसाद में थी। भूख न लगना, कन्धों में दर्द, मन उखड़ा हुआ, बेचैनी, उदासी—डिप्रेशन के ही लक्षण थे।

वो कुछ भी तल्ख़ या बुरा कह देती तो मैं भूलने की कोशिश करता।

उसके एंटीबायटिक्स बन्द हो गये थे। पेन किलर भी रात को एक बार। रेबीफास्ट और रेसीटा-टेन जारी थीं। एलप्रेक्स तो मैं उसे दे ही रहा था। किसी-किसी वक़्त

मैं ख़ुद भी ले लेता था एंग्ज़ायटी कम करने के लिए।

कभी-कभी यह लड़की मुझे बेहद मासूम, उदास और ठगी हुई लड़की नज़र आती।

अक्सर ऐसा ही तो होता रहा है। संसार में सरल और सीधे-सादे लोग अक्सर ठगे जाते रहे हैं। हर कहीं ठगी। मित्रता से प्रेम तक ठगी। पूजा से आरती के थाल तक ठगी। ठगे जाते लोग, किसी अच्छे समय की इन्तज़ार में दिन गुज़ारते रहते हैं।

ये आठ दिन विचित्र अनुभवों के दिन थे। एक दिन यह लड़की किचन में जाकर खड़ी हो गयी। तब, मैं अपने कमरे में था। कपड़े बदल रहा था। अपने कमरे से निकला। अचानक किचन में नज़र चली गयी। मैं हैरान हुआ। वहीं गया। पूछा—''आप यहाँ, कुछ चाहिए था?''

''पानी।'' उसने कहा।

मैंने पानी दिया। ख़ुद पर झुँझलाया और इस लड़की पर भी। पूरे दिन में मैंने पानी दिया नहीं था और लड़की ने माँगा नहीं था। पहले दवाइयों के साथ पानी दे दिया करता था। अब दवाइयाँ लगभग बन्द थी। जो थीं वो रात की थीं।

मैंने महसूस किया यह लड़की कुछ भी नहीं माँगती। मैं चाहता था वो मेहमान की तरह रहे। वो किसी शरणार्थी की तरह रह रही थी। हर वक़्त डरी हुई। हर वक़्त सोचती हुई। हर वक़्त जैसे फ़रार हो जाना चाहती हो।

लेकिन दो दिन पहले तो और भी अजीब हुआ था। वक़्त शायद साढ़े बारह का था। वो अपने कमरे से उठकर ड्रॉइंग रूम में बैठ गयी थी। उसी सोफे पर। सोफ़े के उसी कोने में।

मैं लाइट जलती हुई छोड़ दिया करता था। ड्रॉइंगरूम, बॉथरूम और उसके कमरे की। ताकि वो डरे नहीं। कुछ लोग अन्धेरे से बेतहाशा डर जाते हैं। उजाला हौसला देता है।

मैं अपने कमरे में था—नींद में था शायद। दरवाज़ा बन्द था। लेकिन कुछ अजीब-सा लगा। ऐसा लगा वो लड़की टहल रही है। मुझे लगा मेरा वहम है। वहम मुझे हो भी गया था। फिर भी, अपनी तसल्ली के लिए मैं उठा और ड्रॉइंग रूम में चला आया। हैरान रह गया। वो सोफे पर बैठी थी। वही कोना, जहाँ वो बैठती थी। मुझे देखकर घबरा गयी। उसके भीतर का डर किसी प्रेत की तरह फिर जाग उठा। वो सोचने लगी थी, शिकार के लिए यह वक़्त सबसे ज़्यादा सही है। वो सोचने लगी थी कि मैं उसे सोफे से अपने कमरे में ले जाकर बिस्तर पर गिरा दूँगा। पहले मैं अपनी शर्म उतारूँगा फिर उसके कपड़े। फिर वही खेल खेलूँगा जो मेरी मरदानगी के परचम फहराए।

''नींद नहीं आ रही?'' मैंने पूछा। मैं सोफे के पास खड़ा था।

उसने कोई जवाब नहीं दिया था। वो डरी हुई नज़रों से मुझे देख रही थी। डर जैसे हिरनी की आँखों में होता है।

किचन में जाकर मैंने पानी का गिलास भरा। उसके सामने मेज़ पर रखा।

पानी का गिलास रखकर मैं जब ज़रा-सा ठिठका वो पहले से ज़्यादा डरने लगी थी।

मैं वापिस अपनी जगह पर चला आया। उसने आधा गिलास पानी पिया।

"आप चाय पिएँगी?" मुझे लगा वो इनकार में सिर हिलाएगी।

"हाँ।" उसने बहुत जल्दी से कहा।

मैं थोड़ा हैरान हुआ। पर मुझे अच्छा भी लगा।

"बिस्कुट?" मैंने माहौल को सहज और सिम्पल बनाने की गर्ज़ से बिस्कुट की बात की।

"एक।" उसने कहा।

"सिर्फ़ एक?"

"येस। ओनली वन!"

"मैं चाय और बिस्कुट अभी लेकर आता हूँ। बट वन थिंग।...एक छोटी सी रिक्वेस्ट?"

उसने नज़रें उठाकर मेरी तरफ़ देखा।

"आप थोड़ा-सा मुस्कराइए। बस थोड़ा-सा।"

पहले वो कुछ सोचती रही। फिर उसने मुस्कराने की कोशिश की। मुस्कान तो उसकी भटके हुए मुसाफ़िर जैसी थी, जिसे वो मीलों चलकर, ढूँढ़कर लाई।

लेकिन हुआ ग़ज़ब! इधर वो जरा-सा मुस्कराई। उधर आँखों से टप-टप आँसू!

यह विचित्र मुस्कान थी।

जैसे अपनी तिश्नगी की मारी मुस्कान को अपने आँसुओं का पानी पिला रही हो।

मैंने उसके पास जाकर अपनी उँगलियों से उसके आँसू पोंछे। फिर उसे रुमाल दिया। उसके माथे पर मैंने हथेली रख दी। उसने मेरी हथेली पर अपनी हथेली रख दी।

कुछ क्षण यूँ ही गुज़रे।

मैं चाय बना लाया। वो चाय पीती रही। कहीं देखती रही। कहीं शून्य में।

चाय का कप उसने मेज़ पर रखा। फिर वो अपने कमरे में चली गयी। चुपचाप।

वो तो हमेशा चुप रहती थी।

मैं भी जैसे शब्दों को ख़र्च करना भूल गया था।

ये आठ दिन मामूली दिन नहीं थे। ये आठ दिन मेरे इम्तेहान के दिन थे। इन आठ दिनों में मैंने सिर्फ़ इम्तेहान दिया। अपने आपको। अपनी आत्मा को। इम्तेहान तो एक-एक पल ने लिया। हर पल लड़की की जटिलता मेरे लिये किसी इम्तेहान की तरह रही। लड़की की मासूमियत भी इम्तेहान की तरह और उसकी सुन्दरता भी।

यह बहुत विचित्र और हतप्रभ करनेवाला अनुभव था। दुराचार से पीड़ित लड़की मेरे फ़्लैट में। अकेला मैं अकेली वो।...क्या यह इम्तेहान नहीं था?

ज़िन्दगी का सबसे बड़ा इम्तेहान!

विचित्र अनुभव। विचित्र और हतप्रभ करनेवाला अनुभव। विचित्र और पेचीदा अनुभव। मैं अपने फ़्लैट में बेगाना-सा। अपने फ़्लैट में यूँ भटकता हुआ मानो मेरा ऊँट खो गया हो रेगिस्तान में।

कई बार मैं इस लड़की को कनखियों से देखता हुआ तो कई बार कतराता हुआ। कतराता हुआ न सिर्फ़ इस लड़की से, बल्कि अपने आपसे भी।

ऐसा भी हुआ मेरे साथ कि मैं वॉर्डरोब में कपड़े ढूँढ़ने के बजाय किचन में ढूँढता रहा। फ्रिज का दरवाज़ा खोलकर खड़ा रहा। काफ़ी देर बाद अहसास हुआ कि मैं टी शर्ट निकालने आया था।

पता नहीं ऐसा क्यों हो रहा था। जो गुम हो रहा था वो सामान था या मैं?

मैं एक हफ़्ता, पूरा एक हफ़्ता दफ़्तर नहीं गया। बहुत कम छुट्टियाँ लेनेवाला मैं। एक हफ़्ते से घर में था। मैंने लैंडलाइन से रिसीवर हटा दिया था। मोबाइल पर कभी कभार, टू-द-पाइंट बात। फिर स्विच ऑफ़!

एक हफ़्ता। आठ दिन। लड़की ने अपना नाम नहीं बताया। मैंने पूछा भी नहीं। इन आठ दिनों में वही सुलगता हुआ अजनबीपन। वही घायल-सी ख़ामोशी। वही, किसी मैले कपड़े जैसा सन्नाटा।

एक दो बार वो बॉथरूम में गयी है। अपने अंडरगारमेंट्स तौलिए में छुपाकर। स्त्री का संसार रहस्यों से भरा होता है। वो अपने रहस्य छुपाकर रखती है। सिर्फ़ मुझसे। दूसरा तो यहाँ कोई है भी नहीं।

इस बीच उसने कई बार छोड़ आने के लिए कहा था। एक दिन जब मैं तैयार हो गया तो वो मुझे अचरज-भरी नज़रों से देखती रही। फिर अपना सामान उठाया। फ़्लैट के बाहर आ खड़ी हुई।

मैंने उसे अगली सीट पर बैठने के लिए कहा। कश्मीरीगेट बस अड्डे के पास पहुँचकर मैंने पूछा—"सारा सामान उठा लिया था न?"

"जी उठा लिया था।" उसने मायूसी भरा जवाब दिया।

"टेबल पर बैग रखा था।"

"नहीं, वो तो मैं उठाना भूल गयी।" उसने कहा। मैंने तुरन्त कार मोड़ ली।

मैं मन ही मन हँसा। मुझे पता था वो बैग छोड़कर जा रही है। कई बार भ्रम कितने ख़ुशगवार होते हैं।

कॉल बेल बजी है। ये बेल किसने बजाई होगी? मैं इस सवाल में उलझ गया हूँ।

मैं कल बहुत सारा सामान ले आया था—ब्रैड, जैम, बिस्कुट, चाय की पत्ती, चीनी, दवाइयाँ। सामने मार्केट है—छोटी-सी। वहीं से ख़रीदारी करता हूँ। कई बार डिलिवरीमैन भी सामान दे जाया करता है। लेकिन वो देर तक बैल बजाता रहता है। उसकी यह आदत मुझे ख़राब लगती है। मेरे फ़्लैट में रहनेवाली लड़की, ज़रा-सी बेल बजने पर घबरा जाती है। उसे लगता है तीनों गुंडे, अपनी लक्ज़री कार से उतरकर यहाँ चले आए हैं। और बेल बजा रहे हैं। उन्हें पता चल गया है कि वो लड़की यहाँ है, जिसके साथ वो रात-भर आखेट करते रहे।

इसलिये मैंने डिलिवरीमैन को रोक दिया है। मैं नहीं चाहता कोई कॉल बेल बजाए और डरी हुई लड़की, और ज़्यादा डर जाए। डर किसी अदृश्य राक्षस-सा उसके सामने आकर खड़ा हो जाए।

लेकिन ये बेल?

बेल फिर बजी है...दूसरी बार। कुछ देर बाद तीसरी बार। ज़रा-ज़रा-सी। संकेत देती हुई। कि बाहर कोई है। कोई प्रतीक्षा में है। दरवाज़ा खुलने की प्रतीक्षा में।

बेल की आवाज़ में बेचैनी का शुमार होता है। जब हम बन्द दरवाज़े को देर तक न खोलें, तब!

मैं उठकर दरवाज़े तक गया हूँ। मेरा सवाल भी मेरे साथ, पैदल चला आया है कि कौन होगा?

ओह माई गॉड! दरवाज़े के बाहर जतिन खड़ा है।

कई बार किसी का आना कितना ख़राब लगता है जैसे इस वक़्त जतिन का आना।...इस एक हफ़्ते के दौरान मैंने अपनी एक दुनिया बना ली थी—आवाज़ों से ख़ारिज दुनिया। एक ऐसी दुनिया, जहाँ मैं अपनी पदचाप सुनता या फिर उस अपरिचित लड़की के पैरों की पदचाप! जो पाँव इस एतिहात से रखती जैसे फ़र्श शीशे का हो और उसे किसी पदचाप से टूट जाना हो।

अब मुझे मालूम हुआ था कि बहुत कम आवाज़ोंवाली सड़क से कोई लॉरी गुज़रे तो वो क्यों बेचैन नज़र आती है? उसकी ख़ामोशी की चादर फट जाती है। उसकी नींद टूटती है। सपने उड़ते चले जाते हैं, ग़र्द के साथ!

फ़्लैट!...इन दिनों मेरा फ़्लैट एक छोटी-सी बस्ती बन गया था। बस्ती में

कुल दो जन! अजनबीयत की जुबान। अजनबीयत का रिश्ता। दोनों, संसार से बाहर। अपने भीतर!

ऐसे में किसी तीसरे का होना, भीड़ का होना हो जैसे। जतिन दरवाज़े के बाहर खड़ा है। मुझे लगता है वो फ़्लैट में आएगा किसी भीड़ की तरह। भीड़ जिसके पैरों में बवंडर, चेहरे पर ख़ौफनाक इबारत लिखी होती है। जतिन बेशक उस तरह से नहीं आएगा। वो मेरा क्लीग है। कम्पनी में हम दोनों ऑफ़ीसर हैं। डेज़ीगनेशन लगभग बराबर। वो किस रूप में आएगा? वो आया है तो किसी दोस्त की तरह आए।

और कोई वक़्त होता तो मैं फटाक से दरवाज़ा खोलता। उसे अन्दर ले आता। लेकिन आज...इस वक़्त! मामला दूसरा है। फ़्लैट में लड़की है। लड़की जो अवसादग्रस्त है। लड़की जो इस फ़्लैट में बेशक है, लेकिन अपने आपमें शायद नहीं।

मैं जतिन को मना नहीं कर सकता। यह सरासर अपमान होगा—उसका अपमान और मेरा भी कि मैंने एक मित्र को अपने घर आने से मनाकर दिया।...यह शायद मेरे घर, और घर की आत्मा का भी अपमान होगा।

मैंने जतिन से मुस्कराते हुए हाथ मिलाया है।

''राजन, तेरा मुस्कराना कुछ देर बाद नहीं हुआ?''

''हुआ। देर बाद हुआ। होंठ पत्थर के हैं। देर से मुस्कराते हैं।''

जतिन हँस पड़ा है। मैं भी। मैंने कोशिश की है कि मेरे हँसने की आवाज़ उस तक न पहुँचे। बेशक यह मुश्किल काम है। कई बार हमारा रोने और हँसने पर नियन्त्रण ही नहीं रहता। हम फूट-फूटकर रो पड़ते हैं और हँसते हैं तो छत फाड़कर!

जतिन और मैं बहुत ज़्यादा अन्तरंग कभी नहीं हुए। लेकिन हमारे बीच दोस्ती का एक रिश्ता है भी ज़रूर। बेशक, हम दोनों ने, उस रिश्ते के बीच, थोड़ा-थोड़ा फासला रख दिया है। हम दोनों रोहिणी में रहते हैं। वो तीन बार मेरे घर आ चुका है। मैं एक बार गया हूँ। हमारे सैक्टर अलग-अलग हैं। फ़्लैटों की सोसाइटियाँ भी अलग-अलग।

''डिस्टर्ब्ड यू?'' एंटर करते हुए, झेंपते हुए, झेंपने के साथ-साथ, मुस्कराते हुए, उसने पूछा है।

''नॉट एट ऑल!'' मैंने लापरवाह होकर कहा है।

''थैंक्स।'' उसने कहा है।

हम दोनों सोफे तक आ पहुँचे हैं। वो सोफे के पास खड़ा कुछ देख रहा है।

''अभी यहाँ कोई आया था क्या?'' वो किसी तफ़्तीश में निकला हो जैसे।

''नहीं!...क्यों?'' मैंने झुँझलाकर पूछा है।

''सोफे के बिलकुल कोने में...वहाँ...जैसे कोई बैठा हो अभी।...सोफे का गद्दा थोड़ा दबा हुआ-सा है।'' जतिन कह रहा है। मैं चिढ़ रहा हूँ।

''मैं बैठा था अभी।...एंड लिसन जतिन! ये मेरा सोफा है। मैं दिनभर, इसके हर कोने में बैठता हूँ। पता है क्यों?'' मैंने चिढ़ को छुपाने की कोशिश की है।

''क्यों?''

''क्योंकि सोफे को मैंने ख़रीदा है।'' मैं ज़रा-सा हँसा हूँ। जतिन ख़ूब सारा।

वो बैठ चुका है। वो मेरे सामने सोफे पर बैठा है। लेकिन मैं इतनी असुविधा में हूँ कि जैसे किसी कील पर बैठा हूँ। फिर भी मैंने मुस्कराने की कोशिश की है।

''यार राजन! इस बार तू ऐसे मुस्कराया है जैसे दीवार पर मुस्कान का कलैंडर टाँग रहा हो।'' वो हँस रहा है। मेरे घर में, मेरी खिल्ली उड़ा रहा है।

अब मैं चुप हो गया हूँ। वो तो चाहता यही है कि मैं उसके साथ इन्वॉल्व हो जाऊँ। इन्वॉल्व होने का सीधा-सा मतलब है कि वो यहाँ अपने होने की व्यर्थता को छुपा लेगा।

जतिन वहाँ बैठा है, उसी कोने में...जहाँ पिछले एक हफ़्ते से लड़की बैठती रही है। मुझे अच्छा नहीं लग रहा। यह थोड़ी-सी जगह, लड़की ने अपने नाम कर ली थी। चुपचाप। मुझे बताए बिना। सोफे का कोना। उसकी दुनिया।

एक लम्बी चुप है। वो ठोस होती जा रही है। जैसे हम दोनों रंगमंच के पात्र हों। बैठे हों, बेवजह। जैसे हम दोनों, अपने-अपने संवादोंवाले काग़ज़ कहीं भूल आए हों।

''सो व्हाट इज़ गोइंग ऑन?'' थका देनेवाली चुप से उसने बाहर निकलने की कोशिश की है।

''सब ठीक है।'' इससे लम्बा वाक्य मुझे बोलना ठीक नहीं लगा।

''आए नहीं तुम एक हफ़्ता?''

''हैल्थ प्रॉब्लम।''

''अभी तुमने कहा था सब ठीक है।''

''मेरे सिवा, बाकी सब ठीक है। मैंने मुस्कराने की कोशिश की है। वो भी थोड़ा-सा हँसा है। प्रश्न और सूचनाओं के बीच, फँसा हुआ मैं। अपने घर में।

मैं सामने, दीवार पर टंगी घड़ी देख रहा हूँ। जतिन मुझे देख रहा है।

''एक बात कहूँ राजन?'' उसने पूछा है। मैं सतर्क हो गया हूँ।

''घड़ी और कलैंडर को देखते रहो तो ऐसे लगता है जैसे हम अपनी कम होती उम्र को लगातार देख रहे हों।'' वो हँसने लगा है।

''एग्ज़ेक्टली।'' मैं मुस्कराया हूँ।

मैं घड़ी इसलिये बार-बार देख रहा था कि उसे टाइम का अहसास हो जाए।

लेकिन वो तो मुझे पूरी तरह से समय निरपेक्ष लग रहा है। उसकी यही बात मुझे चुभ रही है। यूँ तो वो जब से आया है। मुझे चुभ ही रहा है।

मैंने फ्रिज खोलकर कोल्डड्रिंक्स को दो गिलासों में भरा है। अपना गिलास आधा। उसका लबालब। गिलास मेज़ पर रख दिए हैं। गिलास को उठाते हुए वो हँस रहा है। कह भी रहा है, "यह भी एक किस्म का एग्ज़ाम है। गिलास छलका और मैं एग्ज़ाम में फेल।"

लेकिन गिलास छलका नहीं। उसे गर्व का अनुभव हो रहा है। हम कितने आत्ममुग्ध हो गये हैं। छोटी-सी बात पर भी हम, अपने आप पर गर्व करने लगते हैं। कोल्ड ड्रिंक्स का गिलास उठाने पर भी।

उसने गिलास में से कई सारे घूँट भरे हैं। रिस्पांस के तौर पर एक डकार दिया है। गिलास को मेज़ पर रखकर वो सोफे की सीट पर इत्मीनान के साथ बैठ गया है।

उसका इत्मीनान मेरी बेचैनी है।

"व्हॉट इज़ द प्रॉब्लम?" वो मेरा हालचाल पूछ रहा है। स्पष्ट कर देना चाहता है कि वो महज़ कोल्ड ड्रिंक्स के लिए नहीं आया।

"नथिंग।" मैंने कहा है।

"तुम्हारी हेल्थ?" हम दोनों आपस में इसी लहजे में बात करते हैं—कभी 'तू' के सम्बोधन से, कभी 'तुम' के।

"इनफैक्शन!" मैं चाहता हूँ बात इसी एक शब्द में टल जाए।

"चैस्ट इन्फैक्शन?" वो मेरी केस हिस्ट्री जान लेना चाहता है।

"नहीं, स्टामक?"...पेन था और लूज़ मोशन।

"दैन?" वो बात को आगे बढ़ा रहा है।

"दैन व्हाट?"

"किसी अच्छे डॉक्टर को दिखाओ यार।...ये पेट का मसला बड़ा जटिल होता है।"

"दिखा रहा हूँ।"

"किसे?" वो पूछ रहा है। वो मुझे, मेरा क्लीग नहीं सवालों का पेड़ लग रहा है।

"यार राजेन, वो तुम्हारा कज़िन भी तो...।" वो कुछ याद कर रहा है।

"उसे पन्त में एडमिट करा दिया है।" मैंने उसका मुँह बन्द कर दिया हो जैसे।

"पन्त में एडमिट...! बिलकुल ठीक किया। प्राइवेट नर्सिंग होम तो फाइव स्टार होटलों जैसे हो गये हैं।"

मैंने उसे कोई जवाब नहीं दिया। मैं चाहता हूँ वो चला जाए। लेकिन वो जल्दी जाने के मूड में नज़र नहीं आ रहा। मैं इस चिन्ता में मरा जा रहा हूँ कहीं वो लड़की बेडरूम से उठकर बाहर न आ जाए। जो जतिन के प्रविष्ठ होते ही बेडरूम में चली गयी थी।

"यार राजेन, ये मीटिंग शब्द किसने इनवेंट किया होगा? जब देखो मीटिंग। मीटिंग में डिबेट होती है। आउटपुट की। और डिबेट करनेवाले लिलिपुट!" ज़ोर से हँसा है जतिन। अपनी अनोखी बातों पर वो इसी तरह हँसता है। कई सारे क्लीग उसे पीठ पीछे अनोखेलाल भी कहते हैं।

फिलहाल अनोखेलाल का ज़ोर से हँसना मुझे खटक रहा है। एक हफ़्ते से यहाँ कोई नहीं हँसा। वो हँस रहा है। इस हँसी की आवाज़ लड़की के कमरे तक पहुँच रही होगी। कमरे में यौन उत्पीड़ित लड़की और ड्रॉइंगरूम में ठहाके। मैं उसे कैसे कहूँ कि वो इतना ऊँचा न हँसे। कुछ लोग हँसते वक़्त लाउडस्पीकर हो जाते हैं।

अब उसने अख़बार की हेड लाइन को पढ़ना शुरू किया है। पेट्रोल और सोना महँगा! उसने कई बार इस लाइन को दोहराया है। जैसे नारे लगा रहा हो या फिर सुई रिकॉर्ड में कहीं अटक गयी हो।

उसने कोल्ड ड्रिंक्स ख़त्म नहीं किया। जान-बूझकर बचा रखा है। कोल्ड ड्रिंक्स का बचे रहना, बैठे रहने का माकूल बहाना है।

महानगर, दरअसल बहानों का नगर है। हर शख़्स के पास कोई न कोई सॉलिड बहाना है। ज़िन्दगी जीने के लिए भी एक बहाना चाहिए। वो बहाना सबके पास है। जिसके पास कोई बहाना नहीं होता। वो दरिद्र नज़र आता है।

जतिन कोल्ड ड्रिंक्स लेकर बैठा है—कितना सुसंस्कृत बहाना है उसके पास, बैठे रहने का।

काश, मेरे पास भी ऐसा कोई सुसभ्य बहाना होता इसे चलता करने का।

अचानक मुँदा हुआ दरवाज़ा खुलने की आवाज़ आई है। बेडरूम की तरफ़ मेरी पीठ है। लेकिन मैं दरवाज़ों की आवाज़ को पहचानता हूँ। मैं यह भी जान गया हूँ कि दरवाज़ा उस लड़की ने खोला है। वो दरवाज़े को इसी तरह खोलती है, सहमते हुए। जैसे ज़िन्दगी के किसी ऐसे तलघर का दरवाज़ा खोल रही हो, जो मुद्दतों से बन्द हो।

दरवाज़ा खुलने के बाद मुझे उस लड़की की पदचाप सुनाई दी है। मैं उसकी पदचाप सुन रहा हूँ और जतिन का चेहरा देख रहा हूँ। जतिन चकित है, मैं परेशान!

जतिन उसे देख रहा है—निरन्तर! मैं जतिन को देख रहा हूँ। कुछ ऐसे देख रहा हूँ जैसे मनाकर रहा हूँ कि वो लड़की को इस तरह न देखे। दृष्टि से मना करने

के भाव को वो बिलकुल भी नहीं पकड़ पाता।

लड़की के बेडरूम से निकलकर बॉथरूम तक जाने की यात्रा में जैसे वो भी साथ-साथ हो।

बॉथरूम में उसने आज फिर बहुत देर लगा दी है। मैं पहले की तरह फ़िक्रज़दा नहीं हूँ। इसके बावजूद, कई तरह के सवाल ज़रूर पैदा हुए हैं मेरे मन में—शायद वो बॉथरूम से इसलिये नहीं निकल रही कि वो बाहर बैठे अनजान व्यक्ति से बचना चाहती है। वो मेरे होने को नहीं स्वीकार पाई जतिन की प्रेज़ेंस को क्या ख़ाक जज़्ब करेगी जो उसे देखता कम, ताड़ता ज़्यादा रहा।

अब जतिन मुझे देख रहा है जैसे बिना कोई सवाल किए पूछ रहा हो कि यह लड़की कौन है?

मैं चुप बैठा हूँ। यह चुप मेरी अपनी है और मुझे चीर रही है। जतिन की चुप सवाल की तरह खड़ी है।

काश, यह लड़की जतिन के चले जाने के बाद बाहर निकलती, कितना अच्छा होता?

किसी नौजवान के फ़्लैट में किसी नौजवान ख़ूबसूरत लड़की का होना, स्कैंडल में बदल जाता है। आप बेशक पवित्र ग्रन्थों पर हाथ रखकर कसमें खाते रहो कि रिश्ता मन का है, देह की उपस्थिति का नहीं। कौन मानेगा आपकी बात? कोई भी नहीं। अपराधबोध चेहरे पर चिपक जाएगा सेलोटेप की तरह।

"राजेन, एक बात पूछूँ? उसने सवाल किया है। फिर ख़ुद कहा है, "हमारे बदले हुए कल्चर में, हर चीज़ अपनी एक्सपायरी डेट के साथ मौजूद है।" अचानक वो इतनी गम्भीर बात कहेगा मैंने सोचा तक न था।

"रियली आयरनीकल।" मैंने गहरी साँस ली है।

"हाँ, विडम्बनापूर्ण।...एक कुख्यात विडम्बना। जिसके बारे में हम सब जानते हैं। चुप रहते हैं।" यह जतिन है। मुझे विश्वास नहीं हो रहा। इसके बावजूद वो बैठा है—एक्सपायरी पीरियड के बावजूद!...किसी एक्सपायर्ड मेडिसिन की तरह!

वो फ़्रेश होकर बाहर निकली है। वो बॉथरूम के पास ठिठकी हुई है। एक ख़ूबसूरत, अकेली, अपरिचित और उदास लड़की! हम दोनों ने एक दूसरे को देखा है। पलभर के लिए। वो ऐन मेरे सामने है। कुछ सोचती हुई। हमेशा की तरह। वो चुप। मैं। दुविधाग्रस्त।

वो चाहती तो वापिस उसी कमरे में चली जाती। एक तरह से यह अच्छा ही होता। उसके चले जाने के बाद मैं कोई विश्वसनीय किस्म का झूठ गढ़ता। जतिन संशय का चश्मा लगाकर मुझे देखता। मैं अपनी कामयाबी पर खुश होता।

वो मैनर्ज़ जानती है। प्रश्न केवल मैनर्ज़ का नहीं, उस प्रश्नवाचक का है जो

जतिन के मन में है। वो मेरे दोस्त के मन में विभ्रम के जाले को हटा देना चाहती है।

कुछ लोग पर्यावरण की तरह होते हैं, जैसे कि यह लड़की।...वो बड़ी शालीनता से आई है। नफ़ासत के साथ, सोफे पर बैठ गयी है। अकेले सोफे की हत्थियों पर उसने अपनी कोहनियाँ टिका दी हैं।

जतिन की आँखों पर कोई बाइफ़ोकल चश्मा चढ़ गया हो जैसे—आधे हिस्से में संशय बाकी आधे में हैरानी।

"मेरी फ्रेंड है।" मैंने उसकी व्याकुलता को ख़त्म करने की कोशिश की है।

"हाय, आई एम जतिन!" जतिन ने लड़की को 'विश' किया है। हाथ मिलाने के लिए अपना दायाँ हाथ आगे बढ़ाया है।

लड़की ने अपने दोनों हाथ जोड़ दिए हैं—'नमस्ते' जैसा बहुत महीन-सा शब्द, न सुनाई देने की हद तक आहिस्ता शब्द, लड़की ने कहा है। वो मुस्कराई भी है। उसको मुस्कराते हुए मैंने पहली बार देखा है। उसकी मुस्कान जतिन नहीं समझ सकेगा। उसकी मुस्कान में दुख के छिद्र हैं। मुस्कान जैसी भी हो, मुस्कान होती है। जतिन, मुस्कराती हुई लड़की को देख रहा है। मैं उस मुस्कान को, जो होंठों पर रख दी गयी हो। लड़की की मुस्कान एक उड़ता हुआ काग़ज़ है। जो दुख के पेपरवेट के नीचे दबा है।

जतिन का हाथ वापिस अपनी जगह आ गया है। हाथ की यह यात्रा, ख़राब यात्रा थी। जाती बार हाथ हाथ लगता था। वापसी पर हाथ, शर्मसार और लकवाग्रस्त!

जतिन को बुरा लगा है। मैं सकून महसूस कर रहा हूँ।

"क्या मैं आपका नाम जान सकता हूँ?" जतिन ने फिर सवाल किया है। कुछ लोग अपनी सीमाओं में नहीं रहते। उल्लंघन करना उनकी फ़ितरत होती है और अपनी फ़ितरत को वो अपने सर पर किसी हैट की तरह रखते, उतारते हैं।

"किसलिये?" लड़की का प्रश्न बेहद माकूल है। मैं हैरान हूँ, मैंने आजतक लड़की का नाम नहीं पूछा और एक जतिन है कि लड़की से बैठते ही नाम पूछ लिया। जैसे दोस्ती गाँठने आया हो।

"बस यूँ ही।...मैंने अपना नाम बताया और सोचा कि आप भी...।" खिसिया गया है बेचारा जतिन।

लड़की ने कोई बात नहीं की। वो, हम दोनों में से किसी को भी नहीं देख रही। तीन जन मौजूद हैं। चौथी ख़ामोशी है, जो हम तीनों को दीदे फाड़कर देख रही है।

"राजेन, तुम्हारी फ्रेंड बहुत कम बोलती है।" जतिन ने फुलझड़ी-सी छोड़ी है।

"प्रकृति की प्रत्येक चीज कम बोलती है। यही कम बोलना उसका सौन्दर्य

होता है।'' मैंने कहा है।

''फ़िलॉसफ़ी।'' वो हँस रहा है।

''कल मंडे है।'' जतिन ने मुझे देखा है। फिर ख़ाली पड़े कोल्ड ड्रिंक्स के गिलास को। जतिन के पास बातों के कई सिरे हैं। एक सिरा गुम होता है तो वो दूसरा ढूँढ़ लेता है। मैं जानता हूँ, वो क्या पूछना चाहता है।

''फिर?'' मैं अनजान बने रहना चाहता हूँ।

''कल तुम ऑफ़िस आओगे या रैस्ट करोगे?'' यह उसका सवाल भी है और माखौल भी। 'रेस्ट' शब्द को बोलते हुए वो थोड़ा-सा मुस्कराया है। जैसे फ़ब्ती को मुस्कान में लपेटकर फैंक रहा हो।

''डॉ. दत्ता से कंसल्ट करूँगा।...आने या न आने का तभी तय हो पाएगा।'' मैंने संजीदगी से कहा है।

''स्टिल सस्पेंस।'' वो थोड़ा-सा हँसा है। अकेले सोफे पर बैठी लड़की ने उसे हँसते हुए देखा है। चोर नज़रों से जतिन ने भी देख लिया है।

''गाड़ी की सर्विस करानी है यार।'' उसने फिर बात को बदल दिया है। बिलकुल ग़ैर ज़रूरी बात। पता नहीं उसने क्यों की है।

''वैसे राजेन, एक बात कहूँ?...हमारा टाइम पोल्युटिड टाइम है।...डस्ट एंड स्मोक ऑन एवरी थिंग!'' वो संजीदा हो गया है, ''सर्विस होती रहनी चाहिए हर चीज़ की।''

''हर चीज़ की?'' तनावग्रस्त होकर पूछा है मैंने। तनाव में शायद जतिन भी है।

''ऑफकोर्स।...रिलेशन की भी सर्विस होती रहनी चाहिए।'' एक फीकी-सी हँसी के साथ वो उठ खड़ा हुआ है।

बेशक, वो तनाव छोड़कर जा रहा है। जाते-जाते उसने पिन-सा चुभाया हो जैसे, ''वैल राजेन!...फाइन ट्रीट! वैरी फाइन ट्रीटमेंट।''

उसने दरवाज़े के बाहर आकर हाथ मिलाया है। हम दोनों के हाथ ठंडे हैं। जैसे बर्फ़ के टुकड़े छुपा रखे हों हमने, हाथों में।

वो चला गया है। मैं सोच रहा हूँ—कल दफ़्तर में जतिन से सामना करना मुश्किल हो जाएगा।

''कल आफ़िस जाएँगे?'' उसने सीधा-सा सवाल पूछा है।

वो मुझे देख रही है और मैं नज़रें चुरा रहा हूँ। ऑफ़िस जाने की बात उसे कैसे पता चली? जतिन और मेरे बीच की बातचीत को उसने सुन लिया था।

मेरे चुप रहने पर वो खीझ गयी है। उसने फिर कहा है, ''मेरे सवाल का आपने जवाब नहीं दिया।

"ऑफ़िस?" मैंने इतना कहा है।

"हाँ। ऑफ़िस।" ठोस-सी आवाज़।

"शायद।"

"शायद? मतलब?" उसके शब्द नाखुनों की तरह तीखे हैं।

"शायद मतलब! मैं अभी कशमकश में हूँ। सोच रहा हूँ कि ऑफ़िस चला जाऊँ।" मेरा जवाब ढीला-ढाला-सा है। मेरे शब्दों ने आवाज़ की ढीली पोशाक पहन रखी हो जैसे।

"आप ऑफ़िस जाने का सोच रहे हैं?"

"हाँ।"

"और मैं?" जैसे उसने सुर्ख़ अंगारा उछाला हो मेरी तरफ़।

"आप।" मैं इतना कहकर चुप हो गया हूँ। मैंने ऑफ़िस जाने का तो सोच लिया। यह भी सोच लिया कि कारपोरेट ऑफ़िस में लम्बी छुट्टी गहरा शॉक दे सकती है। अब भी, इस हफ़्ते में, मेरे ख़िलाफ़ पता नहीं क्या-क्या हो चुका होगा। डेमेज कंट्रोल में बड़ी मेहनत करनी पड़ेगी। वो सब ठीक है। वो सब अनिवार्य। लेकिन मैंने इस लड़की के बारे में तो सोचा ही नहीं।

वो मेरी तरफ देख रही है। उसके चेहरे पर सवालों की झाड़ियाँ उग आई हैं।

वो मेरे जवाब की इन्तज़ार में है। मेरा जवाब बरसों बाद आना हो जैसे।

मैं चुप हूँ। मेरे भीतर समन्दर मन्थन! क्या कहूँ इसे कि यहाँ से चली जाए। कहीं भी। रेलवे स्टेशन। बस अड्डा। किसी सड़क पर। पटरी पर। कहीं भी।

मैं कार में ऑफ़िस के लिए निकलूँ और इस लड़की को किसी चौराहे पर उतार दूँ।...फ़िनिश!

मैं सोच में मुब्तिला हूँ। अगर एक हफ़्ते बाद इसे चौराहे पर खड़ा करना था तो फिर मैं इसे लाया ही क्यों था?

मैं कशमकश में हूँ।

उसने मुझे तीखी नज़रों से देखा है। वो अपने सवाल का जवाब चाहती है। मैं सवाल का जवाब ढूँढ़ रहा हूँ। दरहक़ीकत, वो सवाल का जवाब नहीं चाहती, समाधान चाहती है।

"आप यहीं रहेंगी।" मैंने ऐसे कहा है जैसे मेरे ऐलान से खुश होकर नाचने लगेगी।

"आप ऑफ़िस चले जाएँगे और मैं इस फ़्लैट में रहूँगी?" उसने हर शब्द को पत्थर की तरह पीसते हुए कहा है।

"हाँ।"

"फ़्लैट में क़ैद होकर?"

''नहीं। फ़्लैट की चाबियाँ मैं आपको देकर जाऊँगा।'' मैंने उसे राहत देने की कोशिश की है।

''खेलने के लिए?'' उसने मेरा मख़ौल उड़ाया है।

मैं चुप हूँ।

वो पूछ रही है, ''सर, इस फ़्लैट में पूरा दिन। सुबह से शाम तक। मैं। सिर्फ़ मैं। बिलकुल अकेली।''

''एकान्त और अकेलेपन में फ़र्क होता है।'' मैंने कहा है।

''सर, अपना दर्शनशास्त्र अपने पास रखो।''

''लिसन! टीवी है। म्यूज़िक सिस्टम है। रैक में किताबें हैं। डेली न्यूज़ पेपर है।'' मैंने चीजें गिनाई हैं।

''सर, गैजेट्स से अगर अकेलापन दूर होता तो संसार में कोई अकेला न होता।''

''पूरा फ़्लैट आपका होगा।'' मैंने दलील-सी दी है।

उसने तीर-सा मारा है मुझे, विष बुझा तीर, ''क्या आप सचमुच इतने भले हैं जितने कि आप एक हफ़्ते से नज़र आ रहे हैं?''

''इसका विशलेषण आप कीजिए।'' मैंने रुखेपन से कहा है।

''क्या मैं इस अवस्था में हूँ?'' उसने गहरी साँस ली है।

''नहीं।''

''तो आप बताइए अपने बारे में?''

''अपना करैक्टर सर्टीफिकेट मैं ख़ुद इश्यू करूँ?'' ज़रा-सी तल्ख़ी है मेरी बात में।

''मैं आपके बारे में जानना चाहती हूँ।''

''मैंने आपके बारे में क्या जानने की कोशिश की है?'' मैंने सामने बैठी लड़की से कहा है।

''यही तो...यही तो चुभती हुई हैरानी है कि मैं एक हफ़्ते से यहाँ हूँ और आपने मेरे बारे में जानने का ज़रा भी प्रयास नहीं किया।'' वो थोड़ा उत्तेजना में आ गयी है।

''क्या आप इस अवस्था में थीं?'' मैंने उसका कथन, दोबारा उस तक पहुँचा दिया है।

''यह भी एक चालाकी है।'' वो हाँफते हुए बोली है।

''पूछो, क्या पूछना है मेरे बारे में?''

''क्या आपको अपने बारे में कुछ भी नहीं पता?''...सच कह रहे हैं आप?''

''मैं कौन हूँ, क्या हूँ, कैसा हूँ—यह प्रश्न जितने व्यक्तित्त्व से जुड़े हैं, उतने आध्यात्मिक भी हैं।'' मैंने बात का ट्रैक बदलने का प्रयास किया है।''

"तो?" वो एकटक मुझे देख रही है।

"मैं कौन हूँ—जैसा सवाल करते वक़्त, कई बार मैं अपने अहंकार से टकराया हूँ।"

"कैसा अहंकार?" उसने गम्भीरता से पूछा है।

"खोखला अहंकार!" मैंने कहा है।

कुछ देर हम दोनों चुप हो गये हैं। यह चुप, शान्त किस्म की चुप है। विश्राम कर रही हो जैसे।

"एक बात कहूँ?" उसने धीरे से प्रश्न किया है। वो बोलते-बोलते थक गयी है शायद।

"आपके घर में रहते हुए मैंने एक बात नोट की है।"

"कौन-सी बात?"

"आप किसी शिखर की तरह हैं।"

"शिखर!" मैंने उसकी बात को दोहराया है। थोड़ा-सा मुस्कराया हूँ।

"हाँ शिखर!" उसने दृढ़ता से कहा है।

"लेकिन शिखर अकेले होते हैं।"

"मैं किसी खाई की तरह हूँ।" उसकी आवाज़ में दुख है।

"खाई नहीं घाटी!...शिखर अकेले होते हैं। घाटियाँ हरी-भरी और आबाद! मैंने संवेदनाभरे लहजे में कहा है।

"यह बात आप मेरे बारे में कह रहे हैं?"

"हाँ।"

"मज़ाक उड़ा रहे हैं आप मेरा?" वो टैंस हो गयी है। मैं घबरा गया हूँ। मैंने ऐसा तो नहीं चाहा था।

"बाकी सब बातें छोड़िए...।" बोलते-बोलते मैं रुक गया हूँ। इसलिये रुक गया हूँ कि अगर वो कुछ सोच रही है तो सोचना बन्द कर दे।

वो मुझे देख रही है, जैसे सवाल का पहाड़ खड़ा हो मेरे सामने।

"मैं भला हूँ या बुरा...उस बात को भी जाने दीजिए। मैं सिर्फ़ और सिर्फ़ इतना कहना चाहता हूँ कि आप यहाँ सुरक्षित हैं।" मैंने उसे भयमुक्त और शंकामुक्त करने का प्रयास किया है।

"सुरक्षित।" मेरे इस शब्द को उसने किसी अदृश्य चिमटे से पकड़ लिया है। एक ठंडी-सी आह भरकर वो बोल रही है, "सर, आपकी बात सुनकर, मुझे एक मुसाफ़िर का क़िस्सा याद आ रहा है।...लुटेरों ने मुसाफ़िर का सबकुछ लूट लिया और सरायवाले कह रहे थे कि वो वहाँ पूरी तरह से सुरक्षित है।" वो मुसाफ़िर का क़िस्सा सुनाकर चुप हो गयी है।

''यह फ़ब्ती मुझपर है?'' मैं थोड़ा-सा आवेश में आ गया हूँ।

''नहीं सर, यह फ़ब्ती नहीं। उसने लम्बी साँस खींचकर बात पूरी की है,'' और अगर यह फ़ब्ती है तो फिर यह आप पर नहीं, मेरे अपने ऊपर है।'' कहते-कहते उसकी आवाज़ भीग गयी है। आँखों में आँसू भर आए हैं।

ड्रॉइंगरूम...हम जहाँ बैठे हैं, किसी शोककथा जैसा लग रहा है। ख़ामोशी, किसी प्रार्थना की तरह नहीं लग रही। वो भटकी हुई छिपकली की तरह लग रही है।

''सर, मैं ही हूँ लुटा हुआ मुसाफ़िर!'' थोड़ा-सा सुबकने के बाद उसने कहा है, ''और आपकी इस सराये में पूरी तरह सुरक्षित!'' जैसे किसी ने पुराने ज़ख़्म से पट्टी हटा दी हो। उसकी आवाज़ में इतना दुख है। दुख में पुराने जख़्म की गन्ध भी है।

मैं स्तब्ध हूँ। सोच में गुम। उसे रोता हुआ देख रहा हूँ। और बैठा हूँ। जैसे लकवा मार गया हो मुझे।...बात कहाँ से शुरू हुई थी। कहाँ जा पहुँची।

''लिसन!'' मैं उसके पास जा खड़ा हुआ हूँ। उसकी पलकों पर अटके आँसुओं को अपनी उँगली से पोंछते हुए, एक पल के लिए ठिठक-सा गया हूँ। चेहरे पर उसके विषाद की छायाएँ हैं। आँखों में पानी। वो देख रही है मुझे। चुपचाप।

''आप कोई लुटा हुआ मुसाफ़िर नहीं हैं।''

''तो क्या हूँ?''

''आप यहाँ किसी अतिथि की तरह हैं, जिसका आतिथ्य करता हूँ तो मेरे मन को अच्छा-सा लगता है।'' मेरी यह आवाज़ मन के किसी प्रदेश से निकली है। वो सुन रही है मुझे।

''आपको कुछ भी नहीं हुआ है।'' मैंने उसके कन्धे पर आहिस्ता-से हाथ रखा है। उसने हाथ हटाया नहीं।

मुझे देखते हुए वो पूछ रही है, ''सचमुच, मुझे कुछ भी नहीं हुआ?''

''आप अपने भीतर की स्त्री को यकीन क्यों नहीं दिलातीं कि आपको कुछ नहीं हुआ।''

''वो नहीं मानती। बिलकुल भी नहीं मानती। मेरे भीतर की अधूरी स्त्री, मेरे आश्वासनों पर तड़प उठती है।''

''आप जिसे अधूरापन कह रही हैं, वही तो आपकी सम्पूर्णता का सबूत है।'' मैंने उसके कन्धे से हाथ हटा लिया है।

''मैं कुछ समझी नहीं।''

''मुझे एक छोटी-सी कथा याद आ रही है, पता नहीं कहाँ पढ़ी थी मैंने।''

वो मुझे देख रही है, जैसी कह रही हो—सुनाओ, क्या है कथा?

''एक पनिहारा अपनी बहंगी पर दो घड़े पानी के भरकर, लोगों के घर पहुँचाया करता था। उसका एक घड़ा दरक गया। दूसरा ठीक था। दरके हुए घड़े से पानी रिसता रहता था। लोगों के घर वो डेढ़ घड़ा पानी पहुँचा पाता था।

''साबुतवाला घड़ा इतराता। रिसता हुआ शर्मसार होता।'' इतना कहकर मैं पलभर के लिए रुका हूँ। वो जिज्ञासा के साथ मेरी ओर देख रही है।

दरके हुए घड़े ने पनिहारे से लज्जितभाव से कहा, ''मेरी वजह से आपका कितना श्रम बेकार चला जाता है? मैं अधूरा हूँ। मुझे अपने अधूरेपन पर शर्म आती है।''

''फिर?'' उसने गहरी साँस लेकर कहा है।

''पनिहारे ने दरके हुए घड़े को तसल्ली देते हुए कहा, ''अपनी तरफ़ के रास्ते पर ज़रा नज़र डालकर देखो। कितने सारे फूल खिले हैं।...लेकिन दूसरी तरफ़ एक भी फूल नहीं है।''

''घड़े ने अचरज से देखा। उसकी तरफ़ कतारबद्ध फूल खिले थे। घड़े ने पूछा, ''ये कैसा रहस्य है?''

पनिहारे ने दरके हुए घड़े की तरफ़ देखते हुए कहा, ''मैं तुम्हारी तरफ़ फूलों के बीज डाल दिया करता था। तुमसे जो पानी बहता था...वो तुम्हारी व्यर्थता नहीं थी न अधूरापन था। वो अधूरापन तुम्हारी शक्ति थी। वो बहता हुआ पानी, इन फूलों के बीजों को सींचता भी था।''

मैं कथा सुनाकर चुप हो गया हूँ।

''अपने आपसे मुठभेड़ करना बहुत मुश्किल होता है, सर, !'' उसने उच्छवास छोड़ा है।

''अपने आपसे हाथ मिलाना तो आसान होता है।'' मैंने मुस्कराने की कोशिश की है।

''मैं प्रयास करूँगी।'' पता नहीं वो मुझे तसल्ली दे रही है या अपने आपको।

खाना अक्सर बाहर से मँगवा लेता हूँ। कौन झंझट में पड़े। आज भी खाना बाहर से आया है। डिलिवरीमैन 'डिनर' का सामान दे गया है।

मैंने डाइनिंग टेबल पर खाने का सामान लगा दिया है। उसकी इन्तज़ार में हूँ। मैं जानता हूँ वो नहीं आएगी। उसे बुलाना पड़ता है। उसे भूख कम लगती है। दूसरा, पराए घर में वो अपने आप कैसे चली आए डाइनिंग टेबल तक। वो बेशक अपना कांफीडेंस खो चुकी है। इसके बावजूद, उसमें एक ऐसा आत्मसम्मान है जिसके सामने कई बार मैं अपने आपको भी छोटा महसूस करता हूँ।

वो दरवाज़ा बन्द नहीं करती। आज दरवाज़ा बन्द है। मालूम नहीं दरवाज़ा जान-बूझकर बन्द किया है उसने या फिर गलती से बन्द हो गया है।

मैं कमरे के बाहर खड़ा हूँ। उसके कमरे के बाहर। कमरे से बाहर और उससे बाहर। उसका कमरा! ख़ूबसूरत-सा ख़्याल है। मेरे घर में उसका कमरा। ख़ाली कमरे में एक ख़ाली स्त्री का घर। पराये फ़्लैट में किसी शरणार्थी कैम्प जैसा। किसी विस्थापित जैसी वो। एक स्थापित वेदना के साथ।

मैंने दरवाज़ा 'नॉक' किया है। फिर दरवाज़े का हैंडिल घुमाया है। दरवाज़ा खुलता चला गया है।

मैं दरवाज़े के बीच ठिठक गया हूँ। वो दीवान पर बैठी है, दीवार से पीठ टिकाकर। उसने घुटने सिकोड़ रखे हैं। घुटनों पर चेहरे की ठुड्डी टिका रखी है।

नौजवान लड़कियाँ कितनी खिलंदड़ी होती हैं। अपने दुपट्टे को हवा में लहराती हुई—मुक्ति के गीत गाती। आसमान को छूने के संकल्प और चेहरे पर उम्मीदों की धूप!

उसने सर उठाकर मुझे देखा है। उसके चेहरे पर असुविधा के भाव हैं। मैं क्यों चला आया यहाँ। किसी हस्तक्षेप की तरह। वो अपने दुख के साथ रहना चाहती थी। अपने निर्जन में। अपने आपको ढूँढ़ती हुई।

एक सन्नाटा-सा है हम दोनों के बीच। यह सन्नाटा उस धुएँ की तरह है जो आवाज़ों के जलने से पैदा होता है।

"कुछ चाहिए?" उसके प्रश्न में थकान है।

"क्या दे सकेंगी आप?" मेरे इस प्रश्न से वो सिहर उठी है। एक डरी हुई लड़की और ज़्यादा डर गयी है।

उसने दीवान पर बैठे-बैठे, अपने दोनों हाथ मेरे सामने पसार दिए हैं। दुख में भीगी हुई-सी आवाज़ मुझे सुनाई दी है, "सर, जो कुछ मेरा बचा खुचा है, वो आप ले लीजिए।...निस्संकोच ले लीजिए।"

उसने गहरी साँस ली है। जैसे साँस किसी गहरे कुएँ से, रस्सी खींचकर ली हो।

मैं उसके बिलकुल करीब आ गया हूँ। वो व्याकुल-सी लग रही है। जैसे अपने भीतर से काँप रही हो।

"ऐ पगली लड़की।" मैंने बड़ी आत्मीयता से कहा है।

वो हैरान होकर मुझे देख रही है। उसके हाथ अब भी फैले हुए हैं।

मैंने उसके फैले हुए हाथों पर अपने हाथ रख दिए हैं। वो सवालिया नज़र से देख रही है—एकटक! अपने भय को छुपाती हुई।

"क्या चाहते हैं आप?" डरी हुई-सी आवाज़।

"सिर्फ़ एक चीज़।" मैं कहता हूँ। इस 'एक चीज़' जैसे रहस्य में वो उलझ गयी है। उसे लगने लगा है मैं अभी, इसी वक़्त, पुरुषोंवाली औक़ात पर उतर आऊँगा।

"क्या...क्या चाहते हैं आप?" उसका डर और ज़्यादा गाड़ा हो गया है।

"और कुछ भी नहीं।...सिर्फ़ आपका विश्वास।" मैं ज़रा-सा मुस्कराया हूँ।

"विश्वास।" उसने मेरी बात दोहरा दी है। यक़ीन नहीं आ रहा है उसे।

"हाँ...आप मुझपर विश्वास करें। मेरा आपसे यही निवेदन है।" मैंने उसके हाथों को अपने हाथों में भरकर कहा है।

उसकी आँखों में फिर पानी तैरने लगा है।

"सुनो, मैं आपको खाने के लिए बुलाने आया था। मैं डाइनिंग टेबल पर खाना लगा आया हूँ। और सुनो, यह मत कहना कि मुझे भूख नहीं।" मैंने बड़े इसरार से उसे उठाया है।

"थैंक्स।" एक भीगा हुआ-सा शब्द—थैंक्स, मुद्दतों बाद सुना है मैंने। शब्द कई बार कितने कीमती लगते हैं। जैसे कि अभी अभी बोला गया यह शब्द!

उसकी प्लेट में मैंने थोड़े से चावल, दाल, मिक्स सब्जी रखकर उसे थमाई है। वो ख़ुद कभी प्लेट नहीं उठाती। उसने कभी दोबारा कोई चीज़ नहीं माँगी। मैं जानता हूँ, माँगना उसे ख़राब लगता है। माँगते हुए, हम अपने आपको छोटे नज़र आने लगते हैं।

"एक बात कहूँ?" मैंने आहिस्ता से कहा है।

"क्या?" वो खाते-खाते रुक गयी है।

"क्या इस बात से हैरान नहीं हुआ जा सकता कि आप यहाँ एक हफ़्ते से हैं और मैं आपका नाम तक नहीं जानता।" कहते हुए मुस्कराया हूँ मैं।

"मेरा नाम नन्दिनी है।" एक हल्की-सी मुस्कान उसके होठों पर भी तैर गयी है।

"बहुत अच्छा नाम है।...उतना अच्छा नाम जितनी अच्छी आप ख़ुद।" मैं फिर मुस्कराया हूँ।

"अगर यह प्रशंसा है तो झूठी है।...मैं अपने सच को जानती हूँ।" अचानक उसकी आवाज़ में खरोंच-सी पैदा हुई है।

"कौन-सा सच?"

"मेरा स्त्रीत्व खो चुका है।"

"यह आपका वहम है।"

"यह मेरा सच है।"

"ज़िन्दगी के हज़ारों सच हैं। आप सच के किसी एक कोने को पकड़कर, अपने आपको उजाड़ती रहेंगी।" मैंने उसे समझाने की कोशिश की है। मैं यह भी

चाहता हूँ मेरी कोई बात प्रवचन में न बदल जाए।

"स्त्रियों की साइकी को आप कितना जानते हैं?" उसका प्रश्न मेरी औक़ात बता रहा है।

"मैं स्त्रियों के विषय में कुछ भी नहीं जानता। लेकिन इतना ज़रूर जानता हूँ कि पुरुषों की सामन्ती मानसिकता, हेकड़ी और युद्ध लड़ने का उन्माद, जब थमता है तो बहुत कुछ नष्ट हो चुका होता है।" मैंने ज़रा-सा रुककर, उसकी ओर देखते हुए कहा है, "उस विध्वंस में से भी स्त्रियाँ जीवन को ढूँढ लेती हैं।"

वो मुझे देख रही है। वो खा नहीं रही। चम्मच उसके हाथ में है।

"इतिहास गवाह है," मैं अपनी बात जारी रखते हुए कह रहा हूँ, "युद्ध हो या शान्ति, सबसे ज़्यादा अत्याचार स्त्रियों पर ही हुए हैं। सबसे ज़्यादा अवसादग्रस्त भी स्त्रियाँ ही रही हैं। लेकिन यह भी सच है कि मुश्किल समय में सबसे ज़्यादा धैर्य भी स्त्रियों ने दिखाया है।"

"आप ठीक कहते हैं शायद।" उसने कहा है।

"एक बात कहूँ?" मैंने उसे देखा है, उसके समूचेपन को। फिर अपनी बात पूरी है, "आप जितनी कमज़ोर नज़र आती हैं...ऐसी कमज़ोर आप पहले कभी नहीं रहीं।"

"आपने कैसे जाना?" उसने तत्परता से पूछा है। चमक-सी है उसके शब्दों में। चमक-सी है उसके चेहरे पर।

"आपके अन्दर एक दृढ़ता है। आप जब-जब प्रश्न करती हैं। एक दृढ़ और व्याकुल स्त्री मेरे सामने आ खड़ी होती है।...मैं मन से उस स्त्री का सम्मान करता हूँ।" मैंने उसकी दृढ़ता पर छोटा-सा व्याख्यान दिया हो जैसे।

"मैं बहुत बुरे समय से गुज़र रही हूँ।" एक कच्ची-सी दीवार ढह गयी हो जैसे।

"हमारे अच्छे दिन, कहीं पिछवाड़े में खड़े होते हैं, बस, ज़रा-सा पलटकर देखने की कोशिश होनी चाहिए।

फिर हम दोनों चुप हो गये। खाना खाते रहे।

आज सोमवार है। एक इम्तेहान का दिन। इम्तेहान के दिन तो पिछले सात दिन भी थे। पुरानी परीक्षाओं में मैं शायद फेल होता रहा। शायद पास। शायद फेल और पास दोनों।

लेकिन आज की परीक्षा नयी तरह की परीक्षा है। बिना तैयारी की परीक्षा। एक नयी शुरुआत। इस शुरुआत के लिए ख़ुद को तैयार करता हुआ मैं।

मैं पूरी तरह तैयार हो चुका हूँ। फ्रेश हो चुकने के बाद। नहा चुकने के बाद। कपड़े-जूते पहन चुकने के बाद—मैं ड्रॉइंगरूम में बैठा हूँ। मेरे सामने अखबार है। मैं अखबार नहीं पढ़ रहा। व्याकुलता मुझे अख़बार नहीं पढ़ने दे रही। बेचैनी मेरे साथ कोई खेल खेल रही है—वो मेरी जिल्द को उखाड़ रही हो जैसे।

मैं नन्दिनी के उठकर आने की इन्तज़ार कर रहा हूँ। एक अनिश्चित-सा वातावरण है। शायद वो अटैची उठाकर हमेशा के लिए चली जाए आज!...शायद रुक जाए। मैं इन दो शायदों,...दो सम्भवानाओं के बीच ठिठका हुआ हूँ।

आज मैंने दफ़्तर जाने का मन बना लिया है। मैंने नन्दिनी का नहीं सोचा। सिर्फ़ अपना सोचा है। मैं बेशक नन्दिनी के लिए चिन्तित हूँ। लेकिन आज नौकरी की चिन्ता कुछ बड़ी हो गयी है।

लेकिन नन्दिनी? उसका क्या करूँ? वो तो जाना चाहती थी। मैं रोकता रहा। क्यों रोकता रहा? वो यौन हिंसा की शिकार थी...वो अवसादग्रस्त थी...कोई मानवीय पहलू था या फिर उसमें इतना अधिक आकर्षण कि मैं उसे निरन्तर रोकता रहा?

कई सारे सवालों में मैंने अपने आपको घेर लिया है। बस, यहीं से द्वन्द्व पैदा होता है। कई सारे सवाल, चकमक पत्थर की तरह रगड़ खाते हैं। चिंगारियाँ-सी फूट पड़ती हैं।

मैंने दो चाबियाँ मेज़ पर रख दी हैं। फ़्लैट के मुख्य द्वार की ये दो चाबियाँ, पहले गुच्छे में थीं। अब मैंने इनको अलग कर दिया है।

नन्दिनी का इन्तज़ार! मैं बहुत देर तक बैठा रहा इन्तज़ार करता। आख़िर उठकर मैं उसके कमरे में चला आया हूँ। मुझ पर शक करनेवाली लड़की बेसुध पड़ी है। ऐसे मुसाफ़िर की तरह सोई हुई है जो सैकड़ों मील पैदल चलने के बाद, कहीं पसर गया हो।...वो ऐसे सोई है जैसे सुरक्षा गार्ड उसकी हिफ़ाज़त कर रहे हों। वो ऐसे सोई है जैसे सचमुच अपने घर में हो।

मैं उसे जगाने आया हूँ। लेकिन उसकी अबोध छवि देखकर कहीं खो-सा गया हूँ। जैसे खड़े-खड़े नींद आ गयी हो मुझे।

वो कसमसाई है। करवट लेकर सो गयी है। अभी वो गोलियों के असर में है शायद। मैं वापिस सोफे पर आ बैठा हूँ।

आधा घंटा गुज़र चुका है। नन्दिनी मेरे सामने सोफे पर आ बैठी है। वो बॉथ लेकर आयी है। लेकिन उसने कपड़े नहीं बदले। शायद उसके पास कम कपड़े हों।

मैंने चाय के कप मेज़ पर रखे हैं। कहा है, "चाय पीजिए नन्दिनी मैडम।"

"आप मेरे कमरे में आए थे?" उसने चाय का कप हाथ में पकड़ते हुए, सपाट-सा प्रश्न किया है।

"हाँ आया था।"...कुछ ढूँढ़ने आया था।

''क्या था, जिसे आप ढूँढ़ने आए थे?''

''एक लड़की थी जिसे मैं ढूँढ़ने आया था।'' मैं हँसा हूँ ज़रा-सा। ताकि माहौल में कशीदगी कम हो जाए।

''उस लड़की को ढूँढ़ने आए थे जो सोई हुई थी?''

''हाँ।''

''मुझे अच्छा नहीं लगा।''

उसने मन की बात कह दी है।

''आइ एम सॉरी।'' मैंने विनम्रता के साथ खेद व्यक्त किया है। फिर कहा है, ''इसके बाद फिर कभी ऐसा नहीं होगा।''

''इसके बाद!'' उसने मेरे इन दो शब्दों को मुँह में डालकर थूक दिया हो जैसे, ''आप क्या सोच रहे हैं? मैं यहाँ रहूँगी? नहीं।...बिलकुल भी नहीं।...मैं आज ही यहाँ से चली जाऊँगी।''

वो अचानक उग्र हो उठी है। बोलते-बोलते काँपने लगी हो जैसे। उसके आवेश में पता नहीं क्या क्या है—दुख और ग़ुस्से के अतिरिक्त?

''नो प्रॉब्लम।...आप आज ही जाइए। आप जहाँ कहेंगी, मैं आपको छोड़ आऊँगा।'' मैंनें उसे नॉर्मल करने की कोशिश की है। मैं परेशान हूँ, अचानक क्या हो गया है इसे? यह अवसाद है या फिर मेरे ख़िलाफ़ कोई ग़ुस्सा।

उसने चाय का आधा कप पीया है। चाय बीच में छोड़कर, कप को मेज़ पर रखकर उठ खड़ी हुई है।

''मैं अपना अटैचीकेस लेकर आती हूँ।'' कमरे की तरफ़ जाते हुए उसने कहा है। वो चली गयी है। उसका वाक्य किसी कटी पतंग की तरह पीछे रह गया है।

उसने कमरे का दरवाज़ा ज़ोर से बन्द किया है। उसकी हर बात में सलीका होता था। अवसाद के बावजूद, बेचैनी, तड़प और एंग्ज़ायटी के बावजूद, उसने दरवाज़े को इतनी ज़ोर से पहले कभी बन्द नहीं किया था।

बहुत देर गुज़र गयी है। मैं बैठा हूँ। उदास-सा। अभी कमरे से निकलेगी नन्दिनी, अटैचीकेस उठाएगी। चली जाएगी हमेशा के लिए।...कुछ रिश्तों का सफ़र कितना कम होता है? इस रिश्ते की उम्र सिर्फ़ एक हफ़्ता!

हो सकता है जाने से पूर्व वो ड्रैस चेंज कर रही हो। लेकिन इतनी देर? मैं धैर्यहीन हो उठा हूँ।

मैंने बन्द दरवाज़े पर दस्तक दी है। फिर खोल दिया है दरवाज़ा और खड़ा हूँ मैं उसके कमरे में—हैरान-परेशान-सा! सामने का दृश्य है ही ऐसा।

सारा सामान बिस्तर पर बिखरा पड़ा है। अटैचीकेस ख़ाली है। नन्दिनी है कि रो रही है। मैं हूँ कि मैं उसके सामने खड़ा हूँ। जैसे कमरा न हो, अजायबघर हो—

बिखरी हुई ज़िन्दगी का अजायबघर।... मैं इस अजायबघर को देख रहा हूँ। बिखरे हुए सामान के बीच, आँसू टपकाती एक ख़ामोश-विस्फोट जैसी लड़की! जैसे लड़की भी अजायबघर हो।...मालूम नहीं, वो वर्तमान में है या स्मृतियों में। मालूम नहीं, वो अपने आपमें है या किसी अन्य संसार में?

"सुनो।" मेरी आवाज़ में आदेश-सा है।

"जी।" उसके स्वर में आज्ञाकारी शिष्य का आदर।

"आप कहीं नहीं जाएँगी।" मैंने किसी मुन्सिफ़ की तरह फ़ैसला सुनाया है।

"कहीं नहीं जाऊँगी?" उसने बच्चों की तरह मेरे सवाल को दोहरा दिया है।

"हाँ, कहीं नहीं जाएँगी आप।...आप यहीं रहेंगी।...यहाँ!...इस घर में।...अपने इस फ़्लैट में।"

"आपके साथ?" एक भयभीत-सा स्वर...प्रकम्पित-सा।

"नहीं...मेरे साथ नहीं।"

"तो?"

"अपने साथ!...अपने वर्तमान के साथ।"

"मैं अपने वर्तमान के साथ नहीं रहना चाहती।"

"तो क्या आप अपने अतीत के साथ रहना चाहेंगी...अतीतजीवी होकर?"

"नहीं, वो भी नहीं।"

"नन्दिनी!...मेरी बात सुनो। हमारा जीवन हमारे वर्तमान में है। हम सबका वर्तमान मुश्किल है।"

"दुष्कर्म पीड़ित लड़की का वर्तमान सबसे अलग होता है सर।" किसी टूटी हुई साँस के साथ उसने अपनी बात पूरी की है।

"नन्दिनी! आप यहाँ रहेंगी। इस फ़्लैट में। अपने वर्तमान को बदलने के लिए।...वर्तमान का ख़ाली कैनवस आपके पास है। वो रंग भरने के लिए है नन्दिनी। रंग आपने भरने हैं। रंगों का चुनाव भी आपका होगा।" मैं उसे देखकर थोड़ा-सा मुस्कराया हूँ।

वो निर्मिमेष मुझे देख रही है। उसकी आँखों में पानी तैर रहा है। पानी एक अभिव्यक्ति है। एक कथन, मौन जिसकी भाषा है। अर्थ को छुपा लेना, उसकी परिभाषा।

मैं उसके कपड़े उठाकर अटैची में रख रहा हूँ। वो चुपचाप मुझे देख रही है। उसने विरोध नहीं किया। जैसे कपड़ों को निकालकर, बिस्तर पर फैलाना उसका काम था, कपड़े वापिस अटैची में रखना, मेरा।

मैं कपड़े रख रहा हूँ। बोलता जा रहा हूँ, "आप चली जाएँगी तो आपके

ट्रीटमेंट का क्या होगा? एंटी डिप्रेसेंट मेडिसन डॉक्टर की सलाह से शुरू की जाती हैं और डॉक्टर की सलाह से उनकी डोज़ कम होती है।...हम उन्हें एकदम बन्द नहीं कर सकते।'

इस फ़्लैट में रुके रहने की जैसे मैंने बहुत महान दलील पेश की हो।

वो चुपचाप देख रही है—पता नहीं कहाँ? वो शायद अपने पुराने दिनों को देख रही है—जो गुज़र चुके हैं। शायद इस लड़की के मन में अपनी आहटें छोड़ गये हैं।

''ये सारे सर्टीफिकेट आपके हैं?'' मैंने बिस्तर पर एक कोने में रखे प्रमाणपत्रों के पुलिन्दे को देखकर, थोड़ा चकित होकर पूछा है।

''हाँ।'' एक डूबी हुई-सी आवाज़ निकली है उसके कंठ से।

''इसका मतलब है आप जॉब के लिए यहाँ आई थीं?'' मैंने पहली बार उससे निजी सवाल किया है।

''हाँ जॉब के लिए। 'दक्ष' में मुझे बुलाया गया था। बट...।'' कहते-कहते उसकी आवाज़ भर आई है और आँखें भी।

मैंने एक सर्टीफिकेट को उठाकर नज़र दौड़ाई है। वो बी.ए. का प्रमाणपत्र है। कॉलेज का नाम—डी.ए. कॉलेज, अम्बाला छावनी। नाम नन्दिनी। मार्क्स सेवेंटी सिक्स प्रसेंट!

''तो क्या, अब आप जॉब की तलाश नहीं करेंगी?'' मैंने उसकी भावनाओं को झिंझोड़ने की कोशिश की है।

''मुझे डर सताता रहता है।...इस शहर से...शहर की सड़कों से...शहर की लक्ज़री कारों से...यहाँ की रात से और लोगों से भी मुझे डर लगता है।'' उसकी लरज़ती हुई आवाज़ ने मुझे सचमुच बेचैन कर दिया है।

''इसलिये आप लौट जाना चाहती हैं?''

''हाँ, इसलिये।''

''बहुत निराश हैं आप?''

''क्या मुझे बहुत खुश होना चाहिए?''

''नहीं, वो बात नहीं।''

''सर, मैं बहुत उत्साहित होकर घर से निकली थी। बहुत हताश होकर यहाँ बैठी हूँ...हताश होकर चली जाऊँगी।''

''लिसन!...आप यहाँ से चली जाएँगी तो किसी का कुछ भी नहीं बिगड़ेगा।''

''मेरे यहाँ रहने से क्या शहर का मौसम बदल जाएगा?''

''नन्दिनी मेरी बात सुनो। शहर का मौसम बदले या न बदले। आपके मन का मौसम ज़रूर बदलेगा।''

वो चुप है।

मैंने फिर कहा है, "आप यहाँ से चली गयीं तो इस शहर का डर हमेशा आपका पीछा करता रहेगा।"

"लेकिन मैं क्या करूँ? मुझे यहाँ की हर शय से डर लगता है।"

"यह डर नहीं। सदमा है। इस सदमे से आपको बाहर निकलना होगा।"

"आप तो ऐसे कह रहे हैं जैसे सदमा न हो कोई कमरा हो और उस कमरे से मुझे बाहर निकल आना हो।"

"आपसे एक बात पूछूँ?" मैं उसे देख रहा हूँ।

"आपको मुझसे डर लगता है?"

"नहीं।"

"इस फ़्लैट से?"

"नहीं।"

"मेरी कार से?"

"नहीं।"

"यानी दिल्ली में कई चीज़ें ऐसी भी हैं, जिनसे आप नहीं डरतीं।"

"आप मेरी बात को समझने की कोशिश कीजिए।"

"समझ रहा हूँ। और आपके डर का मज़ाक भी नहीं उड़ा रहा।" मैंने जज़्बाती लहजे में कहा है।

"मैं जानती हूँ आप जेंटिलमैन हैं। आप मेरे डर का मज़ाक उड़ाएँगे...ऐसा तो मैं सोच भी नहीं सकती।" उसने मेरी प्रशंसा की है। मुझे मन ही मन अच्छा लगा है।

"नन्दिनी, आपको शायद मालूम नहीं। ऐसे पूंजीवादी समय में, हर शहर, वारदातों का शहर हो गया है।"

"मैं जानती हूँ।" उसने तत्परता से कहा है।

"लेकिन डर आपको दिल्ली...एन सी आर से लगता है।"

"हाँ दिल्ली से मैं डरती हूँ। क्यों डरती हूँ, ये भी आप अच्छी तरह से जानते हैं। मेरे लिये यह उत्पीड़न का मैट्रो है।" वो सिर नीचा किए बोल रही है। उसके स्वर में ज़ख़्मों की गन्ध है।

"बेशक, बहुत बुरा हुआ है नन्दिनी! आपकी आत्मा तक को छील गये कुछ गुंडे। इस महानगर के मैट्रोमैन!...लेकिन उस दिन...या एक दिन पहले या दो दिन बाद, ऐसी यौन हिंसा किसी दूसरी स्त्री के साथ, किसी दूसरे स्थान पर, या तीसरे स्थान पर या किसी छोटे से शहर, कस्बे या गाँव में घटित नहीं हुई होगी?"

"तो?" वो चिढ़ गयी है शायद।

"आप बता सकती हैं, आपके अलावा अन्य शहरों, कस्बों की उत्पीड़ित और डरी हुई स्त्रियाँ कहाँ जाएँ?"

"मुझे किसी से कोई मतलब नहीं।" मुझे किसी से कोई मतलब नहीं।" फिर वही आवेश। जैसे मेरे तर्कों ने उसे बेचैन कर दिया दो।

"आपको अपने आपसे तो मतलब है न।" मैंने उसके हाथ पर अपना हाथ रखकर कहा है।"

"हाँ।"

"आप मुझपर विश्वास करती हैं?"

"हाँ।"

"तो आप यहीं रहेंगी...यह मेरा आदेश है और निवेदन भी।" मैंने कहा है। मालूम नहीं वो किस भाव से मुझे देख रही है।

चाबियों के गुच्छे में से मैंने दो चाबियाँ निकालकर मेज़ पर रख दी हैं।

नन्दिनी चाबियों को देख रही है। वो कुछ नहीं कह रही। लेकिन समझ रही है।

"ये फ़्लैट की चाबी है। एक चाबी आपके पास। एक मेरे पास।...अपनी चाबी को मैं रख लेता हूँ। मेरे जाने के बाद आप फ़्लैट को अन्दर से बन्द कर लेना।" मैं तटस्थभाव से चाबियों के बारे में उसे बता रहा हूँ। वो शायद बोर हो रही है। अनमने भाव से सुन रही है। कहाँ यौन हिंसा की पीड़ा और कहाँ चाबियाँ।

चाबियों से हम कितना कुछ बन्द कर देते हैं। तिजोरियों से लेकर, सम्बन्धों के दरवाज़े तक। इधर, लोगों ने मनुष्यता को भी किसी तलघर में रखकर ताला लगा दिया है। चाबी जेब में रख ली है। चाबियों से जज़्बातों के बगीचे भी बन्द कर दिए गये।...चाबियाँ, फिर भी हम जेब में रखते हैं। इन चाबियों से हम कुछ खोलते भी हैं। अपने एकान्त में स्मृतियों के ताले, किसी न मालूम, अदृश्य चाबी से ही खुलते हैं।

नन्दिनी चुपचाप बैठी है। इस शहर से डरी हुई अकेली लड़की, इस शहर के एक फ़्लैट में अकेली रहेगी। अकेली लड़की और ज़्यादा अकेली हो जाएगी। डरी हुई लड़की का डर शायद ज़्यादा हो जाए।

यह भी सम्भव है। अकेले में रहते हुए उसमें दृढ़ता आ जाए। मैं उसके लिए अगर किसी बैसाखी की तरह था तो आज वो बिन बैसाखी के चलेगी। उसका अकेलापन, विकलांग अहसास से मुक्ति का कारक बने, शायद!

वो चुप है। न बहस। न प्रश्न। न प्रतिवाद! केवल चुप। नन्दिनी की यह चुप,

अशान्त-सी यह चुप। मैं इस चुप से कोई छेड़छाड़ नहीं करना चाहता। इसलिये मैं नहीं कह रहा कि वो टी.वी. देखती रहे। अख़बार पढ़ती। बहुत सारी मैग़जीन हैं। किताबों के शैल्फ हैं—चाहे तो कुछ भी पढ़ ले। लेकिन ऐसी मन बहलावे की हिदायतें चिढ़ पैदा करती हैं। अकेले आदमी क़ो और ज़्यादा अकेला भी बना देती हैं।

उसकी आँखों में वीरानी है।

मैं उसे समय व्यतीत करने के फ़ारमूले समझाने का साहस नहीं कर पा रहा।

वो वीरानी लिए बैठी है, मैं अपराधबोध!

मैंने बात शुरू की है, ''नन्दिनी, आप यह मत सोचना कि इस फ़्लैट में आप अकेली हैं। यह सोचना कि हम दो हैं। बस, हमारा बोलचाल बन्द हो गया है।'' यह बात मैंने हल्का मूड बनाने के लिए क़ही है।

''लिसन!'' उसने मेरी तरफ़ देखा है। मैं कह रहा हूँ, ''नन्दिनी, हम जब अकेले होते हैं तो क्रिएटिव होते हैं। अकेलेपन का पॉज़ेटिव रूप आपको शायद महसूस हो।''

''मैं अन्दर से लॉक कर लूँगी। आप जाइए।'' बहुत देर चुप रहने के बाद उसने जो कहा है वो राहत देनेवाला तो नहीं। फिर भी, मुझे कहीं न कहीं तो सन्तुष्ट होना ही है।

हमने नाश्ता एक साथ किया है। दाल सब्जी फ्रिज में। चपातियाँ कैसरोल में। मैंने उसे किचन में ले जाकर बता दिया है कि कहाँ क्या रखा है।

दवाइयों की डोज़ के बारे में समझाया है। फोन के बारे में भी कि वो रिसीवर हटा दे। न हटाए तो फोन सुने नहीं। सुने तो कोई जवाब न दे। वो जवाब सिर्फ़ मेरे फोन का दे। मैंने यह भी समझा दिया है कि मेरे आने से पहले वो किसी के लिए भी दरवाज़ा न खोले।

मोबाइल, लैपटॉप, ब्रीफ़केस उठाकर मैं खड़ा हो गया हूँ।

''लिसन।'' जाते-जाते उसकी आवाज़ उभरी है।

''जी।''

''आप चाहे तो दरवाज़ा बाहर से बन्द करके दोनों चाबियाँ साथ ले जाएँ।''

''नहीं, मैं बाहर से लॉक नहीं करूँगा। आप दरवाज़े को भीतर से लॉक करेंगी।''

''आप मुझपर इतना ज़्यादा विश्वास कर रहे हैं कि पूरा फ़्लैट, मेरे हवाले करके जा रहे हैं।''

''क्योंकि आपने मुझ पर विश्वास किया है नन्दिनी।...मेरा विश्वास तो आपकी पाठशाला से पढ़कर आया है।'' मैंने हँसते हुए कहा है।

''नन्दिनी मुझे देख रही है, मुझे ऑफ़िस जाता देख रही है।'

''पूरा दिन आप कैसे गुजारेंगी?'' एक बेमानी-सा प्रश्न, जो मुझे नहीं पूछना

चाहिए था, मैंने पूछ लिया है।

"ऐसा कोई टाइम टेबल तो नहीं है मेरे पास।" नन्दिनी का जवाब बिलकुल ठीक है।

"मैं थोड़ा सेटिसफाई होना चाहता था।" मैंने बेकार का तर्क दिया है।

"ऐसा लगता है मैं आपकी चेतना पर किसी बोझ की तरह हूँ।"

"बोझ की तरह नहीं नन्दिनी।"

"तो?"

"चिन्ता की तरह।"

"चिन्ता?" उसने मेरे इस शब्द को पकड़ लिया है। वो कह रही है, "ठीक कह रहे हैं आप! मैं यहाँ न होती तो आप दूसरी तरह की दुनिया में होते—जहाँ दुविधाओं, परेशानियों, और चिन्ताओं की कोई जगह न होती।"

मैं घड़ी देख रहा हूँ। उसने मेरे इस एक्शन को भी महसूस किया है, "सर, आपको देर हो रही है।"

मैं फ़्लैट के बाहर खड़ा हूँ ऑफ़िस जाने के लिए। वो फ़्लैट के भीतर है।

वो मुझे देख रही है और कोई एकान्त भी है जो मुझे देख रहा है।...दोनों को यहीं रह जाना है।

लिफ़्ट में खड़े-खड़े सोचता रहा कि उसे बता देता—अलमारी में पैसे रखे हैं। ज़रूरत पड़े तो उठा लेना। लेकिन ऐसी बातें जो उसके आत्मसम्मान को छोटा करती हों। मैं नहीं कह पाता।

नन्दिनी को अकेले फ़्लैट में, अकेला छोड़कर, मैं अपने ऑफ़िस जनपथ की तरफ़ जा रहा हूँ। कार आगे जा रही है, मन पीछे!

स्त्रियों में क्या सचमुच ऐसा आकर्षण होता है कि वो आपको अपनी तरफ़ खींचती चली जाएँ। न कोई डोर। न कोई जंज़ीर। फिर भी आप खिंचते चले जाएँ। आप अपने जीवन की तमाम सरगर्मियाँ, हंगामे, उत्सव और उल्लास पीछे रखकर, बढ़ते चले जाएँ कहीं और! न आपको दिशाओं का पता हो न रास्तों का। आप अपनी उपस्थिति को विसर्जित करते हुए, दौड़ते चले जाएँ किसी अन्य में विलीन होने के लिए...

नन्दिनी में सचमुच कोई चुम्बकीय आकर्षण है। उसकी ख़ामोशी का कोई बारीक-सा तार मुझे अपनी ओर खींचता रहा है। उसकी नि:शब्दता से मैं इतना असरज़दा हुआ हूँ कि मैंने अपने शब्दकोश को लाचारी की हालत में देखा है। मैं उसके उदास चेहरे को देखता रहा और सोचता रहा कि उदासियाँ भी इतनी ख़ूबसूरत हो सकती

हैं? उसकी प्रश्नवाचकता में बेशक उत्पीड़ित स्त्री का आवेश छुपा था। लेकिन उन प्रश्नों में किसी बच्चे की ज़िद भी थी। नन्दिनी की ज़िद से हारना पता नहीं मुझे क्यों अच्छा लगता रहा?

मैंने नन्दिनी के हाथों पर हाथ रखे तो दिल हुआ कि उसके होठों पर अपने होंठ भी रख दूँ। मैं ऐसा नहीं कर पाया। मैं ऐसा कर भी नहीं सकता। इसलिये नहीं कि मुझमें साहस नहीं। इसलिये कि विश्वास का बारीक-सा काँच जो हम दोनों के बीच निर्मित हुआ है, उसे मैं चूर-चूर नहीं कर सकता।

नन्दिनी बहुत सुन्दर है। या फिर ये भी सम्भव है कि वो मुझे सुन्दर लगती हो। उसमें एक तिलिस्म है। मैं नहीं चाहता कि उसका तिलिस्म कभी टूटे।

नन्दिनी के आने के बाद मुझे पता चला है कि स्त्रियों की अपनी एक दुनिया होती है। उनके शब्दों से ज़्यादा, उनकी चुप में शक्ति होती है।

मैं जब ऑफ़िस जाने के लिए फ़्लैट के बाहर पलभर के लिए रुका था तो वो मुझे देख रही थी—भाव और अभाव के बीच अटकी उसकी ख़ामोशी। ख़ामोशी जैसे दरख़्त हो। दरख़्त से कुछ पत्ते टूटकर गिरे थे—उसका अकथ थे वो!

रोहिणी से कनॉट प्लेस तक बेशुमार चौराहे और लालबत्तियाँ! हर रेड लाइट धैर्य का इम्तेहान लेती हुई। हर रेड लाइट पर सामान बेचते लड़के-लड़कियाँ। या फिर भीख माँगते भिखारी!

आज मैं कुछ भी नहीं देख रहा। कार के शीशे बन्द कर रखे हैं मैंने। नन्दिनी मेरी चिन्ताओं में है। मेरे ख़्यालों में भी। मैं सिर्फ़ उसके बारे में सोचना चाहता हूँ।

मैं उसके बारे में सोच भी रहा हूँ। उसकी दिनचर्या के बारे में। अकेले बन्द फ़्लैट में अकेली लड़की, क्या करेगी दिनभर? शायद वो ख़ूबसारा नहाए। कोई धुला हुआ सूट पहने। शायद वो नहाते वक़्त अपने ज़ख़्मों को देखे। एक हफ़्ता पुराने ज़ख़्म देह पर, लेकिन आत्मा पर ज़ख़्म अब भी हरे।...शायद वो अपने प्रमाणपत्र खोलकर बैठ जाए। शायद वो उस कॉल लेटर को देखती रहे जो 'दक्ष' कम्पनी ने उसे भेजा था। शायद वो पड़ी रहे बिस्तर पर, तमाम दिन। या फिर भटकती रहे ड्रॉइंगरूम के भीतर, चार कोनों में किसी अपने कोने को ढूँढ़ती।

अचानक कुछ बदल-सा गया है मन का परिदृश्य। जैसे घना, काला धुआँ-सा चला आया हो—नाबीना धुआँ। विकृति पैदा करता। मेरे भीतर कोई ज़मानासाज़ शख़्स खड़ा हो गया है। वो कोई और नहीं, मैं ही हूँ। इतना बदला हुआ मैं। कैसी संवेदना से ख़ारिज बातें सोचने लगा हूँ—एक अनजान लड़की के हवाले मैं पूरा फ़्लैट करके चला आया हूँ। यह क्या समझदारी है? कितना जानता हूँ मैं उसे?...हो सकता है वो इसी दिन की प्रतीक्षा में हो...मेरी इसी मूर्खता की इन्तज़ार में। मेरे घर पहुँचने से पहले वो घर ख़ाली करके चली जाए।

मैं भी तो इस कॉरपोरेट जगत का अनुभवी यंगमैन हूँ जहाँ पहला और आख़री पाठ यही होता है—बी प्रैक्टिकल! और मैंने भावुकता की हदें पार कर दीं।...भावुकता इसलिये कि उसके साथ यौन शोषण हुआ। एक चालू-सा शब्द 'रेप'! स्त्रियों के साथ यौन हिंसा कब नहीं हुई? कभी स्कूल के शिक्षक अपनी छात्राओं के साथ दुष्कर्म करते हैं तो कभी डॉक्टर, मरीज़ स्त्री का शील भंग करने में देर नहीं लगाते। कभी ट्यूशन पढ़ने के लिए जाती लड़की को कोई ट्रक ड्राइवर दबोच लेता है तो कभी विदेशी स्त्री को टैक्सी ड्राइवर हवस का शिकार बना लेते हैं।

राजन साहब! आप किस-किस के लिए आँसू बहाते रहेंगे। किस-किसको अपने फ़्लैट में शरण देंगे? फ़्लैट को आपने प्रयोगशाला बना दिया है। और आप स्वयं, कभी मनोचिकित्सक की भूमिका निभाते नज़र आते हैं कभी सुधारक की।

ओह रेड लाइट! मैंने ज़ोर की ब्रेक लगाई है। झटके से कार को रोका है मैंने। न सिर्फ़ कार को। बल्कि ऐसे नामाकूल ख़्यालों को भी। ब्रेक दोनों जगह लगाई है मैंने। पता नहीं कहाँ से चला आया था मेरे अन्दर, एक अदद गणितिज्ञ! जो आंकड़े जानता था, संवेदना नहीं।

अभी हरी बत्ती नहीं हुई। मैं कार मैं बैठा हूँ—उदग्र! अपने आपको हैरत से देखता। आत्मग्लानि से पीड़ित! कितना बुरा सोच लिया मैंने।

अब मुझे मालूम हुआ है हमारे अन्दर एक राक्षस भी होता है। एक बीस्ट! शायद वही राक्षस था जो मेरी चेतना पर हावी हो गया था।

मैं फिर नन्दिनी के बारे में सोचने लगा हूँ। वो मुझे अब और भी अच्छी लगने लगी है। मैं उसकी उदासियों को याद करने लगा हूँ। एक दिन उसने उलटा कमीज़ पहन लिया था। वो अपने प्रति इतनी तटस्थ थी। मुझे पता था। लेकिन मैंने उसे बताया नहीं।

एक हफ़्ते तक उसका बैग, बाहर ड्रॉइंगरूम में, मेज़ पर पड़ा रहा। उसने बैग को छुआ तक नहीं था। एक हफ़्ते बाद, अचानक उसने अपने बिस्तर पर बैग उलट दिया। प्रमाण पत्र...रिज्यूम...आवेदन...। जैसे उम्मीदों के बुझे हुए दीये हों और वो उन्हें फिर से जलाने की कोशिश कर रही हो।

मंडे मीटिंग का दिन होता है। पिछले मंडे की मीटिंग 'पोस्टपोन' कर दी गयी। मैं ऑफ़िस नहीं आया था, इसलिये। मैं कोई इतना बड़ा अधिकारी नहीं कि मेरा होना या न होना, इतनी अहमियत रखता हो। ऐसा जान-बूझकर किया गया। मुझ पर प्रैशर डालने के लिए। बात कुछ और थी। मीटिंग के लिए कुछ था ही नहीं। टारगेट अचीव करने की बात पिछली चार मीटिंगों में दोहराई जा चुकी थी। पिछले मंडे भी

यही बात उछलती। घिसे हुए रिकॉर्ड की तरह 'अचीवमेंट' शब्द गूँजता। टारगेट शब्द अटकता।

मैं जानता हूँ, कॉरपोरेट दुनिया के पाखंड बहुत महीन होते हैं। कई बार पाखण्ड इतने पवित्र दिखाई देते हैं कि अच्छे ख़ासे तजुर्बेकार लोग 'नतमस्तक' की मुद्रा में आ जाते हैं।

कम्पनी का सीईओ इतना बड़ा होता है कि वो 'ईश्वर' लगने लगता है। हमें संसार के या कहें कि सृष्टि के ईश्वर पर संशय होता रहता है। लेकिन कम्पनी का सीईओ साक्षात ईश्वर! ऐसा ईश्वर जिस पर न शक किया जा सकता है न उंगली उठाई जा सकती है।

मीटिंग में सीईओ और वीपी (वाइस प्रेजिडेंट) दोनों मौजूद हैं। दोनों में छत्तीस का रिश्ता है। शिखर पर पहुँचे सभी 'बड़े साहबों' के सम्बन्ध इसी किस्म के हो जाते हैं। मीटिंग में दोनों चुप रहते हैं। एक्ज़ीक्यूटिव बोलते हैं। बड़े अधिकारियों का चुप रहना उन्हें और ज़्यादा 'बड़ा' बना देता है। वो शिखर पुरुष नज़र आने लगते हैं। आख़िर में अपना वक्तव्य देते हैं। जटिल और उलझी हुई भाषा। यह भाषा उनका अस्त्र होती है, कवच भी। यह भाषा उन्हें बचाती है। बाकियों को ज़िबह करती चली जाती है रफ़्ता-रफ़्ता!

हमारे कुछ दोस्त इस भाषा को श्लोकों की भाषा कहते हैं। दोस्तों के निहितार्थ भी थोड़े जटिल होते हैं!

मैं अपने केबिन में कम्प्यूटर के सामने बैठा कॉफी पी रहा हूँ। मुझे एक सरकुलर ढूँढ़ना है। सरकुलर के साथ एक रिपोर्ट भी—वर्क्स रिपोर्ट!

कॉफी के मैंने दो चार घूँट भरे हैं। मोबाइल पर एस एम एस आया है—'शी इज़ दि टॉक ऑफ दि टाउन।'

मुझे लगता है जतिन ने ऑफ़िस में आकर बहुत कुछ उगल दिया है। मेरे ऑफ़िस पहुँचने से पहले उसने शायद ऑफ़िस की रंगत और मौसम दोनों बदल दिए हैं। तभी तो वी.पी. ने जब मुझसे हाथ मिलाया तो बेवजह बोल गये कि इन दिनों वो 'लिव-इन रिलेशन्स' पर एक मज़ेदार किताब पढ़ रहे हैं।

मैं जानता हूँ डायरेक्टली मुझसे कोई भी बात नहीं करेगा। वो संकेतों से मुझपर निशाना साधेंगे। कभी किसी पार्टी में तो कभी जनपथ पर चहलक़दमी करते हुए यानी चरित्र मेरा होगा, व्याख्या उनकी!

धीरे-धीरे अफवाहें इतनी ठोस बन जाएँगी कि बेचारा सच उनके नीचे दबकर कराहता रहेगा।

निरंजन आया है। हम दोनों ने एक साथ 'हैलो' की है। तपाक से मिले हैं। हम अच्छे दोस्त हैं। हमारी अच्छी अंडरस्टैंडिंग भी है।

“तुझसे एक बात करनी है।” उसने इतना कहकर रहस्य बुन दिया है। मैं समझ गया हूँ उसकी बात का विषय।

“फिर कभी।” मैंने कहा है।

“ओ.के.।” उसने कहा है।

“टेंशन में हो?” वो मुझे टटोल रहा है। या शायद वो मुझसे खेल रहा है।

“नहीं, टेंशन में नहीं हूँ निरंजन! लेकिन एक बात कहना चाहूँगा।”

“क्या?” वो सचेत हो गया है।

“रिश्ते जब ईमानदारी पर टिके हों तो अफ़वाहें आपका कुछ नहीं बिगाड़ सकतीं। वो किसी गर्द की तरह होती हैं, बैठ जाती हैं थककर।”

निरंजन ने हाथ मिलाया है, “आई होप सो।”

कहकर चला गया है वो।

पाँच बज चुके हैं। मैंने इस बीच कई बार घड़ी देखी है।

“बार-बार घड़ी वही लोग देखते हैं, जिनका घर पर कोई इन्तज़ार कर रहा होता है।” अनिता की यह फ़ब्ती, उसकी मुस्कान में लिपटी हुई है।

“जिन्होंने नयी घड़ी ख़रीदी होती है, वो लोग भी अपनी घड़ियों को बार-बार देखते हैं।” मैं अनिता को देखकर मुस्कराया हूँ। मैं कोई कड़ियल-सा जवाब देता तो तल्ख़ी बढ़ जाती।

मैं अनिता को नाराज़ नहीं करना चाहता। वो मेरी बहुत अच्छी क्लीग है। मैं जानता हूँ वो किसी दिन नन्दिनी के बारे में पूछेगी। मैं चाहता हूँ वो पूछे।

मैं अक्सर घर देर से पहुँचता रहा हूँ। घर जाने की कभी जल्दी नहीं रही। निरंजन, समीर, जतिन, प्रवेश, अनिता...कोई न कोई साथ चल पड़ता है। कॉफी पीते हुए, हम दफ़्तर के तन्त्र को बीच में ले आते हैं। दूसरों की 'इक्वेशन' का पता लगाते हैं।

लेकिन आज मैं जल्दी से जल्दी घर पहुँच जाना चाहता हूँ किसी शॉर्टेस्ट रूट से। घर में म्यूज़िक सिस्टम, टी.वी. नया सोफा, कालीन—कितने कीमती क्यों न हों, जल्दी पहुँचने की उत्सुकता पैदा नहीं करते। क्योंकि वो किसी के आने का इन्तज़ार नहीं कर रहे होते।

लेकिन आज कोई है जो फ़्लैट नम्बर 710 में प्रतीक्षारत है। वो नन्दिनी है। संवेदनशील। ख़ामोश। गुमसुम। डरी हुई। सुन्दर,...बहुत सुन्दर, नन्दिनी।

उत्सुकता है जल्दी पहुँचने की। मन में संशय भी है कि सब कुशल हो। मैंने एक दो बार फोन किया। अंगेज था। उसने शायद रिसीवर हटा दिया होगा।

मैं नन्दिनी के लिए व्यग्र हूँ। जानता भी हूँ वो एक छाया है। चली जाएगी कुछ दिन बाद। फिर भी...मैंने कॉल बेल के स्विच को जरा-सा पुश किया है। फिर ज़रा-सी दस्तक दी है।

दरवाज़ा खुलता चला गया है। सामने नन्दिनी खड़ी है। मैं नन्दिनी को देख रहा हूँ। जैसे बहुत अरसे बाद देखा हो उसे। इतनी व्यग्रता से देख रहा हूँ मैं। जैसे वो सुबह की धूप हो और मुद्दतों बाद खिली हो।

मैं उसे देखकर ज़रा-सा मुस्कराया हूँ। लेकिन वो नहीं मुस्कराई। मेरा मन करता है अपनी मुस्कान उठाकर उसके होठों पर रख दूँ। लेकिन उसके होंठ पराई मुस्कान को स्वीकार नहीं करेंगे।

वो किसी पहाड़ की उदास शाम जैसी लग रही है। ख़ामोश-ख़ामोश। धुआँ-धुआँ। कहानियों जैसी चुप चुप! वो देख रही है मुझे। अजनबीपन से। फिर एक तरफ हट गयी है। मेरे लिये रास्ता बना दिया है उसने।

''गुड इवनिंग नन्दिनी।'' मैंने फ़्लैट में प्रविष्ट होकर ब्रीफ़केस को मेज़ पर रखते हुए कहा है।

''गुड...इवनिंग...सर।'' वो अटक-अटककर बोल पाई है तीन शब्द!

मैंने सोचा था वो पूरा दिन अपनी तरह से जीएगी। लेकिन वो उदास-उदास है, पहले की तरह। पहले की तरह अकेली। अकेली और चुप!

मैंने कपड़े चेंज नहीं किए। सीधा किचन में। चाय बनाई है। ब्रेड स्लाइस-बटर। बिस्कुट।...ट्रे लेकर मैं उसके कमरे में चला आया हूँ।

वो दीवार से पीठ टिकाकर बैठी थी। सहसा उठ खड़ी हुई है। अचकचा-सी गयी है।

''सॉरी फॉर दख़लअन्दाज़ी।'' मैंने चाय की ट्रे को बिस्तर पर रखते हुए कहा है।

लेकिन वो सहज नहीं लग रही।

''क्या हम यहाँ बैठकर चाय नहीं पी सकते?''

मैंने उससे स्वीकृति चाही हो जैसे।

''क्यों नहीं पी सकते।...सारा घर आपका है। आप कहीं भी बैठें। कहीं भी चाय पीएँ।'' उसने कहा है जैसे उसके शब्द किसी उदास यात्रा पर निकल पड़े हों।

''फिलहाल आप जिस कमरे में रह रही हैं, वो आपका है। इसलिये यहाँ बैठकर चाय पीने की मैंने आपसे अनुमति ली है...मेरा मतलब है इजाज़त।'' मैं मुस्कराया हूँ।

मैंने चाय का कप उसे दिया है। ब्रेड स्लाइस-बटर की प्लेट उसके आगे की है।

हम चाय पीने लगे हैं।

"आप तो ऐसे बैठी हैं जैसे कोई मुसाफ़िर प्लेटफॉर्म पर बैठा होता है—रेलगाड़ी की इन्तज़ार में।" मैंने बात हल्के-फुल्के मूड में की है।

उसने गहरी साँस लेकर कहा है, "क्या ये सच नहीं कि हम सब प्लेटफॉर्म पर बैठे यात्रियों की तरह हैं।"

"ये सच है। बिलकुल सच है। हम सब उस आख़िरी ट्रेन की इन्तज़ार में हैं, जो पचास साल बाद आएगी।"

मैं अपनी बात पर हँस पड़ा हूँ। वो भी मुस्कराई है। उसका मुस्कराना, किसी त्योहार जैसा है, जो कभी-कभी आता है।

"दवाई की डोज़ ली थी?" मुझे अचानक उसकी दवाई की ख़ुराक का ध्यान आया है।

"नहीं।" उसने डरते हुए कहा है।

"ये आपने अच्छा नहीं किया।"

"आई एम सॉरी।"

"चलो कोई बात नहीं। अच्छा ये बताओ दोपहर को खाना खाया?" मेरे सवाल पर वो ख़ामोश हो गयी है।

"लगता है आज आप ख़ूब रोई हैं?"

"हाँ सर! जानती हूँ कि रोते हुए मैं दया की पात्र बन जाती हूँ।" उसने दीर्घ श्वास लेकर कहा है। थमी है कुछ पल के लिए। फिर अपनी आवाज़ में दृढ़ता पैदा करते हुए उसने कहा है, "सर, यह मेरा रोना, आख़िरी रोना था। अब मैं कभी नहीं रोऊँगी।"

"प्रॉमिस।" मैंने अपना हाथ आगे बढ़ाते हुए कहा है।

"प्रॉमिस।" उसने बड़े उत्साह के साथ मुझे जवाब दिया है और शायद पहली बार, उत्साह के साथ हाथ मिलाया है।

"हाथ मिलाते हुए, मुस्कराना भी लाज़मी होता है मैडम नन्दिनी।" मैंने हँसकर कहा है।

वो सचमुच मुस्कराने लगी है। अभिभूत होकर कह रही है वो, "मुस्कराना तो आपने मुझे सिखाया है सर।"

"नन्दिनी, यह आपकी अपनी मुस्कान है। जिसे आपने कहीं छुपा रखा था।"

"नन्दिनी।" मैं बहुत गम्भीर हो गया हूँ।

"क्या हुआ? मेरी गम्भीरता से नन्दिनी परेशान हो गयी है।"

"क्या हमें पुलिस में रिपोर्ट दर्ज नहीं करानी चाहिए थी?" शायद वो तीन गुंडे पकड़े जाते।"

“सर, वो पकड़े जाते तो क्या होता?”

“उन्हें सज़ा मिलती।”

“नहीं सर, वो बाइज़्ज़त बरी हो जाते। हमारे देश का कानून इतना लचर है। लचर और जटिल! एक स्त्री अगर किसी गुंडे के खिलाफ़ रिपोर्ट दर्ज कराती है तो क्या हश्र होता है उसका? उसे निरन्तर धमकाया जाता है। डरी हुई स्त्री को और ज़्यादा डराया जाता है। वो अडिग रहती है तो वकील, कोर्ट, पेशियाँ, जिरह, गुंडे, पैसा, गवाह और अपमान!”

मैं चुपचाप उसके मन की व्यथा को सुन रहा हूँ। वो बोलती चली जा रही है, “हर बार स्त्री निर्वस्त्र होती हैं सर! हर बार उसका चीर हरण होता है। हर बार मानसिक सन्ताप!...अन्त में क्या मिलता है उसे? चरित्रहीनता का तमग़ा। और समाज का तिरस्कार!...वो जीतकर भी हार जाती है सर।”

चुप हो गयी है नन्दिनी गहरी साँस लेकर।

“एक बात पूछूँ।” मैंने कहा है, “क्या आपके अन्दर प्रतिशोध की भावना नहीं है?”

“प्रतिशोध!” वो बौखला-सी गयी है, “प्रतिशोध इतना है कि क्या कहूँ? जी करता है दिन-रात सड़कों पर भटकती फिरूँ। इस बार तेजाब की बोतल उनके हाथ में नहीं, मेरे हाथ में हो। वो मुझे मिल जाएँ बस। उन तीनों के चेहरे बिगाड़ दूँ। झुलसा दूँ उन्हें।” हाँफने लगी है नन्दिनी।

लेकिन मैं उसके इस रूप को देखना चाहता था।

ज़िन्दगी हैरानियों से भरी होती है शायद! क्या यह हतप्रभ करनेवाली बात नहीं कि एक अनजान लड़की पिछले पन्द्रह दिन से मेरे घर में थी। वो मुझ पर शक़ करती थी और मेरे घर में थी। यौन हिंसा की शिकार लड़की दो दुनियाओं में रहती थी। एक दुनिया उसकी अपनी थी। अँधेरे के कीचड़ में वो चाँद की तलाश कर रही होती। बेहद चुप होती वो। अपनी ज़ख़्मी चुप और अपनी राख की तरह उड़ती अतीत-कथाओं में वो। अकेली। उदास। पराई। पराई और अजनबी लोगों द्वारा ठगी हुई। वो मुझे इतनी बेचैन नज़र आती जैसे हवा के चेहरे को नाखुनों से कुरेद रही हो।

वो मुझे हमेशा अपने घायल अतीत और अजनबी वर्तमान के बीच खड़ी नज़र आती। एक खोई हुई स्त्री, जैसे मील के पत्थरों से घर का रास्ता पूछ रही हो।

मैं चाहता था वो अपने उम्मीदों के चाँद-सितारे ढूँढ़ती रहे। मैं चाहता था वो अपनी टिमटिमाती आकाश गंगाएँ बुझने न दे। मैं चाहता था वो मुझपर विश्वास करे और सबसे बड़ा अफसोस कि वो मुझपर शक करती थी।

पन्द्रह दिन गुज़र गये थे—क्या यह हैरान करनेवाली बात नहीं थी कि एक यौन हिंसा की शिकार लड़की पिछले पन्द्रह दिन से मेरे फ़्लैट में थी। बेशक़ कल

उसने बड़े व्याकुल अन्दाज़ में कहा था कि वो ख़ाली की ख़ाली है। मैंने कहा था कि यह तो उसके लिए उपलब्धि से कम नहीं। हम सब अपने लालच, तृष्णा, निन्दा, स्वार्थ, चिन्ता, भय से भरे हुए हैं। ख़ाली हो ही नहीं पाते। मैंने कहा बाँसुरी से सुर इसलिये तो निकल पाते हैं कि वो ख़ाली होती हैं। वो मुझे देखती रही थी व्याकुलताएँ, लकीरों की तरह उसके चेहरे पर थीं।

पन्द्रह दिन! पन्द्रह दिन कोई अपरिचित लड़की किसी अपरिचित लड़के के घर में। और बीच में कुछ टूटे-फूटे वाक्य। कुछ दवाइयों की डोज़। कुछ डोज़ ख़ामोशियों की। कुछ चाय के कप।

और बाक़ी रेंगती हुई तारीखें।

ये पन्द्रह दिन, इस फ़्लैट में रह रही लड़की के कैसे रहे, मैं नहीं बता सकता। बताना चाहूँ तब भी नहीं बता सकता। उसे मैंने पल-पल देखा। और वो। मुझसे छुपती हुई। बचती हुई। अपने आपसे, अपने आपको चुराती हुई। अकेली लड़की। अवसादग्रस्त। ग़मज़दा। अपना दुख अपने आपको सुनाती हुई। एक ऐसी क़िस्सागो। जिसके पास शब्द नहीं थे। मौन था। मौन कथाएँ उसके भीतर। मौन कथाएँ बाहर। उसकी उदासियाँ—नंगेपाँव चलते तीर्थ यात्रियों जैसी।

और मैं! मेरी ज़िन्दगी के अप्रत्याशित दिन। मुझे हैरान करते। चौंकाते। हर पल नया बीहड़ खड़ा करते मेरे सामने। प्रश्नवाचकों के तम्बू गाड़ते हुए ये दिन!

मैंने कभी सोचा भी नहीं था कि मेरे फ़्लैट में कोई लड़की आकर रहेगी और मैं उसे छूते हुए भी डरूँगा।

आख़िर वो क्या चीज़ थी जो मुझे रोकती थी? वो मैं ख़ुद था या वो मेरी रूह थी? शायद हम दोनों थे, मैं और मेरी रूह।

मेरा एक मन था। लेकिन मैं दो 'मन' जीता था। एक मन के अन्दर दो मन! एक मन मेरा होता, एक स्त्री का। वो स्त्री यही तो थी, यही लड़की नन्दिनी।

मैंने अपने मन के साथ इसके मन की तड़प को महसूस किया। मुझे हमेशा यही अहसास होता रहा कि यह नन्दिनी नाम की मासूम-सी लड़की, जो मुझपर शक करती है। इस शक के बावजूद, उसकी उम्मीद भी सिर्फ़ मैं ही हूँ।...

मैं इसकी उम्मीद को तोड़ूँ, क्या पता यही उम्मीद उसका आख़िरी संसार हो।

अकेले फ़्लैट में रहते हुए सी.डी., एमपी थ्री, कैसेट वगैरा पर मैंने इंस्ट्रूमेंटल, गाने, भजन, सूफ़ियाना कलाम, बहुत सुने।...लेकिन नन्दिनी के आने के बाद मुझे महसूस हुआ कि एक जीवन राग भी होता है। नन्दिनी के आने के बाद मुझे एक गूँज-सी महसूस होती रही। वो गूँज जीवन राग की थी। वो गूँज नन्दिनी की उपस्थिति की भी थी। वो गूँज, उन उदासियों की भी थी जो नन्दिनी के जीवन में शामिल थीं।

एक दिन...दिन नहीं शाम। शाम का वक़्त था। वो अपने कमरे में थी। बहुत

देर से। वो अपने कमरे में। मैं अपने। मैंने सोचा नन्दिनी का पता करूँ। चाय-पानी का पूछूँ। वो अपनी तरफ़ से कभी पहल नहीं करती थी। अजीब फ़ितरत थी उसकी। पानी का गिलास उसकी मेज़ पर रखता तो पी लेती।

मैंने उसके कमरे का दरवाज़ा नॉक तो किया। लेकिन उसे सुनाई नहीं दिया। मैंने दरवाज़ा खोला। हैरान रह गया। मेरी तरफ़ उसकी पीठ थी। वो दोनों हाथ उठाकर, कुछ बोलती जा रही थी। वो क्या बोल रही थी यह तो मुझे मालूम नहीं हो पाया था। लेकिन ज्योंही वो पलटी। मैंने देखा। उसकी आँखों से आँसू बह रहे थे—छम छम!

आँखों में आँसुओं का सैलाब था और वो मुझे देख रही था।

मेरी आँखों में हैरानियों की धुन्ध थी और मैं उसे देख रहा था।

बिस्तर पर कपड़े फैले हुए थे। और वो ख़ुद दोनों हाथ फैलाकर अब भी खड़ी थी।

ज़िन्दगी का सक्रिप्ट! अव्यक्त! अकथ। अनकहा। अदृश्य!

वो ऐसे खड़ी थी चुपचाप। जैसे स्क्रिप्ट की आखिरी पंक्तियाँ भूल गयी हो।

मैं उसके थोड़ा पास गया तो उसने अपने दोनों हाथ मेरे सामने जोड़ते हुए कहा, ''सर, यह आपका कमरा है। लेकिन मैं गुज़ारिश कर रही हूँ कि आप यहाँ से चले जाएँ।''

मैं फीकी-सी हँसी हँसा। वापिस मुड़ा। बेड पर नज़र गयी। तीन सूट। एक साड़ी। एक ब्लाउज़। दो दुपट्टे।

ये सब मिलकर उसकी दुनिया बनते थे। उसकी पूँजी। उसका सरमाया। यही कपड़े।

मैं चला आया। उसने कमरे का दरवाज़ा बन्द किया। कुछ देर बाद दरवाज़ा फिर खुला। वो मेरे सामने सोफे पर आकर बैठी। उसने एक काग़ज़ की 'चिट' मेरे सामने रख दी। जिस पर लिखा था—'आई एम सॉरी।'

मेरा मन हुआ उसका हाथ चूम लूँ।

एक दिन उसने कॉल लैटर दिखाया था। काल सेंटर में नौकरी के लिए। गुड़गाँव में जॉब! सिग्नेचर टॉवर में। सैलरी पच्चीस हज़ार। इंसेंटिव अलग। लेकिन एक शर्त। कैब सिर्फ़ गुड़गाँव में उपलब्ध! जॉब शिफ्टों में। रात को कॉलिंग। कान पर हैड फ़ोन। मुँह के सामने स्पीकर। मेज़ पर कम्प्यूटर। टॅफ़ जॉब। दो ब्रेक। टी ब्रेक। लड़के-लड़कियों का झुंड। अपने-अपने प्रोसेस से बाहर। पन्द्रह मिनट के लिए आज़ाद। तनाव से मुक्ति। सिगरेट का धुआँ। बातें। चाय। कोल्ड ड्रिंक्स। भविष्य। सपने।

वो मायूस नज़र आ रही थी। कह रही थी कि उसका बहुत कुछ चला गया।

मैंने कहा कि कुछ भी नहीं गया। यह भी कहा कि वो अपने पूर्ण वजूद के साथ मेरे सामने बैठी है।

उसने बताया कि इंटरव्यू अम्बाला छावनी में था। चालीस कैंडीडेट में से आठ सिलैक्ट हुए थे।

फिर वो बहुत ग़मगीन स्वर में बोली, "सर, अपायंटमेंट लेकर लोग जॉब हासिल करते हैं।" फिर वो रुककर बोली, "मेरे पास अपायंटमेंट लेटर था, लेकिन मैंने क्या हासिल किया?...मैं भूल नहीं पाती।"

"बुरे समय को याद मत करो बार-बार। बाहर निकलो।"

"कर रही हूँ सर।" उसने गहरी साँस लेकर कहा।

हम दोनों मिलकर एक नयी और बहुत अच्छी जॉब ढूँढ़ेंगे।"

"रियली?" मैंने पहली बार उसके चेहरे पर सूरज की चमक देखी थी।

क्यों न मैं संसार के सारे कलैंडरों को फाड़ दूँ ताकि नन्दिनी को पता ही न चले कि वो कितने दिनों से यहाँ है। लेकिन कलैंडरों को फाड़ भी दूँ, तब भी, समय तो संसार का सबसे बड़ा चुगलखोर है, वो बता देगा नन्दिनी को—यही कि कितने दिनों से है वो यहाँ। मैं कलैंडरों को फाड़ता रहूँ और नन्दिनी अपनी उँगलियों पर गिनती रहे। हो सकता है, वो कहीं लिखती भी रही हो, दिनों का हिसाब।

बाईस दिन हो चुके हैं। बाइस दिनों में उसने कई बार जाने को कहा। उसने यह कभी नहीं बताया कि वो कहाँ जाएगी। वो अम्बाला छावनी से आई है। लेकिन वापिस जाने की बात पर वो किसी शहर का नाम नहीं बताती। मैं पूछता भी नहीं।

इतना तो तय है वो चली जाएगी। लेकिन उसके जाने के बाद यह घर कितना ख़ाली हो जाएगा। नन्दिनी की ख़ामोशी का होना भी उसके शब्दों का होना है। उसके मन के भीतर ज़रूर तसव्वुर की विशाल दुनिया होगी। लेकिन सोफे पर जब वो बैठती है तो एक छोटा-सा कोना उसका अपना कोना होता है।

स्त्रियों के पास हमेशा एक छोटा-सा कोना ही तो होता है। जहाँ वो अपनी अपार वेदना और पुरानी यादों को यूँ छुपाकर रखती हैं, जैसे वो प्रेमपत्र हों। न यादें बूढ़ी होती हैं न प्रेमपत्र।

नन्दिनी में तनाव अब भी है, पहले से कुछ कम। मुझ पर शक अब भी है, पहले से कुछ कम। बाहर के शोर से वो अब भी डर जाती है, पहले से कुछ कम। उदासियों से उसकी जान-पहचान अब भी है, पहले से कुछ कम।

वो अब भी शक और विश्वास के नो मैंस लैंड पर खड़ी है।

बाइस दिन हो चुके हैं। वो यहाँ है। इस घर में। अपने कमरे में वो बहुत कुछ

करती रहती है। एक दिन मेज़ पर मार्क्सशीट, रिज्यूमे फैलाकर बैठी थी। बहुत बेचैन लग रही थी उस वक़्त! उस वक़्त मैं किसी कम्पनी का वी.पी. या सीईओ होता तो नन्दिनी को नौकरी के लिए तुरन्त 'कॉल' करता। उसे नौकरी की कितनी ज़रूरत है, इस बात को वो जानती है या मैं।...मैं ज़्यादा। इसलिये ज़्यादा कि मैं चाहता हूँ वो इस फ़्लैट से बाहर निकले। बाहर नहीं निकलेगी तो अपने आपको याद करती रहेगी हर वक़्त। हर वक़्त वही हिंसा। वही हादसा। फिर वही सदमा।

पहले मैं एस्सेंट पेज सरसरी तौर से खोलता था। अब ध्यान लगाकर। अब एक-एक वॉक-इन-इंटरव्यू को अंडर लाइन करता हूँ। कम्पनी की रिक्वायरमेंट क्या है? जो मुझे काम का लगता है उसकी कटिंग रख लेता हूँ। बहुत सारे सीवीसी मैंने अपने लैपटॉप के ज़रिये भी भेज दिए हैं। एक-दो कंसलटेंट को भी बायोडाटा भेज दिया है।

नन्दिनी देखती रहती है। कई बार वो चकित हो जाती है। कई बार परेशान-सी नज़र आती है। जब उसे यहाँ रहना ही नहीं तो फिर मैं बेवजह क्यों पापड़ बेल रहा हूँ।

बेवजह नहीं। वजह है। माकूल वजह। उसे यह अहसास कराने के लिए कि वो महत्त्वपूर्ण है। उसके होने का अर्थ है। दूसरी बात! अभी कुछ दिन पहले मैंने आस्था नर्सिंग होम की डॉ. फ़रीदा से बात की थी। उसने मुझे सचेत किया था कि लड़की अभी सदमे से बाहर नहीं निकली। उसका ध्यान किसी और तरफ़ लगाओ। लड़की करेजिसयस है ठीक हो जायेगी। लेकिन ज़रा-सी ग़फ़लत उसे पहले से ज़्यादा तोड़कर रख देगी। डाक्टर फ़रीदा ने जिस गफ़लत शब्द पर ज़ोर दिया था, मैं उसका भावार्थ समझ गया था।

नन्दिनी का कल इंटरव्यू है। वॉक-इन-इंटरव्यू महज़ बहाना है। आठवें राउंड से पहले वो बाहर हो जाएगी। लेकिन इंटरव्यू के बहाने उसे बाहर निकलने का मौका तो मिलेगा। इस बीच कितने सारे लड़के-लड़कियों के बीच होगी वो। सभी बेरोज़गार होंगे। संघर्ष करते हुए लेकिन चीयरफुल!...महत्त्वाकांक्षी और भविष्य का एक अदद सूरज, सबके सब अपनी जेब में रखे हुए।

नन्दिनी उन्हें देखकर, हौसलाकुन होगी। उसमें संघर्ष का जज़्बा पैदा होगा। बाईस दिनों से वो सिर्फ़ मुझे देखती रही। मुझसे बात करती रही। अब वो बहुत सारे युवाओं की कम्पनी में होगी...उन जैसी बेरोज़गार। उन जैसी ज़मीन पर खड़ी, भविष्य की राह तलाश करती।

वही तो हुआ जो मैंने सोचा था। वो तीसरे राउंड में बाहर हो गयी है। मैं पार्किंग के पास खड़ा उसकी इन्तज़ार कर रहा हूँ। मैंने उसे देखा है। वो तनाव में है। यह तनाव शुभलक्षण है। उसके भीतर कोई युवती मुझे मुठभेड़ करती दिखाई दे

रही है। यह तनाव, यौन पीड़ित युवती का तनाव नहीं। इंटरव्यू से बाहर कर दी गई, महत्त्वाकांक्षी लड़की का तनाव है।

मैंने उसका मूड ठीक करने की कोशिश की, ''नन्दिनी वॉक-इन-इंटरव्यू का मतलब समझती हो?'' उसने हैरानी से मुझे देखा। मैंने मुस्कराते हुए कहा, ''वॉक इन इंटरव्यू का मतलब होता है...सिलैक्शन हो गया तो ठीक नहीं तो गुड़गाँव में वाकिंग-शॉकिंग!...किसी मॉल में घूमना। किसी कॉफी शॉप में बैठकर, कॉफी पीना...अंडरस्टैंड?''

''मुझे जॉब मिल जाती तो कितना अच्छा होता?'' उसने गहरी साँस लेकर कहा है।

''मिल जाएगी।''

''सचमुच?''

''सचमुच!...कितने लोग आए इंटरव्यू में? क्या सबको जॉब मिली?...कुछेक को मिली। कुछेक को, किसी दूसरी कम्पनी में मिलेगी। जो बच जाएँगे। जो बच जाएँगे वो तीसरी चौथी जगह ट्राई करेंगे। यही जीवन है। जहाँ संघर्ष है वहीं आनन्द भी है। सुविधाएँ हमारी पर्सनेलिटी को 'किल' करती रहती हैं। संघर्ष आत्मविश्वास पैदा करता है।'' मैंने भाषण-सा दे दिया है।

''आप अच्छा बोलते हैं।'' वो मुस्कराई है।

''मैं ख़ुद भी अच्छा हूँ।'' मैं हँस पड़ा हूँ। वो भी हँसने लगी है।

''मैं नन्दिनी को लेकर बरिस्ता में दाख़िल हो ही रहा था कि उसने मेरा हाथ पकड़कर, विनीत स्वर में कहा, ''यहाँ नहीं सर।''

मैं हैरान नज़रों से नन्दिनी को देखता रहा। उसने अब भी मेरा हाथ पकड़ रखा था। यह पहली बार हुआ था कि उसने मेरा हाथ पकड़ा था। यह हाथ पकड़ना मुझे रोकने के लिए था। वो बरिस्ता में जाने से रोक रही थी। उसने अचानक हाथ यूँ पकड़ा था जैसे कोई बच्चा हाथ पकड़ लेता है किसी सयाने का।

''यहाँ बहुत पीसफुल एटमसफेयर होता है।'' मैंने कहा।

''वो तो घर में भी होता है।'' उसने कहा। मेरी बात का प्रतिवाद किया। लेकिन मुझे बहुत सकून हासिल हुआ कि उसने मेरे फ़्लैट को 'घर' कहा।

''चलो।'' मैं तुरन्त मुड़ पड़ा।

''सर, आप नाराज़ हो गये।'' नन्दिनी ने मेरे चेहरे को देखा। विनम्रभाव से कहा।

''बिलकुल भी नहीं।'' मैने मुस्कराने की कोशिश की। मैं नन्दिनी की इस बात का ज़रा-भी अहसास नहीं कराना चाहता था। कि मुझे कुछ ख़राब लगा है।

सड़क पर चलते हुए अचानक वो रुककर एक गुमटी के पास खड़े होकर

बोली, ''सर, क्या हम यहाँ चाय पी सकते हैं?''

''यहाँ?'' मैं चौंक-सा पड़ा।

''बहुत ख़राब जगह है सर?'' उसने पूछनेवाले अन्दाज़ में सवाल किया।

''नहीं, ठीक है जगह। नन्दिनी आप यहाँ चाय पीना चाहती हो तो मुझे क्यों बुरा लगेगा?''

''सर, आप यहाँ चाय नहीं पीएँगे?'' उसने दुख भरे लहजे में पूछा। मेरा प्यार उमड़ आया उसपर। मन किया उसकी मासूम-सी आवाज़ को चूम लूँ। लेकिन आवाज़ को तो चूमा नहीं जा सकता। न सही। मन किया नन्दिनी का माथा चूमते हुए कहूँ, ''नन्दिनी, तुम्हारी खुशी के लिए मैं कुछ भी कर सकता हूँ। यहाँ चाय पीना तो मामूली बात है।

मैंने नन्दिनी से कहा, ''ऐसे खोखों की चाय का स्वाद नायाब होता है। मैं कई बार पी चुका हूँ।''

''रियली सर?'' उसने चहककर पूछा।

थर्मोकोल के गिलासों में चाय। चाय के ऊपर झाग। प्रफुल्लित-सी नन्दिनी। ख़ुशबाश। ख़ुशख़याल। ख़ुशरंग।

मैंने उसकी बात मान ली थी। इस बात से वो बहुत खुश थी। वो चाय ऐसे पी रही थी जैसे उत्सव मना रही हो। चाय पीते हुए कोई इतना खुश भी हो सकता है, मैं नन्दिनी को देखकर महसूस कर रहा था।

चाय पीकर हम चलने लगे तो वो ज़रा-सा ठिठकी। गुमटी की बेंच पर बैठकर उसने बालों से कलेचर को खोला। घने काले बाल एक पल के लिए उसके चेहरे के आसपास फैल गये। काले बालों के बीच ख़ूबसूरत चेहरा। वह अप्रतिम सुन्दर लगने लगी। उसने अपने बालों को अपने हाथों में समेटा, बाँधा। कलच्चर से बाल सैट किए। मैं मन ही मन उसकी इस छवि को देखकर पुलकित होता रहा।

मेरी आँखों में आँखें डालते हुए उसने पूछा, ''सर, ऐसे क्या देख रहे हैं?''

मैं सिर्फ़ मुस्कराता रहा।

वो भी मुस्कराती रही।

वापसी पर वो मेरे साथ बैठी—ड्राइविंग सीट के साथवाली सीट पर।

इफ़को चौक के पास जब हम पहुँचे तो उसने तेज़ आवाज़ में कहा, ''सर, ज़रा यहाँ रोकिए।''

इफ़को चौक भीड़ भाड़वाली जगह है। ऑटोवाले, पानी की रेहड़ियाँ, कैब, बसें, कारें, लोग—इन्तज़ार करते हुए।

मैंने साइड में जगह देखकर कार रोक दी है। वो नीचे उतर पड़ी है। मैं हतप्रभ-सा देख रहा हूँ उसे। वो परेशान हाल यहाँ-वहाँ, इधर-उधर कुछ देख रही है। मैं उसके पीछे-पीछे हूँ। वो एक जगह ज़ाकर रुक गयी है। उसका चेहरा पहले चमक रहा था। अब मुरझा-सा गया है।

"क्या बात है नन्दिनी?"

उसने कुछ नहीं कहा। उसकी आँखें नम हैं मगर।

"यही जगह थी सर! बिलकुल यही जगह थी।" नन्दिनी की आवाज़ लरज़ती हुई-सी। आवाज़ जैसे आँसुओं के रास्ते से आई हो, भीग-भीग कर।

"सर, यहाँ से कुछ लोगों ने मुझे लिफ़्ट दी थी। यहाँ से मेरे अन्दर की स्त्री नष्ट हुई थी।" भीगी हुई आवाज़ में लपटें-सी उठ रही हों जैसे।

मैंने उसके कन्धे पर हाथ रखकर कहा है, "नन्दिनी, आप बहुत बड़े आघात से गुज़री हैं।"

वो मुझे देख रही है।

"लेकिन आपके अन्दर की स्त्री नष्ट नहीं हुई। वो तो और ज़्यादा ताक़तवर हुई है।"

वो उसी जगह को देख रही थी। अब मुझे देखने लगी है।

"कितनी दृढ़ता है आपके अन्दर। इस दुखद घटना को एक महीना भी नहीं हुआ और आप इंटरव्यू देने निकल पड़ी हैं।"

"यह मजबूरी है सर!"

"यह इच्छा शक्ति है मैडम।"

"मैडम?" उसने इस सम्बोधन को दोहराया है।

"आप।" मैंने मुस्कराते हुए कहा है।

"मुस्करानेवाला इनसान मेरे बिखरने को नहीं महसूस कर सकता।" उसकी आवाज़ में तुर्शी है। उसकी तल्ख़ी और उग्र बात को सुनकर मैं सहम गया हूँ। चुप खड़ा हूँ। उसके सामने इतना चुप जैसे कि फ़्लाईओवर के पिलर! मुझे बिलकुल भी नहीं सूझ रहा कि उसे क्या क़हूँ? लेकिन चुप खड़े रहना भी मेरे लिये सम्भव नहीं। वो फिर अवसाद में लौट जाएगी। वही की वही हालत जो शुरू में थी। मैं नहीं चाहता वो उस हालत तक पहुँचे। किया कराया सब राख हो जाएगा।

"मुझे यहाँ से ले चलो।" यह बात नन्दिनी ने कही है। मैंने राहत की साँस लेते हुए उसका हाथ पकड़ा है और उसने कोई ऐतराज़ नहीं किया। मैं हैरान हूँ कि उसने मेरे हाथ को बहुत मज़बूती से पकड़ लिया है।

पहले मैंने उसे कार में बिठाया है। फिर ख़ुद दूसरी तरफ़ कार का दरवाज़ा खोलकर बैठा हूँ।

फ़्लाई ओवरों की भी कितनी विचित्र दुनिया है। जहाँ पैदल चलनेवाले के लिए कोई जगह नहीं। पैदल चलता हुआ आदमी ऐसे विचित्र लोक में कितना डरा हुआ और अकेला नज़र आता है। फ़्लाई ओवरों की संस्कृति में पैदल चलना जैसे गुनाह हो और पैदल चलता आदमी गुनहगार।

सिग्नेचर टॉवर से मैं काफ़ी आगे निकल आया हूँ। हर तरफ़ ऊँची और विशालकाय इमारतें। इनके लिए नया शब्द निकला है—हाई राइज़! आसमान की जानिब उठती इमारतें। ऐसा लगता है, पृथ्वी ने हार मान ली है, नये समय के बदहवास और बेलिहाज़ और बेशऊर मनुष्य से। पुराने इनसानों का पृथ्वी से प्रगाढ़ रिश्ता था। नये समाज का किसी से कोई रिश्ता नहीं। पृथ्वी से नहीं। मिट्टी से नहीं। धूप से भी नहीं। वो सन ग्लास लगाकर बाहर निकलता है और ऐसे फ़्लैट चुनता है जहाँ धूप कभी आती नहीं। नये समय का मनुष्य फ़्लैटों का मनुष्य है। और वो ख़ुद बन्द कमरे जैसा। बाहर की दुनिया से बेसरोकार!

मैं, कंक्रीट का जंगल, हाई राइज़ अपार्टमेंट्स का दश्त छोड़कर काफ़ी आगे आ चुका हूँ। दिल्ली छावनी के बीच से निकलते हुए राहत मिली है। लेकिन एक तनाव भी है। मैं चुप हूँ। नन्दिनी भी चुप है। सिर्फ़ कार के इंजन की आवाज़ है। और कोई आवाज़ नहीं। जीते-जागते लोगों के पास आवाज़ें न हों तो यह हालत सवालों के टूटे हुए शीशों की तरह होती है। मैं हैरान हूँ। हमारी आवाज़ें कौन ले गया। हम, कार के अन्दर ऐसे बैठे हैं जैसे दो चट्टानें, जो बोलना भूल गयी हैं।

अचानक नन्दिनी ने मेरे हाथ पर अपना हाथ रखकर कहा है, "आई एम सॉरी सर।"

उसका हाथ मेरे हाथ पर है। मेरा हाथ कार के स्टीरिंग पर।

मैंने कार चलाते हुए ज़रा-सा उसे देखा है। मुस्कराने की कोशिश की है, "रिलैक्स नन्दिनी। कुछ भी नहीं हुआ।"

"हुआ है सर। बहुत कुछ हुआ है।" उसने गहरी साँस ली है।

मैंने उसके हाथ को थपथपाते हुए कहा है, "कई बार भावनाएँ हम पर इस कदर हावी हो जाती हैं कि हम बेबस रह जाते हैं।"

"सर, आप ठीक कह रहे हैं।" उसने गहरी साँस ली है।

"हम दोनों थोड़ा-थोड़ा मुस्कराये हैं। तनाव कम हुआ है। यूँ भी मैं नन्दिनी के मन की कैफ़ियत जानता हूँ। वो जब आक्रोश में बोलती है तो उसमें अहंकार नहीं होता, उस रात की घटना होती है उसकी चेतना को छीलती हुई।

रोहिणी की मार्केट में कार पार्क करते हुए मैंने नन्दिनी से कहा है, "मैं आपके लिए दो ड्रैस खरीदना चाहता हूँ।"

"मेरे लिए?" नन्दिनी ने हैरान होकर कहा है।

"हाँ, आपके लिए।"

"नहीं सर। मेरे लिये नहीं। बिलकुल भी नहीं।" उसने सख़्ती से कहा है। वो कार में बैठी है। हिली तक नहीं।

"ठीक है, कोई बात नहीं।" मैंने फीकी-सी, आवाज़ में कुछ शब्द रख दिए हैं। हम दोनों कार में बैठे हैं।

नन्दिनी की बहुत कोमल आवाज़ उभरी है, "सर, आप नाराज़ हो गये?"

"नहीं।"

"आपको बहुत बुरा लगा?"

"बिलकुल भी नहीं।"

"सर, आप नहीं जानते। मैं पहले ही कितना ज़्यादा बोझ के नीचे दबा हुआ महसूस करती हूँ।"

"नन्दिनी आप बेवजह ऐसा महसूस करती हैं।"

"नहीं सर! हर दिन मुझ पर भारी होकर गुज़रता है। हर दिन मैं चले जाने का सोचती हूँ। हर दिन यूँ ही गुज़र जाता है।"

ओह भगवान—मैंने मन ही मन कहा। बात कहाँ से शुरू की, पहुँची कहाँ जाकर।

फिर मैंने समझानेवाले लहजे में कहा है उसे, "नन्दिनी, इंटरव्यू में इस बात को भी नोट किया जाता है कि हमारे कपड़े कैसे हैं।"

"सर, अम्बाला में मैं जिस इंटरव्यू में सिलैक्ट हुई, वहाँ मैं बहुत सिम्पल कपड़े पहनकर गयी थी।" नन्दिनी का तर्क वज़नदार है।

"यह एनसीआर है नन्दिनी। यहाँ हर बात का नोटिस लिया जाता है।"

"सर, आपने एक दिन कहा था, घोड़ा अपने साज़ से नहीं, गुणों से पहचाना जाता है।"

मैं चुप हूँ।

"सर, मैं नहीं चाहती आप मुझपर पैसे ख़र्च करें।" उसने साफ-साफ कह दिया है।

"नन्दिनी, मुझे एक रास्ता दिखाई दे रहा है।"

"कौन-सा रास्ता, सर?"

"क्रेडिट! यानी उधार! आप कुछ 'मनी' उधार ले लीजिए। जब पहली सैलरी मिले तब वापिस कर देना।'

"सर, आपको जो रास्ता दिखाई दे रहा है। ऐसे रास्तों पर मैं चलने से घबराती हूँ।" बेबाक लहजा है नन्दिनी का।

"ठीक है नन्दिनी।...चलो, मालाबार में बैठकर आइसक्रीम खाते हैं। नवम्बर

के महीने में आइसक्रीम की बात ही और होती है।'' .

''सर, मुझे आइसक्रीम पसन्द नहीं। उसने बड़ी संजीदगी से कहा है। मैं हैरान हूँ।''

''आइसक्रीम पसन्द नहीं?''

''हाँ सर! जिस लड़की के मम्मी-पापा न हों, उसकी पसन्द ख़त्म हो जाती है।'' उसके शब्द टूटते चले गये हैं। आँखें नम हो गयी हैं उसकी।

''ओह आई एम सॉरी?'' कैसे हुआ ये सब?

''सर, पहले पापा की डैथ हुई। और मम्मी? आठ साल पहले वो भी इस संसार से चली गयी।''

''नन्दिनी आप अकेली...किसके साथ रहती थीं?''

''मैं मौसी के घर में रहती थी।'' उसने जल्दी कहकर बात ख़त्म करने की कोशिश की है।

नन्दिनी मुझे सर कहती है। मैंने उसे कई बार मना किया है। कहा है कि वो मुझे राजन नाम से बुलाए। मेरी उसकी उम्र में चार-पाँच साल का फ़र्क होगा। इतना ही। लेकिन यह 'सर' जैसे मैं उसका बॉस हूँ। या फिर कोई बुजुर्ग!

मैं जानता हूँ वो मुझे सर क्यों कहती है। वो हमेशा एक डिस्टेंस बनाकर रहती है। वो मित्र जैसी लगती है। लेकिन है नहीं। वो मेरी मित्र नहीं। लेकिन आश्चर्य इस बात का है कि वो पराई भी नहीं। मित्र न लगने के बावजूद, वो मुझे अपनी-सी लगती है। लेकिन उसने एक अदृश्य-सी लक्ष्मण लकीर खींच रखी है। इसे मर्यादा कहूँ या इसे सतर्कता या फिर अन्य कोई रूप। जिसकी व्याख्या नहीं की जा सकती। उसने जो फासला रखा है। जान-बूझकर रखा है। मैं उस फासले को कम नहीं करना चाहता। वो हार जाएगी। मैं उसे हारता हुआ नहीं देखना चाहता। हैरानी इस बात की है कि कई बार मैंने उसे अपने आपसे लड़ते देखा है। वो अपने से शिकस्त हासिल करती रही है। लेकिन वो मुझे पराजित होता नहीं देख सकती।

एक संडे जब हम दोनों घर में थे। वो प्रिटेंड शिफॉन की साड़ी पहनकर अपने कमरे से निकली थी। मैं हतप्रभ-सा देखता रहा उसे। वो बेहद सुन्दर लग रही थी एक परिपक्व, शालीन और सौम्य स्त्री!

मैं मुग्धभाव से उसे देखता रहा। उसने मेरे एकटक देखने का बुरा नहीं मनाया था। पूछा ज़रूर था, ''सर, क्या देख रहे हैं आप?...फिर थोड़ा अनौपचारिक होकर उसने पूछा था, ''पहली बार पहनी है साड़ी।...कैसी लग रही है?''

''एलीगेंट।'' मैंने कहा था। मैं अब भी उसे देख रहा था।

''नहीं सर।''

''अद्‌भुत।''

''प्लीज़ सर! इतने बड़े विशेषण नहीं।'' वो थोड़ा-सा मुस्कराई है। उसकी आवाज़ में नम्रता है और संकोच भी।

''भव्य।'' मैंने शब्द ढूँढ़ निकाला है।

''सर, भव्यता मुझमें कहीं नहीं। आप कुछ और भी कह सकते हैं।''

''कह सकता हूँ।''

''क्या?'' उसने उत्सुकता से पूछा है।

''नन्दिनी!'' मैंने कहा और वो हँस पड़ी। पहली बार हाँ, शायद पहली बार वो इतना सारा हँसी है। कितनी पवित्र, कितनी पाक और कितनी पारदर्शी है उसकी हँसी। जैसे धूप हँसी हो या हवा। जैसे कहकशां को अचानक हँसी आ गयी हो।

मैं चकित भाव से उसे हँसता हुआ देख रहा हूँ। मैं मुग्धभाव से देख रहा हूँ उसे और मन में यह ख़्याल भी उठ रहा है कि वो इसी तरह पुलकित होकर हँसती रहे सदा।

लेकिन वो हँसते-हँसते एकदम ख़ामोश हो गयी है। सचेत हो गयी हो जैसे कि एक पराये मर्द के सामने इस तरह हँसना कोई दूसरा अर्थ भी दे सकता है।

वो कुछ देर रुकी रही है। मेरे सामने। सोफे के पास। फिर, वापिस अपने कमरे में चली गयी है। उसने दरवाज़ा मूँद दिया है।

मैं नन्दिनी के बारे में सोच रहा हूँ। कितनी संक्षिप्त है उसकी दुनिया और कितनी मासूम-सी, अनकही-सी खुशियाँ। आज उसका साड़ी पहनने का मन हुआ और उसने साड़ी पहन ली। साड़ी पहनकर वो न बाज़ार गयी न किसी फंक्शन में। साड़ी पहनकर वो ड्रॉइंगरूम तक आई। इठलाती-सी। खुश-खुश। वो मेरे सामने आ खड़ी हुई थी साड़ी पहनकर। मुझे बताने के लिए कि मैं कितनी अच्छी लगती हूँ साड़ी पहनकर।

अजीब विडम्बना है। मुझपर वो शक करती है। मुझे वो अपनी दुनिया भी समझती है। उसकी दुनिया उससे शुरू होती है और मुझपर समाप्त हो जाती है।

नन्दिनी साड़ी उतारकर, वही, पुरानेवाला सूट पहनकर आ बैठी है, सोफे के उसी कोने में। उसने साड़ी उतारकर सूट क्यों पहना, इसका निहितार्थ मैं जानता हूँ। उसने मेरी दृष्टि को पकड़ लिया था। मेरी आँखों में छल था, या नहीं था। लेकिन मेरी आँखों में कुछ तो ऐसा था जो उसे अच्छा नहीं लगा था।

वो साड़ी पहनकर बहुत आकर्षक लग रही थी। हमेशा उदास, चुप और गुमसुम रहनेवाली लड़की, अपने सौन्दर्य से मुझे ऐसे अभिभूत कर देगी कि मैं विस्मित भाव से उसे देखता रह जाऊँगा।

देखता रह जाऊँगा! यह देखना मेरी आदिम ख़्वाहिश की इबारत थी।

मैं उसे एकटक देख रहा था और मेरे अन्दर का दुर्बल मनुष्य, अपनी वासनाओं के साथ जागने लगा था। मेरा मन कर रहा था मैं आहिस्ता से उठूँ और उसे अपनी बाँहों में घेर लूँ। आलिंगनबद्ध कर लूँ उसे। उसके माथे, गाल होठों को चूमता चला जाऊँ। और मैं प्रेम की गहराइयों में डूबता चला जाऊँ।

वो मेरे सामने किसी जादू की तरह खड़ी थी। सम्मोहन पैदा करती।

वो ख़ूब सारा खिलखिलाकर हँसी थी। इतनी सारी हँसी पहली बार। यह हँसी उसकी खुशियों की पाठशाला थी। मैं उसे हँसता हुआ देखकर चकित था।

मैंने अपने आवेग पर काबू पाया। कोई वैरागी मेरे अन्दर विराजमान हो गया हो जैसे।

नन्दिनी ने अनजान लोगों की हिंसा को तो जैसे-तैसे सहन कर लिया था। वो अवसाद में थी और बाहर निकलने के रास्ते ढूँढ रही थी।

क्या वो मेरी हिंसा को सह पाती? वो तमाम तरह के शक के बावजूद मुझपर विश्वास करती थी। तब क्या टूटता? विश्वास या नन्दिनी या मैं? तब हम सब टूटते। और मैंने नन्दिनी और अपने आपको उस टूटने से बचा लिया था।

बहुत सारे दिन हमने इसी तरह गुज़ारे हैं—चुप रहकर। कम बोलकर। इस फ़्लैट के बाहर आवाज़ों का लश्कर है। लेकिन फ़्लैट के अन्दर ख़ामोशी।

अक्सर, चाय का कप वो दो हाथों से उठाती है। डर अब भी उसके अन्दर है—कप कहीं गिर न पड़े। चाय के कप को पकड़ने के लिए, अपना एक हाथ कम समझती है। कप को दो हाथों से उठाती है—जैसे चाय का कप न हो, आसमान हो, उसके दोनों हाथों में आसमान।

मेरे सामने वो बैठी होती है चाय पीती हुई। कई बार मुझे लगता है वो अपनी उपस्थिति के बावजूद अनुपस्थित है। वो अपनी देह के साथ मौजूद होती है लेकिन मन जैसे अम्बाला छावनी के स्टाफ रोड पर भटक रहा हो। कई बार ऐसा भी लगता है जैसे उसने अपनी आवाज़ें वक़्त की गुल्लक में डाल दी हों और उस गुल्लक को कहीं रखकर भूल गयी हो।

चाय पीते हुए कभी-कभी वो मुझे देख लेती है—नि:शब्द! लेकिन आँखों में कुछ होता है, बोलता हुआ-सा। मैं समझता नहीं। वो समझाती नहीं। चाय ख़त्म हो जाती है।

दिन की शुरुआत कभी-कभी ऐसे भी होती है। कम बोलते हुए मुझे इस बात का अहसास होने लगा है कि स्त्री-पुरुष के बीच, शब्दों की इतनी ज़्यादा ज़रूरत होती भी नहीं। बेशक, चुप रहने की कला मुझे नन्दिनी ने सिखाई है।

नन्दिनी! कई बार, वो मुझे किसी ऐसे ख़ानाबदोश जैसी नज़र आई है जिसके

सर पर बेचैनियों की गठरी है और पैरों में घर की तलाश!

कम बोलनेवाली नन्दिनी जब बोलती है तो मुझे हैरान कर देती है। एक दिन उसने कहा था, "सर, पता है ज़िन्दगी एक डाकिए की तरह होती है। जिसके हाथ में चिट्ठियों का ढेर होता है और उन चिट्ठियों पर ग़लत पते लिखे होते हैं। बेचारी ज़िन्दगी! उन चिट्ठियों को सही मुक़ाम तक पहुँचाते-पहुँचाते ख़ुद भटक जाती है।"

उसने अपनी बात ख़त्म की। गहरी साँस ली। मुझे देखा। वो सोच रही थी मैं कुछ कहूँगा। मैं चुपचाप नन्दिनी को देखता रहा। वो ख़ुद डाकिए जैसी लग रही थी। चिट्ठियों का ढेर उसके हाथ में था। लेकिन नाम-पते नदारद थे।

वो उठकर अपने कमरे में चली गयी। इस फ़्लैट में चुप के जैसे दो दरिया हों—वो एक दरिया से निकलकर, दूसरे दरिया में चली गयी।

मैं लाख कोशिश करता हूँ कि वो आम युवा लड़कियों की तरह उठे-बैठे। घूमे-फिरे। गाए-गुनगुनाए। नाचे-हँसे। लेकिन वो उदास-सी नज़र आती है। मुस्कराते हुए भी। उदासी उसके होंठों के किसी कोने में बैठी हुई नज़र आती है।

अभी परसों नन्दिनी को लूज़मोशन हो गये। मुझे बाद में पता चला। वो बार-बार अपने कमरे से निकलती ड्रॉइंगरूम पार करके टॉयलेट तक जाती। कई बार आते-जाते देखकर मैंने पूछा तो उसने बताया। अजीब फ़ितरत है इस लड़की की। सहन करती रहती है, बताती कुछ नहीं।

मैंने दो काम किए। मार्केट में एक डॉक्टर का क्लीनिक है। उससे नारफ्लॉक्स ट्रिंडाज़ोल के कैपसूल ले आया। पानी के साथ पहली डोज़ दी। दूसरा, मैंने यह किया कि उसे अपने कमरे में ले आया। मेरे कमरे में अटैच्ड बाथ टॉयलेट है। मैं नन्दिनीवाले कमरे में शिफ़्ट हो गया। उसे इलैक्ट्राल देता रहा। पीने के लिए पानी उबाल लिया।

वो इतनी निढाल हो गयी थी कि बिस्तर से उठना भी दिक्कत पैदा करता था। मैंने तौलिये से उसका हाथ मुँह साफ किया। वो निढाल-सी लड़की कृतज्ञभाव से मुझे देखती रही। मुझे उसपर प्यार आता रहा।

दो दिन में वो ठीक हो गयी। इन दो दिनों में वो मेरे कमरे में सोई, मैं उसके कमरे में। मुझे एक ऐसी गन्ध का अहसास होता रहा जो पहले कभी नहीं होती थी। वो नन्दिनी की देहगन्ध थी जो इस कमरे में बस गयी थी।

नन्दिनी ठीक हो गयी थी लेकिन मुँह का ज़ायका बिगड़ गया था। ट्रिंडाज़ोल साल्ट मुँह का स्वाद बिगाड़ देता है। फिर भी नन्दिनी ने बड़े विनीत स्वर में कहा, "सर, आपने मुझे बचा लिया।" बेशक वो कमज़ोर नज़र आ रही थी।

दो दिन बाद हमने फिर कमरे बदल लिये। मैंने तो नन्दिनी से कहा भी कि वो इस कमरे में रहना चाहे तो रह सकती है। लेकिन वो मानी नहीं।

चार दिन पहले उसे लूज़मोशन हो गये तो कल एक और घटना घट गयी।

शाम को मैं दफ़्तर से वापिस आया था। बेल बजाई। उसने दरवाज़ा खोला। एक तरफ़ सरक गयी। मैं अन्दर प्रविष्ठ हुआ। उसने दरवाज़ा बन्द किया।

दफ़्तर से आने के बाद, जब वो दरवाज़ा खोलती है तो मैं पूछता हूँ, "कैसी हो नन्दिनी?"

"अच्छी हूँ।" उसका संक्षिप्त-सा जवाब होता है। इससे संक्षिप्त अगर कोई जवाब होता तो यकीनन वो उसे ढूँढ़ती।

कई बार मुझे उसका संक्षिप्त-सा उत्तर अधूरा-सा लगता है। मैं थोड़ा कुरेदता हूँ, "सिर्फ़ अच्छी?"

"नहीं सर, बहुत अच्छी। बी.पी. नॉर्मल एंड टेम्परेचर नाइंटी ऐट पाइंट फोर।" वो हँसती नहीं। उसके न हँसने से, उसका मज़ाकिया उत्तर भी गम्भीर रूप धारण कर लेता है।

एक दिन उसने प्रतिप्रश्न किया था, "सर, जिस लड़की का बी.पी. नॉर्मल हो और टेम्परेचर भी बिल्कुल ठीक हो तो क्या वो लड़की सचमुच नॉर्मल होती है?"

मैं भौंचक-सा देखता रह गया था उसे। उसका सवाल था ही ऐसा। मेरे पसीने छूट गये थे। मैं जवाब की तलाश में भटकता रह गया था।

नन्दिनी जब से इस फ़्लैट में आई है, तबसे मुझे मालूम हुआ है कि संसार में सवाल ज़्यादा है, जवाब कम। कई बार तो सिर्फ़ सवाल होते हैं। जवाब होते ही नहीं। हर शख़्स अपने-अपने सवालों को लेकर ही तो भटक रहा है। ज्ञानी-ध्यानी योगी-संन्यासी, सबके पास सवाल हैं। उन्हें लगता है, हिमालय की कन्दराओं में उनके जवाब पड़े होंगे। वो वहाँ चले जाते हैं। फिर लौटकर नहीं आते।

रामचन्द्र क्या सचमुच चौदह वर्ष का वनवास भोगने जंगलों की तरफ़ निकल पड़े। दरहकीकत, उनके पास एक बहुत बड़ा सवाल था—वो सवाल, दस सिरवाला रावण ही तो था। उसका अन्त, रामचन्द्र के सवाल का उत्तर था।

लेकिन नन्दिनी को मैं उसके सवाल का जवाब नहीं दे सका था। नन्दिनी मुझसे इतने सवाल पूछ चुकी थी कि मुझे लगता था कि स्त्रियाँ इसलिये भी व्याकुल रहती हैं कि उनके पास सवाल ही तो होते हैं।

लेकिन कई बार सवाल नहीं होते। जवाब होते हैं। भीलनी जब रामचन्द्र को बेर खिलाने लगती है तो पहले बेर को चखती है। फिर रामचन्द्र को बेर खिलाती है। रामचन्द्र भी भीलनी के जूठे बेर खाते चले जाते हैं। यह प्रेम का सबसे बड़ा उत्तर है। यहाँ प्रश्न नहीं। सिर्फ़ उत्तर है। न भीलनी को इस बात का अहसास होता है कि वो बेर जूठे किए जा रही है। न राम को महसूस होता है कि वो भीलनी के जूठे बेर खा रहे हैं। यहाँ कशमकश नहीं। क्योंकि प्रश्न नहीं। प्रेम सबसे बड़ा जवाब

है जो राम और भीलनी के बीच में है।

कल की घटना!

शाम को मैं जब दफ़्तर से आया तो वो थोड़ा तनाव में थी। दरवाज़ा बन्द करके मेरे पीछे-पीछे चली आई। मैं सोफे पर बैठा तो वो ठिठककर खड़ी हो गयी। मुझे लगा वो कुछ कहना चाहती है—शायद फिर यहाँ से जाने की बात कहती हो, या कोई और बात।

उसके चेहरे पर जो तनाव है, वो कुछ अजीब-सा है। अन्य दिनों से भिन्न।

"क्या बात है नन्दिनी, कुछ परेशान हो?" मैंने पूछा।

"सर, थोड़ा-सा उधार चाहिए।" उसने कहा।

"उधार?" मैं चौंक-सा गया।

"हाँ सर, अभी हंडरेड रुपीज़। जो बचेंगे वापिस कर दूँगी।"

"पैसे अलमारी में रखे थे। उठा लेने थे।"

"सर, पैसे तो उठा लेती। पर...।"

"पर क्या?"

"पर, उठाने का बोझ कैसे उठाती।"

मैंने तुरन्त सौ का नोट निकालकर मेज़ पर रखा। वो नज़रें झुकाए सौ का नोट देखती रही। बोली, "सर, अटैची और बैग मिल गये। पर्स वहीं कहीं गिर गया। उसी में पैसे थे।" उसकी आवाज़ में दुख है। मैंने कहा कि कोई बात नहीं। मामूली-सी बात है।

"सर, थोड़ी देर के लिए आप मेरे साथ मार्केट तक चलेंगे?" उसने कहा। पहली बार कुछ माँगा। पहली बार साथ चलने को कहा। मैं उसके साथ नीचे, मार्केट तक आया। वो बरामदे में ठिठक गयी। उसने मुझे वहीं रुक जाने के लिए कहा। ख़ुद एक कैमिस्ट शॉप में चली गयी।

ख़ाकी लिफ़ाफ़े में वो एक पैकेट ला रही थी उसे छुपाने का भरसक प्रयास कर रही थी। मैं देख रहा था। और उसके द्वन्द्व को समझ रहा था। नन्दिनी की चतुराई पर, लज्जा पर, संकोच पर रीझ भी रहा था। सोच रहा था ईश्वर ने स्त्री की संरचना कितनी जटिल और कितनी तिलिस्मी बनाई है। आकर्षित करती काया में इतनी सारी मुश्किलें। अपनी काया को कहाँ रखे? कहाँ छुपाए? कितना दिखाए?

नन्दिनी मेरे साथ-साथ आ रही थी। उसने एक दो बार मुझे देखा। फिर नज़रें झुका लीं। नन्दिनी कैसे कहती कि ये उसके पीरियड डेज़ हैं? सौ रुपये का ऋण उसने इसी परपज़ के लिए लिया था।

केशव का फ़ोन है। मोबाइल पर उसका नम्बर देखकर मैं समझ गया हूँ कि वो क्या कहेगा? रिंगटोन की आवाज़ निरन्तर आ रही है। नन्दिनी हैरान है कि मोबाइल मेरे हाथ में है और मैं सुन नहीं रहा।

मैंने मोबाइल को स्विच ऑन करते हुए कान पर लगाया है। केशव ने सीधा-सा सवाल किया है, "राजन तू आ रहा है या मैं आऊँ?"

मुझे कोई जवाब नहीं सूझ रहा।

"यार, इतनी देर लगा दी जवाब देने में?" केशव मेरे उत्तर के लिए व्यग्र है।

नन्दिनी मुझे देख रही है। उसे पता नहीं मैं एक नयी मुसीबत में फँसने जा रहा हूँ। मैं नन्दिनी को छोड़कर गुड़गाँव जा नहीं सकता और केशव को अपने घर बुला नहीं सकता।

"एक काम करते हैं।" केशव की आवाज़ में जोश है।

"कौन-सा काम?" मेरी आवाज़ में दुविधा है।

"मैं ही आ जाता हूँ।" वो उसी रौ में बोल रहा है।

"ठीक है।"

"ठीक है नहीं, गुडमैन दि लालटेन है।" केशव ने पुराने दिनों का वाक्य बोल दिया है। जब-हम आठवीं-दसवीं में थे तो हर अच्छी बात पर 'गुड मैन दि लालटेन' कहते और फिर हाथ मिलाते। ताली बजाते। हँस पड़ते।

"क्या लाऊँ?" केशव पूछ रहा है।

मैं घबरा-सा गया हूँ। वो पीने की पूरी तैयारी करके आएगा। नन्दिनी न होती तो मैं भी बड़े जोश में कहता, "चार बीयर...टाइगर या मिलर या फॉस्टर। लेकिन नन्दिनी के होते हुए ड्रिंक्स?"

"मेरे पास इम्पोर्टेड बेलिंटेन रखी है—हाफ़ ! वो रख लूँगा। तीन बीयर।...सारी रात के लिए काफ़ी रहेगा यह राशन-पानी?" वो खिलखिलाकर हँसा है।

नन्दिनी समझ गयी है कोई आ रहा है। लेकिन उसे यह नहीं पता कि जो आ रहा है, वो अपने साथ छोटी-सी बार भी लेकर आएगा।

छः बजे थे। शाम थी। केशव ने बेल बजाई। मैंने दरवाज़ा खोला। वो माल-असबाब के साथ कमरे में एंटर हुआ। थोड़ी स्माइल दी। सीधे मेज़ तक आया। बीयर की बोतलें मेज़ पर। फिर बेलिंटिन की बोतल (जिसमें आधी शराब ख़र्च हो चुकी थी) फिर पनीर टिक्का। वैफर्ज़ के दो पैकेट!

और कोई वक़्त होता तो मैं कहता, "केशव, यार तू तो गॉड है...मेरा भगवान है तू।" लेकिन इस वक़्त भरी हुई मेज़ को देखकर मैं सिर्फ़ मुस्करा रहा हूँ।

"ख़ूब बातें करेंगे। बचपन की। स्कूल डेज़ की बातें। एंड बीयर के घूँट।" केशव चहक रहा है।

''अफकोर्स!'' मैंने कहा है। नन्दिनी मेरे दिलोदिमाग़ पर हावी है।

''व्हट एन अनहारमोनियस लाइफ़!'' उसने इतना कहा है। मैं चुप हूँ।

''राजन तुझे पता है...वेद खुराना की डैथ हो गयी है।...वही, जिसे हम वेदू कहते थे। अरे वो जो हाकी खेलता था। जोहड़ में डूबते-डूबते बचा था। सिंघाड़े, तोड़ने गया था। ये तो शुक्र भगवान का कन्हैये ने देख लिया था उसे। कैसे भागा था वो। और कैसे निकाला वेदू को उसने। साक्षात् भगवान बनकर खड़ा था कन्हैया! वही वेदू! यंग डैथ!''

''वही भारीकम। जिसे हम बिस्तरबन्द भी कहते थे?''

''हाँ...हाँ वही।''

''क्या हुआ था उसे?''

''शुगर प्रॉब्लम थी। उस प्रॉब्लम से कई प्रॉब्लम। और जब शरीर कई सारी प्रॉब्लम से घिर जाए तो ज़िन्दगी सबसे बड़ी प्रॉब्लम!'' केशव ने वेद के बारे में बताया है।

किचन के पास वॉश बेसिन से हाथ धोते हुए वो बोलता जा रहा है, ''रास्ते में कार से धुआँ निकलने लग गया यार राजन! मैं तो स्टंड रह गया। मुझे लगा अभी लगेगी गाड़ी में आग! बोनेट खोला। धुएँ का भभका उठा। पानी था ही नहीं। एक बोतल पानी डाला। सब ठीक। हाथ थोड़े काले हो गये।...राजन, रब्ब से एक बात माँगी है सदा, हाथ काले हों तो हों, दिल काला न हो।''

वो हाथ धो चुका है। मैं उसे देख रहा हूँ, वो मुझे। केशव में यही अन्दाज़ है।

''राजन, याद है तुझे। जब हम छोटे थे। वेदू हम दोनों को साइकिल पर बिठाकर जा रहा था। बीच सड़क बड़ी-सी नाली थी। हमें पता था वो नाली पार नहीं कर पाएगा। नाली के बीच धड़ाम! हम तीनों कीचड़ से लथपथ!...याद है तुझे?''

''हाँ याद है। ये भी याद है तू रो पड़ा था। मैंने कहा है।

''यार, वही वेदू चला गया। गुड गाई!''

मैं उसे सुन रहा हूँ।

''राजन, कोई दोस्त जब इस दुनिया से चला जाता है तो वो कुछ न कुछ हमारी ज़िन्दगी का हिस्सा भी ले जाता है।'' केशव उदास नज़र आ रहा है। उसके अन्दर कोई वैरागी प्रवेश कर गया हो जैसे।

दरवाज़ा खुला है। नन्दिनी बाहर निकली है। केशव ने हैरान होकर उसे देखा है।

नन्दिनी ने हाथ जोड़कर नमस्ते की है।

केशव ने भी हाथ जोड़कर 'नमस्कार' कहा है। हाथ उसने नन्दिनी की तरफ

जोड़े, देखा उसने मेरी तरफ़। जैसे पूछ रहा हो कौन है यह लड़की।

"केशव, यह नन्दिनी है...माई फ्रैंड।...और नन्दिनी, ये केशव है...मेरे बचपन का दोस्त।"

केशव ने बड़ी तत्परता से बीयर की बोतलें उठाई हैं और मेरे कमरे में रख आया है। बाक़ी सामान शराब की बोतल, चीज़ टिक्का...वैफर्ज़ सब मेरे कमरे में।

"आज आप पीएँगे?" नन्दिनी ने मार करता हुआ सवाल किया है।

मैं अपराधियों की तरह खड़ा हूँ। यही हालत केशव की है।

"नन्दिनी मैडम! पीना कोई ज़रूरी नहीं। हम चाय-कॉफी पीकर भी बातें करते रहेंगे। केशव ने बात सँभालने की कोशिश की है।

नन्दिनी ने गहरी साँस ली है। कहा है उसने, "आप अपनी फ्रैंडशिप को जैसे भी सेलीब्रेट करें...मुझे क्या ऐतराज़ हो सकता है?"

वो अपने कमरे चली गयी है। हम दोनों भी कमरे में चले आए हैं।

"बताता हूँ नन्दिनी के बारे में।" मैंने कहा है।

"चाय पियें या बीयर?" केशव ने पूछा है।

"बीयर।"

"गुड मैन दि लालटेन।" वो हँसा है थोड़ा-सा। मैं किचन से दो गिलास और ओपनर ले आया हूँ।

कमरे का दरवाज़ा बन्द कर दिया है हमने।

दो कमरे, दो संसार हो गये हैं—एक संसार नन्दिनी का। एक हमारा।

एक घर दो अवस्थाओं में कैसे विभाजित होता है। कोई मेरे घर आकर देखे।

मैं बीयर के घूँट भर रहा हूँ।

नन्दिनी अकेलेपन की हद में—छटपटाती हुई।

मैंने अपने कमरे की छोटी-सी टेबल पर काजू, बादाम, वैफर्ज़ सजा दिए हैं।

नन्दिनी शायद भूखी सो जाएगी।

कई बार हम कितने आत्मकेन्द्रित हो जाते हैं। दूसरे का सोचते ही नहीं।

हम बीयर के घूँट भर रहे हैं और बहुत धीरे-धीरे बोल रहे हैं। हम बीयर पी रहे हैं और अपने डीएवी स्कूल में गाई जानेवाली प्रार्थनाएँ याद कर रहे हैं।

—तू है सच्चा पिता सारे संसार का...तू ही तू ही है रक्षक हमारा। केशव ने प्रार्थना याद की है।

—दया कर दान भक्ति का हमें परमात्मा देना। एक प्रार्थना मुझे भी याद आ गयी है।

—माँ शारदे...वर दे। अचानक हम दोनों को एक साथ यह प्रार्थना याद आ

गयी है।

"और।" केशव ने कहा है।

अचानक हम दोनों को एक प्रार्थना याद आई है एक साथ। हम गाने लगे हैं उसे—

—हम हैं बन्दे तेरे तू हमारा ख़ुदा...।

स्कूल के दिन...बचपन के दिन...हम कभी-कभी इस तरह भी याद करते हैं।

केशव ने एक बार भी नहीं पूछा नन्दिनी के विषय में। लेकिन मैंने नन्दिनी के बारे में उसे शुरू से लेकर आज तक का हाल बयान कर दिया है।

सारी बात सुनने के बाद वो चकित-सा मुझे देखता रहा। फिर उसने मेरा हाथ चूमकर कहा है—"तू तो यार सचमुच गुडमैन दि लालटेन है।...मुझे गर्व है कि तू मेरा दोस्त है। ऐसे बुरे समय में लोग एक दूसरे की ज़िन्दगी छीन रहे हैं। तूने एक लाइफ़ सेफ़ की है।"

मैं चुपचाप केशव को देख रहा हूँ। कोई आपकी प्रशंसा करे तो आपके पास जवाब देने लायक शब्द ही नहीं होते।

सुबह वो जल्दी तैयार होकर जाने लगा। नन्दिनी का सामना ही न करना पड़े। मैं भी यही चाहता था। क्या पता नन्दिनी ग़ुस्से में उबल पड़े।

ज्योंही केशव जाने लगा। नन्दिनी अपने कमरे से निकली और बड़ी शालीनता से कहा, "सर, चाय पीकर जाइए।"

चकितभाव से नन्दिनी को देखता रहा केशव।

हैरान-सा खड़ा रहा मैं।

बहुत थोड़ा-सा मुस्कराती हुई नन्दिनी—हमारे सामने।

मैं चाय बनाने के लिए किचन की तरफ़ जा ही रहा था कि नन्दिनी बढ़ती चली आई, "सर, चाय मुझे बनाने दीजिए।"

"बना लोगी?" मैंने डरते हुए कहा है।

"सर, चाय ही तो है, मटन करी तो नहीं।" उसने मेरा मज़ाक-सा उड़ाया है। मुझे अच्छा लगा है।

नन्दिनी पहली बार किचन में चाय बनाने के लिए गयी है। न उसे चाय पत्ती के डिब्बे का पता है न शुगर का। उसे गैस चूल्हे और गैस लाइटर का भी इल्म नहीं।

केशव और मैं ड्रॉइंगरूम में बिछे सोफे पर बैठ गये हैं। दोनों चुप हैं। रात भर हम बोलते रहे। अब चुप हैं। बात-बात पर गुड मैन दि लालटेन कहनेवाला और निरन्तर बोलनेवाला केशव भी चुप है।

नन्दिनी प्लेट में बिस्कुट रखकर खड़ी है। मैं हैरान होकर उसे देख रहा हूँ।

कभी मैं उसे बिस्कुट खाने के लिए मिन्नतें किया करता था। आज वो मेज़ पर बिस्कुट रखते हुए कहकर गयी है, ''दोनों सर बिस्कुट लीजिए। मैं अभी चाय लेकर आई।''

''राजन।'' केशव ने बिस्कुट उठाकर कहा है।

मैंने सवालिया नज़र से उसे देखा है।

''कई बार एक बिस्कुट भी उत्सव की तरह लगने लगता है।...जैसे अब।'' केशव के चेहरे के भाव मैं पकड़ नहीं पा रहा।

आधा बिस्कुट खाकर उसने अपनी बात पूरी की है, ''राजन, जिस लड़की से मैं डरते-छुपते हुए निकल रहा था, वो लड़की मेरे लिये चाय बना रही है।''

बाकी का आधा बिस्कुट खाते हुए केशव ने कहा है, ''कुछ मूमेंट्स इतनी हैरान करनेवाली होती हैं कि वो हमें बहुत अरसे तक याद रहती हैं।''

मैं सिर्फ़ मुस्करा रहा हूँ।

नन्दिनी ने चाय के कप मेज़ पर रखे हैं। चाय बहुत अच्छी बनी है। बस एक कमी रह गयी है। वो चीनी डालना भूल गयी है। ज़्यादा उत्साह में ऐसा अक्सर हो जाता है।

फ़्लैट अब घर लगने लगा है। नन्दिनी के आने के बाद, इस फ़्लैट ने नयी परिभाषाएँ विकसित की हैं। पहले हमेशा यह फ़्लैट, दीवारों-छतों का गणित लगता था। अब जैसे ये सब मिलकर, ज़िन्दगी का समूहगान हों। छत को देखूँ तो लगता है, इसमें आसमान भी मौजूद है। फ़र्श मुझे पृथ्वी का अहसास कराता है और खिड़की...। नन्दिनी इस खिड़की के पास इतनी बार खड़ी हुई है कि मुझे यह खिड़की हवा-धूप का रास्ता-भर नहीं लगती। खिड़की एक कुशल अभिनेत्री है, जो बाहर की दुनिया के नक्श पेश करती है।

नन्दिनी के आने से पहले यह एक बन्द कमरों का फ़्लैट था। इन बन्द कमरों में, मैं ख़ुद को भी कभी-कभी बन्द कमरे जैसा समझने लगता था।

लेकिन अब यह फ़्लैट घर लगता है। नन्दिनी के आने के बाद यह तब्दीली हुई है। नन्दिनी अकेली आई थी। लेकिन घर जैसी कोई शय भी उसके पास थी—उसके सामान में या उसके मन में। या...।

मुझे लगता है नन्दिनी का अपना एक देहराग है जिसको मैं महसूस करता हूँ। जैसे कि दीवार पर टँगी घड़ी कई दिनों से बन्द पड़ी थी। नन्दिनी ने याद दिलाया, ''सर, हम सभी समय के रथ को दौड़ते हुए देखना चाहते हैं। वो तभी होता है जब हम घड़ियों की बैट्री बदलते रहें।''

यह नन्दिनी थी। जिसे मैं कभी जीवन लय से जुड़ने के प्रवचन दिया करता

था। वही, नन्दिनी, आज मुझे बन्द घड़ी के बारे में बता रही थी। किसी फिलॉसफ़र जैसे लहजे में।

अब कुर्सियों पर ग़र्द नहीं होती। मेज़ हमेशा साफ। अखबार मैग्ज़ीन करीने से रखे हुए। सिंक साफ और क्रॉकरी चमचमाती हुई।

मैं जब दफ़्तर चला जाता हूँ, वो शायद यही काम करती रहती है। बाक़ी दिन क्या करती है, मुझे पता नहीं।

अब उसमें उत्साह पैदा होने लगा है। वो अब भी कम बोलती है। लेकिन जब बोलती है तो पहले जैसा ग़ुस्सा नहीं होता। वो सहज होकर बात करती है। लेकिन फ़्लैट में पूरा दिन गुज़ारना...उसके लिए बोझिल होता होगा। लेकिन वो शिकायत नहीं करती। मुस्कराकर टाल जाती है।

ऐसा लगता है यह फ़्लैट, महज फ़्लैट नहीं, रेलगाड़ी का डिब्बा है। इस डिब्बे में हम दोनों बैठे हैं और सफ़र कर रहे हैं। मैं और नन्दिनी। पिछले पैंतालीस दिनों से। यात्रा। अभूतपूर्व यात्रा। न रुकनेवाली यात्रा। कूपे के अन्दर दो यात्री। मैं और नन्दिनी। एक-दूसरे को महसूस करते हुए। एक दूसरे के होने का ख़ैरमक़दम करते हुए।

यात्रा में हम सब हैं। दरख़्त का टूटा पत्ता भी यात्रा में होता है यूँ तो। मन की भी एक यात्रा होती है। नन्दिनी के मन का पता नहीं। लेकिन मेरे मन की यात्रा, नन्दिनी के मन तक। जैसे नन्दिनी का मन आख़िरी स्टेशन हो, और मुझे वहीं उतरना हो।

क्या यह चकित करनेवाली बात नहीं कि जो लड़की यहाँ महज़ तीन दिन के लिए आई थी, उसे यहाँ रहते हुए पैंतालीस दिन हो चुके हैं।

चकित करनेवाली बात यह भी है कि वो अब भी खिड़की के पास खड़ी हो जाती है। देर तक खड़ी रहती है। जैसे अपने हिस्से के आसमान को ढूँढ़ रही हो या फिर खिड़की में बैठी धूप से गुफ़्तगू कर रही हो। कई बार लगता है नन्दिनी भी एक खिड़की है। खिड़की के पास दूसरी खिड़की। जैसे दो खिड़कियाँ, एक दूसरे का हालचाल पूछ रही हों।

एक दिन उसने कहा था कि खिड़की से वो सड़क पर चलते लोगों को देखती है। रेहड़ीवाले, रिक्शावाले, आर.टी.वी. बच्चे बूढ़े सब चलते हुए। कहीं जाते हुए। कितनी अच्छी लगती है गतिशील दुनिया। खिड़की से वो इस गतिशील दुनिया को देखती है।

वो चुप हो गयी थी। जैसे कहना चाहती हो कि वो भी गतिशील रहना चाहती है।

तीन दिन पहले दीवाली थी।

कुछ दिन पहले पटाखों की आवाज़ें दख़ल पैदा करती थीं। मुझे पटाखे बिलकुल पसन्द नहीं। नन्दिनी तो पटाखों की आवाज़ से अब भी डर जाती थी।

दीवाली का त्यौहार था। बाज़ार सज गये थे और ख़रीदार ख़रीदारी के लिए निकल पड़े थे। लोगों ने रात को दीये जलाने थे और बाज़ार, दिन के वक़्त जश्न मना रहा था। मैंने नंदिनी से बाज़ार घूमने के लिए कहा तो उसने मनाकर दिया। मैं बाज़ार से मिठाई का डिब्बा और मोमबत्तियों का पैकेट ले आया था। मिट्टी के दस दीये भी कपास, चन्दन, केसर की पाँच कलियाँ...। दो फुलझड़ियाँ, बस।

नन्दिनी और मैंने मिलकर मोमबत्तियों को बाल्कनी में जलाया। नन्दिनी ने एक थाली में सात दीये जलाकर फ़र्श पर रखे।

बाहर पटाखों का शोर था। हम दोनों चुप थे। जो-जो हमारे मन में आता हम करते जाते। एक करता तो दूसरा समझ जाता। शब्द सबसे कम थे। ख़ामोशी सबसे ज़्यादा। यह भी एक पूजा थी।

त्यौहार एक शोर था।

त्यौहार एक ख़ामोशी थी। ख़ामोशी में संगीत था, जिसे हम सुन सकते थे।

पटाखों का शोर और कान के पर्दे तक को असरज़दा करती आवाज़ें।

यह खुशी की अभिव्यक्ति थी।

नहीं, यह खुशी की अभिव्यक्ति नहीं थी। यह प्रदर्शन था। अपनी अमीरी का प्रदर्शन।

मैंने महसूस किया नन्दिनी पटाखों की तेज़ आवाज़ से डर जाती थी। बेशक, दीवाली की उमंग और त्यौहार मनाने की भावना उसमें भी थी।

उसने ही कहा था, ''सर, पूजा करते हैं।''

''मुझे नहीं आती पूजा।'' मैंने झेंपते हुए जवाब दिया।

''सर, अगर हम हाथ जोड़कर बैठ जाएँ, वो भी तो पूजा होगी।'' नन्दिनी ने बड़ी सरल दलील दी।

उसने एक कटोरी में दूध, तुलसी के पत्ते, केसर डालकर रख लिया है। थाली में हल्दी, चन्दन, चावल के कुछ दाने रख लिए हैं। दीवार के साथ गणेश जी की और लक्ष्मी जी की तस्वीरें टिका दी हैं। हल्दी, चन्दन का लेप तैयार करके उसने बड़ी संजीदगी से मुझे देखते हुए, मेरे माथे पर टीका लगाया है। फिर मैंने उसके माथे पर टीका लगाया है। मैं जब उसके माथे पर टीका लगा रहा था तो उसने अपनी आँखें मूँद ली थीं।

हम दोनों ने एक दूसरे को देखा है। हम दोनों थोड़ा-सा मुस्कराए हैं।

यह पूजा है। कहीं न कहीं इस पूजा में प्रेम भी शामिल है। जब हमने एक दूसरे के माथे पर तिलक लगाया था—वो क्या था? क्या वो प्रेम नहीं था। प्रेम या

उसका भाव या विभाव! उसने अपनी आँखें मूँद ली थीं। जैसे वो स्वयं एक प्रेमगीत हो।

ऐसा मैं समझ रहा था। वो क्या समझ रही थी, मुझे पता नहीं। हो सकता है वो भी इस पूजा को प्रेम ही समझ रही हो।

बेहद संजीदा लग रही है वो।

''सर, दीवाली की रात मेरी माँ पूजा करते हुए एक कथा सुनाती थी।''

''नन्दिनी, आपको याद हो तो वो कथा सनाओ।'' मैंने शालीनता से कहा है।

—एक समय की बात है एक राजा था। वो बहुत क्रूर था। उजाले से वो घृणा करता था। दीवाली की रात उसने अपने देश में घोषणा कराई कि कोई भी घर में उजाला नहीं करेगा।...दीया नहीं जलाएगा।

—पूरे देश में दीवाली की रात अँधेरा था। लक्ष्मी रात भर भटकती रही। उसे एक झोंपड़ी में दीया जलता नज़र आया। उसने कहा दरवाज़ा खोलो। मैं लक्ष्मी हूँ। झोंपड़ी में रहनेवाली बुढ़िया डर गयी। उसे लगा राजा के सिपाही आ गये हैं। बुढ़िया ने दरवाज़ा नहीं खोला।

लक्ष्मी बार-बार दर खटकाती रही। अन्त में बुढ़िया ने दर खोला। देखा। सामने देवी लक्ष्मी खड़ी थी।

कथा समाप्त करके नन्दिनी ने हाथ जोड़कर मन ही मन प्रार्थना की। फिर चरणामृत दिया। फिर मैंने उसे चरणामृत दिया।

हम दोनों मुस्कराए। हमने एक दूसरे को हैप्पी दीवाली कहा।

क्या यह हैरान होनेवाली बात नहीं कि नन्दिनी चार बार इंटरव्यू दे चुकी है। चारों बार इंटरव्यू से बाहर! कभी चौथे राउंड में तो कभी पाँचवें। और कोई होता तो टूट जाता। वह नन्दिनी है—टूटी-बिखरी हुई नन्दिनी, चारों बार बाहर। मैं हर बार उसे रिसेप्शन में मिलता। वो हर बार दूर से सर हिलाती हुई। थोड़ा-सा मुस्कराती हुई।

नन्दिनी शायद जीतने के लिए नहीं पराजित होने के लिए लड़ती है। और मेरा ख़याल है, इसी में उसकी सफलता छुपी है।

क्या यह कम महत्त्वपूर्ण है कि उसने अगले इंटरव्यू की तैयारी शुरू कर दी है। उसने एक दिन बड़े आत्मविश्वास भरे लहजे में कहा, ''सर, कहीं पढ़ा था—विनर्ज़ नैवर क्विट। एंड क्विटर्ज़ नेवर विन।''

मैं नन्दिनी को हैरान नज़रों से देखता रहा। यह फ़िकरा बोलनेवाली नन्दिनी, ग़ैरमामूली नन्दिनी लग रही थी मुझे। एक नयी और आत्मविश्वास से लबरेज़ नन्दिनी।

मुझे उस पर अभिमान हो रहा था कि उसने ख़ुद को मलबे का ढेर नहीं होने दिया था। जिस दिन मैं उसे यहाँ लाया था तब वो कितनी शिकस्ता हाल थी।

वो अम्बाला छावनी से आई है। उसने अम्बाला छावनी के बारे में बड़े दिलकश अन्दाज़ में बताया था, "सर, एक टांगरी नदी है। वैसे सूखी रहती है। बरसातों में ख़तरनाक हो जाती है। सर, एक सड़क है। केपिटल सिनेमा से निकलती हुई महेश नगर और फिर और आगे। सर, किसी ज़माने में केपिटल सिनेमा का रुतबा था। अब वो बात नहीं रही। शहनशाहों के क़िलों की उम्र ढल जाती है। केपिटल सिनेमा की क्या बात! सर, अम्बाला छावनी की कॉलोनियाँ 'बाज़ार' के नाम से जानी जाती है—रेजिमेंट बाज़ार, तोपख़ाना बाज़ार, और लालकुर्ती। सर, आसमान में सारा दिन लड़ाकू जहाज़ शोर मचाते रहते हैं और सड़कों पर शक्तिमान। सर, अम्बाला छावनी में दो सड़कें बहुत प्रसिद्ध हैं—मॉल रोड और स्टाफ़ रोड।'

मैं तो अवाक-सा देखता रहा नन्दिनी को। अम्बाला छावनी पर संक्षिप्त-सा तबसरा और इतने शानदार लफ़्जों में।

कुछ देर बाद उसने गहरी साँस ली, कहा, "सर, आप मानें या न मानें, एक अदद छावनी हर स्त्री के अन्दर होती है।"

उसकी बात सुनकर मैं कुछ भी न कह सका। उसने सादा लफ़्ज़ों में कितनी बड़ी बात कह दी थी।

एक शाम हम एम-टू के तक घूमने चले गये। कार पार्क की। हम घूमते रहे। कॉफी ली। मार्केट के बाहर लाल पत्थर की सीढ़ियों पर बैठ गये। कॉफी के दो-तीन घूँट भरे थे कि कुछ बाइक सवार लड़के हमारे-आसपास, झुंड की शक्ल में खड़े होते गये। फब्तियाँ, सीटियाँ, गालियाँ! शोर। हंगामा।

नन्दिनी सहम गयी। कॉफी का कप उसके हाथ से गिर पड़ा। वो उठते-उठते डगमगा गयी। मैंने पकड़ लिया।

उसने घबराकर कहा, "सर, चलो यहाँ से।"

उसने मेरा हाथ बड़ी मजबूती से पकड़ रखा था। नन्दिनी को मैंने कार में बिठाया। घर ले आया। कॉफी बनाई। कॉफी का कप नन्दिनी के सामने रखते हुए मैंने कहा, "कॉफी पियो नन्दिनी एंड ट्राई टू फॉरगेट...।"

उसने कॉफी का कप उठाया। उसकी आँखें नम थीं। वो मुझे देखते हुए बोली, "सर, ऋणी होना बहुत बुरा होता है।"

वो चुप हो गयी। मैं उसकी बात को समझ नहीं पाया था।

"सर, कुछ लोग कभी ऋणमुक्त नहीं हो पाते। सारी उम्र कर्ज़दार बने रहते हैं—जैसे कि मैं।"

"ऋण की बात।... ऐसा सोचना भी मत।"

"आप शायद ठीक कहते हैं। ऋण का न सोचूँ। आपका बड़प्पन है। लेकिन यह बात मन को कैसे समझाऊँ।"

वो उठकर अपने कमरे में चली गयी।

मुझे एक विचार याद आ रहा है—स्वयं को बदलना संसार के बदलने की शुरुआत होती है।

नन्दिनी ने ख़ुद को बदला है। वो अपने भीतर की स्त्री से मुठभेड़ करती रही है। लड़ाई के निशान मैंने उसके चेहरे पर देखे थे।

एक वो समय था जब वो अँधेरे में थी। उसके बाहर अँधेरा था और उसके अन्दर भी अँधेरा।

मैंने उसे कहा था—नन्दिनी, अन्धकार एक अनुपस्थिति है—प्रकाश की अनुपस्थिति!

वो मुझे व्याकुल दृष्टि से देखती रही थी। मेरी बात सुनती रही थी वो। अर्थ समझने की ताब उसमें नहीं थी।

लेकिन अब वो एक समझदार लड़की की तरह मेरे सामने है। वो कहीं नहीं गयी। उसने यात्रा की ज़रूर। लेकिन अपने भीतर जाने की यात्रा।

"पाँव शायद इसलिये भी होते हैं कि वो यात्राओं की व्याख्या कर सकें।" मैंने नन्दिनी से कहा था।

"और पैरों की थकान?" उसने पूछा था।

"सफ़र की अभिव्यक्ति!"

"और ग़र्द...रास्तों की ग़र्द?" नन्दिनी ने अजीब-सा सवाल किया।

"काफ़िले जो कहानियाँ छोड़ जाते हैं। वो ग़र्द के लिबास में उड़ती रहती हैं।" मैंने जवाब दिया।

ये सब पहले की बातें हैं जब हम दोनों इस तरह की बातों में उलझ जाते थे।

लेकिन आज नन्दिनी खुश है। खुश नहीं, बहुत खुश है। इतना ज़्यादा खुश होते मैंने उसे पहली बार देखा है। उसकी आँखों में अजीब तरह की चमक और चेहरे पर जैसे सुबह की धूप रक्स कर रही हो। भरपूर आत्मविश्वास से वो जगमगा रही है।

उसने बढ़कर हाथ मिलाया है। पहली बार। पहले मैं हाथ मिलाने के लिए अपना हाथ बढ़ाता तो वो मेरा हाथ झटक देती या फिर अनमने भाव से हाथ मिलाती।

लेकिन आज उसने बड़े तपाक के साथ हाथ मिलाते हुए कहा था, "सर, मेरा सिलेक्शन हो गया है। सर, मुझे जॉब मिल गयी है।"

"मुझे मालूम था।" मैंने उसी उत्साह के साथ कहा था। हमारे हाथ एक-दूसरे के हाथ में थे।

हम आफ़िस के रिसेप्शन के पास खड़े थे।

"मालूम था?" वो हैरान थी।

"हाँ...अफकोर्स।"

"सर, कैसे मालूम था?" वो चकित होकर पूछ रही थी। उसे अपना हाथ अलग करने की जल्दी नहीं थी।

"लोग असफलताओं की सीढ़ियों से फिसल पड़ते हैं। नन्दिनी, तुमने उन सीढ़ियों में अपनी सफलता को तलाश कर लिया।"

"सर, आपकी वजह से हुआ है।" वो थोड़ा-सा हँसी है। उसके ख़ूबसूरत, चमकते दाँत दिखाई दिए हैं।

वो पुलकित है।

"इंटरव्यू में और रिटन टेस्ट में तुम अकेली थी मैं साथ नहीं था।" मैंने कहा।

वो मुझे देखती जा रही थी।

"लेकिन तुम्हारे साथ एक और भी था।"

"वो कौन सर?" उसने घबराकर पूछा।

"तुम्हारी इच्छा शक्ति।" मैंने कहा।

वो खिलखिलाकर हँसी।

"एक और बात हम भूल रहे हैं नन्दिनी!" मैंने कहा।

"कौन-सी बात सर?"

"आज बुधवार है।"

"तो?"

"फ्राइडे को तुमने कनवर्जेंस ज्वाइन करनी है। फ्राइडे को तुम्हारा बर्थ डे भी है।"...मैंने तुम्हारे सर्टीफ़िकेट से डेट ऑफ़ बर्थ देख ली थी। कनवर्जेंस कम्पनी ने भी यही सोचा होगा कि नन्दिनी मैडम का बर्थ डे, अपायंटमेंट लैटर देकर मनाया जाए।"

नन्दिनी खिलखिलाकर हँसी। भव्य हँसी। उसकी हँसी में मेरी हँसी भी शामिल थी।

वो खुश थी। मैं भी खुश था।

मैं नन्दिनी के अपायंटमेंट लैटर को देख रहा था। पचीस हज़ार सेलरी। प्लस पिकअप। प्लस इंसेंटिव!

उसने एक बार लैटर मुझसे लिया। एक बार फिर पढ़ा। इस लैटर को वो पहले सात या आठ बार पढ़ चुकी थी। यह लैटर कहाँ था? उम्मीदों की कहकशां

थी—जिसके सितारे वो चुन रही थी।

उसने लैटर मुझे देते हुए कहा कि इसे मैं रख लूँ। यह लैटर था या उसकी जमा-पूँजी! खो जाने का डर था। मैं हिफ़ाजत से रख सकता था। लैटर रखने की बात करके, वो एक तरह से मुझे सम्मानित कर रही थी।

सवा दो महीने। हाँ शायद इतने। शायद कुछ कम। या शायद कुछ ज़्यादा। इन सवा दो या ढ़ाई महीनों में नन्दिनी की दुनिया बदल गयी है। दुनिया किसी और ने नहीं, ख़ुद उसने बदली है। यह एक अकेली स्त्री का संघर्ष था। वो अपनी सेनापति आप थी। उसने यह लड़ाई सैनिकों के सहारे नहीं, अपनी प्रबल भावनाओं और आकांक्षाओं के सहारे लड़ी है। वो जो मेरे सामने मुस्कराती हुई-सी स्त्री खड़ी है—वो अपनी अवसाद की मारी दुनिया को हराकर आई है। जीत का जश्न उसके चेहरे पर नुमाया होता है।

यह दुनिया, मामूली दुनिया नहीं। यह दुनिया, सपने देखती, सपनों को बुनती, सपने के जहाज़ों को आँखों में उतारती, एक लड़की की दुनिया है। इस दुनिया में उसकी छोटी-सी पृथ्वी और मुट्ठीभर आसमान है। और जगमगाता सूरज है। चाँद तारों की नश्स्तिें हैं।

जब हम घर से चले थे तो वो विचलित-सी थी। वो डरी हुई भी थी। जैसे कोई बच्चा इम्तेहान से पहले डरा हुआ होता है। कार में मेरे साथवाली सीट पर बैठने के बाद उसने कहा था, ''सर, आज आप मेरे लिए पाँचवीं छुट्टी बरबाद कर रहे हैं।''

''माई प्लैज़र।'' मैंने हँसते हुए कहा।

''प्लैज़र?''

''प्लैज़र नन्दिनी। हिन्दी में कहूँ तो सुख! हम पाँचवीं बार आ रहे हैं। कितना साहस है तुममें कि चार बार नहीं तो न सही। पाँचवीं बार फिर निकल पड़ी हो इंटरव्यू देने।''

''सर, ये साहस भी आपका दिया हुआ है।'' नन्दिनी ने बड़े लगाव भरे शब्दों में ये बात कही।

''साहस तो तुम्हारे अन्दर था। मैं तो बस तुम्हें चाय पिलाता रहा।'' इस बात पर हम दोनों ख़ूब सारा हँसे।

नन्दिनी अब भी हँस रही है। बात-बात पर वो मुस्कराती है। बहुत भली लगती है।

नन्दिनी प्रसन्न है। उसकी प्रसन्नता मेरा सुख है। मन करता है उसे देखता रहूँ। निरन्तर। एकटक। देखता रहूँ और उसके अकथ्य को महसूस करता रहूँ।

इंटरव्यू के बाद वो रिलैक्स मूड में है और मैं भी। हम डीटी मॉल के पास

रुके हैं। कार पार्क करने के बाद अभी हम मॉल के बाहर खड़े हैं। वो सामने के दृश्य देख रही है। पिलर के ऊपर से गुज़रती हुई मैट्रो। मॉल के बाहर दीवार पर बड़ा-सा स्क्रीन। विज्ञापन। संगीत। उत्तेजक डांस। थ्रिल। रोमांस।

नन्दिनी ने टूटे हुए घड़े की ठीकरी को देखा है। मैं हैरान हूँ वो क्यों देख रही है इसे। कहीं टूटे हुए घड़े की ठीकरी से अपनी तुलना तो नहीं कर रही।

वो ठीकरी के पास जाकर रुक गयी है। मैं हैरान होकर उसे देख रहा हूँ। उसने ठीकरी पर अपने पाँव की ऐड़ी को जमाया है। दोनों बाँहें फैलाकर वो घूमती चली गयी है। मैं भौंचक देख रहा हूँ उसे। वो खिलखिलाती हुई, ठीकरी पर पाँव की ऐड़ी रखकर, दसों-दिशाओं में अपनी बाँहें फैलाकर घूम रही है। इस वक़्त या पृथ्वी घूम रही है या वो। मैं नहीं जानता इस वक़्त, संसार में सबसे ज़्यादा प्रसन्न कौन होगा, शायद नन्दिनी हो। हैरान मैं हूँ। हैरान पृथ्वी होगी और दसों दिशाएँ भी। हैरान शायद ठीकरी भी हो कि वो एक युवा लड़की को इतना खुश देख रही है।

एक ठीकरी पर घूमती हुई नन्दिनी—अपनी उद्दाम इच्छाओं, आकांक्षाओं, उत्साह और वलवलों से भरपूर, बहुत ख़ूबसूरत लग रही है। मेरा मन करता है ठीकरी पर घूमती उस सुन्दर-सी युवती को बाँहों में भर लूँ। और पास में पड़ी दूसरी ठीकरी पर, पाँव की ऐड़ी जमाऊँ और उसके साथ घूमता चला जाऊँ। दसों-दिशाओं को वो अपनी बाँहों में समेट ले। और मैं नन्दिनी को।

वो बेहद पुलकित है। अपने इस खेल में। वो पुलकित है आवेग से भरी उस नदी से, जो उसके अन्दर उतर आई है—अपार जलराशि के साथ। सीपियाँ, शंख, लहरों के साथ। रवानी के साथ।

उसने खिलखिलाते हुए पूछा है, "सर, कभी आपने 'स्टापू-स्टापू' खेला है?" अजीब-सा, बच्चों के उत्साह जैसा। सवाल में जिज्ञासा है। सवाल में स्मृति है। सवाल में वो ख़ुद है। उसके सामने मैं हूँ जो उसके सवाल पर मुग्ध है।

"सर, जब मैं छोटी थी तो ख़ूब खेलती थी स्टापू!" फिर उसने अपनी भरपूर चेतना के साथ कहा है, "सर, मन करता है, चाँद को किसी दिन आसमान से उतारूँ। उसे स्टापू बना दूँ।"

"तो तुम्हें चाँद चाहिए?" मैंने हँसते हुए कहा है।

"नहीं सर, मुझे चाँद नहीं चाहिए। चाँद जहाँ है, वहाँ अच्छा लगता है।"...मुझे कुछ और चाहिए।" उसने एकदम संजीदा होकर कहा है।

"कुछ और...बताओ नन्दिनी, क्या चाहिए तुम्हें?" मैं तह तक जाना चाहता हूँ।

लेकिन उसका अपना तलघर है, जहाँ वो अपने सिवा किसी को दाख़िल

नहीं होने देती।

"फिर कभी बताऊँगी।" उसने बात ख़त्म कर दी है।

"मैंने उसे याद दिलाया है, नन्दिनी शुक्रवार को तुम्हारा जन्मदिन है।"

"मैं जन्मदिन नहीं मनाया करती सर।"

"इस बार मनाएँगे। मैं ऑफ़िस से जल्दी आ जाऊँगा।"

"कोई और भी होगा सर?"

"नन्दिनी होगी।" मेरे कहने पर वो खिलखिलाकर हँस पड़ी है।

आज से नन्दिनी अपना नया जीवन शुरू करेगी। बेशक। लेकिन नन्दिनी के लिए तो हर सुबह, ज़िन्दगी की नयी शुरुआत की तरह थी। हर रोज़ वो अपना सूरज ख़ुद पैदा करती थी। अपने भीतर के अँधेरों को रुख़सत करती चली गयी वो। हर रोज़ मैंने उसे नये रूप में देखा। बुझी हुई आँखों में नूर और चेहरे पर ज़िन्दगी का तिलिस्म! बिखरी हुई ज़िन्दगी को जोड़कर जीनेवालों के चेहरे पर अजीब-सा सम्मोहन पैदा होने लगता है। वही सम्मोहन नन्दिनी के चेहरे पर। जब वो चुप होती तब भी। जब वो बोलती तब भी। जब वो मुस्कराती तो लगता वो एक क़िस्सागो है—जिसके क़िस्सों में अकथ की कथाएँ हैं।

आज नन्दिनी ने कनवर्जेंस ज्वाइन करना है। ख़ुशआमदीद। नयी ज़िन्दगी का ख़ैरमक़दम! नन्दिनी इस नौकरी को हासिल करके कितने उत्साह में थी। खुशियों का जलसा उसके दिल में था और आँखों में चमक। वो एक ऐसी नग़मासरा लग रही थी जिसके पास ज़िन्दगी के सैकड़ों नग़में हों और वो उन्हें मन ही मन गुनगुना रही हो।

आज नन्दिनी ने कनवर्जेंस ज्वाइन करना है। आज नन्दिनी का जन्मदिन भी है। दिन की मेज़ पर खुशियों के दो गुलदस्ते!

शाम को कैब आएगी। कनवर्जेंस के लिए। मैं बाहर सड़क तक जाऊँगा। वो कैब में बैठेगी। हाथ हिलाएगी। हम दोनों मुस्कराएँगे। कैब स्टार्ट होकर चल पड़ेगी। कैब की आवाज़ रह जाएगी। और मैं उस आवाज़ में भी जीवन की लय तलाश करूँगा। इसी जीवन लय की तलाश में नन्दिनी भी रवाना हुई होगी—एक नौकरीपेशा युवती के रूप में।

बर्थ डे! नन्दिनी का बर्थ डे है आज! हम दोनों मिलकर बहुत सादगी से मनाएँगे नन्दिनी का बर्थ डे!

मैंने बहुत सारी बातें सोच रखी हैं। आफ़िस में जाकर हॉफ़ डे लीव लूँगा। आधा दिन दफ़्तर में बैठना भी मेरे लिये मुश्किल होगा। मैं बहुत व्यग्र हो रहा हूँ

अभी से। अभी से मैं इतनी सारी बातें सोच रहा हूँ कि मुझे क्या-क्या करना है। वैंगर्ज़ से केक पेस्ट्री पैक कराऊँगा। दो-तीन ड्रैस लूँगा कनिष्क से और पीताम्बरी से। एक शानदार कार्ड खरीदूँगा। कार्ड पर क्या लिखूँगा समझ में नहीं आ रहा। प्रेम जैसा शब्द कहने के लिए मैंने हज़ारों बार सोचा है—पर मुझे कभी समझ में नहीं आया कि मैं कैसे कहूँ? कार्ड पर अगर एक शब्द 'प्रेम' लिखूँ तो? लेकिन प्रेम जैसे भावनात्मक शब्द को इतने सपाट तरीके से लिखना, क्या अच्छा लगेगा? नहीं न! मैं लिखूँगा—तुम मेरी अभिव्यक्ति हो। नहीं, ये वाक्य कोई कवि लिख रहा हो जैसे। मैं ठहरा आई टी प्रोफेशनल! कई बार शानदार वाक्य होते हुए भी बड़े बनावटी से लगने लगते हैं। मैं लिखूँगा—जो अव्यक्त है। हाँ, यह ठीक रहेगा। वो पूछेगी क्या अव्यक्त है? तो? तो मैं एक पल के लिए चुप रहूँगा। फिर कहूँगा—'नन्दिनी मेरा अव्यक्त है।' यह तो मैं सोच रहा हूँ। वो क्या सोचे, मुझे पता नहीं। क्या पता अव्यक्त इतना ठोस हो जाए कि व्यक्त न हो सके।

ये भी हो सकता है कि मैं शाम के वक़्त फूलों का गुलदस्ता उसे भेंट करूँ, उसके पास जाकर। कहूँ—'नन्दिनी के लिए, जो ख़ुद रजनीगन्धा की ख़ुशबू जैसी है।' वो मेरी बात सुनकर मुस्कराए। मेरे करीब आकर, मेरी कमीज़ के बटन पर उँगली रखते हुए, आँखें मूँदकर खड़ी रहे दो पल! प्रार्थना करती हुई-सी। मैं पूछूँ—नन्दिनी, इस प्रार्थना में क्या था? वो चुपचाप मुझे देखती रहे, मेरे बहुत पास। और मैं उसके माथे को चूम लूँ। और आलिंगन में ले लूँ उसे।

उसके लिए एक मोबाइल भी लेना है—सैमसंग या रेड मी। अभी मैं तय नहीं कर पाया। मोबाइल जब उसे प्रेज़ेन्ट करूँगा तो वो ज़रूर चौंक जाएगी।

मैं जब जब मोबाइल पर बातचीत करता था, वो मुझे कई बार देख लेती थी। नहीं, मेरी बातें सुनने के लिए नहीं। मेरी बातों में उसे ज़्यादा दिलचस्पी नहीं थी। वो शायद मेरे मोबाइल को देखती थी। उसके पास मोबाइल नहीं था। न होने का अभाव और दुख उसकी आँखों में झलकता था। उस मनहूस रात को उसका पर्स भी गिर गया था और मोबाइल भी। हो सकता है मोबाइल दरिन्दे उठाकर चले गये हों।

मैं जानता था उसे मोबाइल लाकर दूँगा तो वो बिलकुल भी नहीं लेगी। लेकिन बर्थडे प्रेज़ेन्ट को वो मना नहीं कर सकेगी। इसलिये आज एक शानदार मोबाइल भी मुझे परचेज़ करना है।

हैपी बर्थ डे कहते हुए मैं उसे पेस्ट्री खिलाऊँगा। वो जहाँ से खाएगी, वहाँ से मैं भी एक बाइट लूँगा। वो मुस्कराए, शायद। क्या पता? क्या पता हैरान-सी मुझे देखती रहे—क्या पता?

सचमुच, मैं उससे प्रेम करने लगा हूँ। क्या उसने कभी महसूस किया होगा, मेरे अकथ को? मैंने लाख कोशिशें कीं। लेकिन कभी कह नहीं पाया। हैरानी की

बात है न। ऑफ़िस में, जब-जब मीटिंग होती है। मैं नॉन स्टॉप बोलता चला जाता हूँ। मेरे क्लीग मेरी स्पीकिंग पावर के आगे नतमस्तक रहते हैं। वो सब ठीक है। लेकिन न जाने क्यों नन्दिनी के आगे मैं एक शब्द प्रेम नहीं बोल पाया कभी।

सुबह उठकर मैंने ग्रीट किया है। जन्मदिन की बधाई दी है। वो मुस्कराई है, पूछा है उसने, "सिर्फ़ जन्मदिन की बधाई, कुछ और नहीं कहोगे, सर?"

मैं अवाक-सा खड़ा रहा। इस वक़्त मैं कह सकता था मन की बात। लेकिन दिल धड़कने लगा। शब्द कहीं रवाना हो गये। न मुझे बातें याद रहीं न कोई डायलॉग। न भावना न भावना का भावार्थ! हम दोनों चाय पीते रहे। मुस्कराते रहे। मैंने इतना कहा कि मैं दफ़्तर से जल्दी आ जाऊँगा। "बर्थ डे है न!" मैं हँसा था।

हर शख़्स की ज़िन्दगी में हर दिन महत्त्वपूर्ण होता है यूँ तो। लेकिन नन्दिनी के लिए आज का दिन विशेष है और विशिष्ट! यानी मख़्सूस! आज रात को नन्दिनी कैब में बैठकर कन्वर्जेंस के लिए रवाना होगी। और आज नन्दिनी का जन्मदिन है। नन्दिनी अपने जन्मदिन के प्रति जितनी बेरुखी दिखा रही है, उतना ज़्यादा मैं जश्न मनाने के मूड में हूँ। सच तो ये है कि नन्दिनी किसी तसव्वुर की तरह मेरे दिल पर छा गयी है।

मैं सी.पी. यानी कनॉट प्लेस से वापिस आ रहा हूँ। कई सारे पैकेट हैं मेरे दोनों हाथों में। और दिल में नन्दिनी है। आज मैंने सोच लिया है कि मैं नन्दिनी से कह ही दूँगा अपनी भावनाएँ।

कार से उतरकर सामान हाथों में भरकर, लिफ़्ट तक पहुँचना मुझे रोमांचित कर रहा है। इस छोटी-सी यात्रा में एक जगह मैं गिरते-गिरते बचा। पाँव किसी शय से अटक गया था। मैं तो नहीं गिरा। एक दो पैकेट गिर पड़े। मैंने उठाया। उन्हें चूमा। चल पड़ा।

मैंने अपने आपसे सवाल भी किया—इतना बेताव क्यों हो रहा हूँ मैं? कौन है वो जिसका जन्मदिन मनाने जा रहा हूँ मैं? इस सवाल का जवाब मैं किसी को भी नहीं बताना चाहता—शायद अपने आपको भी।

घर में पहुँचकर मैं जश्न मनानेवाला माहौल पैदा करूँगा। कैरीवैली का सैक्सोफ़ोन, सीडी से गूँजती महीन-सी आवाज़।

फिर नन्दिनी से कहूँगा कि वो अपनी कोई अच्छी-सी ड्रेस पहनकर आए। मैं जानता हूँ वो साड़ी पहनकर आएगी। वही साड़ी जो उसने एक दिन पहले भी पहनी थी और कितनी भव्य लग रही थी वो। जीवन राग पैदा करती हुई नन्दिनी।

इस फ़्लैट को घर का रूप देती हुई नन्दिनी। इस घर की अनिवार्य उपस्थिति—

नन्दिनी!

मैं नन्दिनी के दोनों हाथ पकड़कर कहूँगा—चलो, नन्दिनी थोड़ा-सा डांस करते हैं। मैं जानता हूँ वो मेरी बात नहीं मानेगी, फिर भी। शायद वो दो चार क़दम साथ-साथ चल पड़े।

पहले अक्सर मैं बेल बजाता हूँ। फिर ज़रा-सा नॉक करता हूँ। थोड़ी देर में दरवाज़ा खुलता है। नन्दिनी सामने खड़ी होती है—मुस्कराती हुई।

आज मैं उसे चकित करना चाहता हूँ। आज मैंने बेल नहीं बजाई। सामान को दरवाज़े के पास रखकर मैंने जेब से चाबी निकाली है। दरवाज़ा खोलकर मैंने पैकेट उठाए हैं। मैं ड्राइंगरूम में चला आया हूँ। मेज़ पर सारे पैकेट रखकर मैं पलभर के लिए सुस्ताया हूँ। बुके को मैंने अपने हाथ में लेकर हल्की-सी आवाज़ दी है, ''नन्दिनी!''

मैं मन ही मन मुस्करा रहा हूँ। शायद वो जान-बूझकर छुप गयी है। छुपम छुपाई का खेल मुझे अच्छा लग रहा है। मैंने फिर आवाज़ दी है—नन्दिनी!

मैंने कई सारी आवाज़ें दी हैं। कुछ हल्की। कुछ ऊँची। सारी आवाज़ें ख़ाली हाथ लौट आई हैं।

मैंने बुके मेज़ पर रख दिया है। मेरे आसपास संशय, चहलक़दमी करने लगा है। नन्दिनी कहाँ होगी?...कहाँ चली गयी है नन्दिनी!''

अब मैंने अपनी आवाज़ों पर भरोसा छोड़ दिया है। ख़ुद ढूँढ़ने निकल पड़ा हूँ नन्दिनी को। कमरों में...किचन में...बॉथरूम...बाल्कनी...यहाँ तक कि स्टोर में भी मैं झाँक आया हूँ। नन्दिनी कहीं नहीं मिली।

नहीं, इतनी जल्दी ऑफ़िस नहीं जा सकती वो। पिकअप वैन तो दस बजे आनी थी।... शायद मार्केट गयी हो। लेकिन मार्केट जाने के लिए उसके पास पूरा दिन था। मार्केट गयी होती तो अब तक लौट आती।

फिर कहाँ गयी होगी नन्दिनी?

मैं बार-बार कमरों में झाँकता हूँ। थका-हारा, व्याकुल-सा मैं। उसे ढूँढ़ रहा हूँ। उसे आवाज़ें लगा रहा हूँ।

मैं अपने फ़्लैट में इतना तो नहीं चला कि मुझे थकान महसूस होने लगे। लेकिन मैं थक गया हूँ। मुझे तलाश ने नहीं थकाया। मुझे भटकाव ने थका दिया है। या..शायद दोनों ने मिलकर मुझे थका दिया है।

वो चली गयी है शायद! मुझे खटका-सा लगा है। वो चली गयी है शायद... घर छोड़कर।

वो कहीं नहीं है। मुझे अब महसूस हो रहा है उसका होना कितना ज़्यादा होना था...होने से ज़्यादा होना! उसका होना उसकी आहटों में था। उसका होना

उसकी चुप में था। उसका होना उसकी देहगन्ध में था। उसका होना उसके सवालों में था। उसका होना, उसके अपने एकान्त में था, जहाँ वो अपने आपको छुपाकर रखती थी।

अब वही एकान्त है...लेकिन कितना दरिद्र!

हो सकता है यह मेरा वहम हो... महज़ संशय कि वो चली गयी है। वो जाना चाहती तो एक महीना पहले चली जाती। दो महीने पहले चली जाती या फिर शुरू शुरू में...तीन चार दिन बाद चली जाती।

नहीं, वो ऐसे कैसे जा सकती है? मुझे बताए बिना। इस तरह चुपचाप। एक रहस्यलोक-सा रचती हुई।

आज उसने सर्विस ज्वाइन करनी है और आज वो चली जाए। नहीं, इतनी बेवकूफ़ी वो नहीं कर सकती। कोई सुलझा हुआ इनसान, अपने भविष्य को इस तरह लहू-लुहान नहीं कर सकता।

मैं सोफे पर आकर बैठ गया हूँ। जैसे उसके आने की इन्तज़ार में हूँ। सोफे का वो कोना ख़ाली है, जहाँ नन्दिनी बैठा करती थी। किसी का चले जाना, ख़ाली स्थान को कितना ज़्यादा ख़ाली कर देता है।

लेकिन मुझे उम्मीद है, वो यहीं-कहीं होगी। अभी लौट आएगी। अभी। या कुछ देर बाद!

अचानक मुझे उसके सामान का ख़्याल आया है। उसके बेडरूम में उसका अटैचीकेस और बैग!

मैं झटपट उठा हूँ। लपककर गया हूँ कमरे की तरफ़। इस कमरे में मैं दो बार झाँक चुका हूँ। तब सामान के बारे में मैंने नहीं सोचा था। अब दरवाज़े के पास खड़ा हूँ। कमरे के भीतर देख रहा हूँ। नन्दिनी नहीं है। उसका सामान भी नहीं। न अटैची न बैग।

इसका मतलब है वो यहाँ से चली गयी है। वो चली गयी है लेकिन मेरे मन में ज़िन्दा तूफान छोड़ गयी है।

कमरे में बहुत आहिस्ता से दाख़िल हुआ हूँ। जैसे कि वो अब भी इस कमरे में हो। किसी ध्यान की मुद्रा में। या फिर...उसके चले जाने के बाद, पीछे छूट गये उसके एकान्त में कोई ज़र्ब न आ जाए।

मैं उसके बिस्तर को देख रहा हूँ। जहाँ वो कभी-कभी दीवार से पीठ टिकाकर बैठी होती थी। बिस्तर पर वो नहीं है। उन कपड़ों की तह लगी है जो मैंने उसे खरीदकर दिए थे—साड़ी, सूट, जीन्स। वो अपने पुराने समय में लौट गयी है। अपने पुराने कपड़ों के साथ!

अपने आप गहरी साँस निकली है मेरे भीतर से। एक हताशाभरी साँस।

मैं कमरे में खड़ा हूँ किसी बर्फ़ के ग्लेशियर जैसा रिसता हुआ। बहुत चुप। बहुत चुप मैं। इतना चुप कि जैसे मैं नहीं मेरा बुत्त खड़ा हो। इतना स्तब्ध कि जैसे साँस लेना भूल जाऊँगा मैं।

यह कमरा उसका था। उसका? नन्दिनी का। मैं जब इस कमरे में आता मुझे अच्छा-सा लगता। मुझे लगता, मैं एक स्त्री के संसार में चला आया हूँ। उस स्त्री का संसार इतना अकेला था, जितनी कि वो ख़ुद! एक उदास स्त्री अपनी उदासियाँ लेकर चली गयी है। लेकिन हज़ारों यादें यहीं रख गयी है।

मैं वापिस ड्रॉइंगरूम में आ गया हूँ।

मेज़ पर केक। मेज़ पर जन्मदिन की शुभकामनाओं का कार्ड। मेज़ पर फूलों का गुलदस्ता। मेज़ पर गिफ़्ट। मेज़ पर मोमबत्तियाँ, जो जलाने से पहले बुझ गयी हैं।

रखी हुई ख़ामोश चीजें शोर नहीं मचातीं। लेकिन मेरे मन में हाहाकार पैदा कर रही हैं।

फिर वही सवाल मुझे बेचैन करने लगा है—इस तरह अचानक,...इस तरह अनायास, इस तरह बिना बताए नन्दिनी क्यूँ चली गयी होगी?

नन्दिनी के आने से पहले भी मैं अकेला था। लेकिन नन्दिनी के जाने के बाद...यह अकेलापन! एक उजाड़-सा मेरे आसपास। सिर्फ़ उजाड़!

मेरी आँखें नम हैं। जी करता है ख़ूब सारा रोऊँ। मैं रो नहीं रहा। छटपटा रहा हूँ।

डाइनिंग टेबल पर नोटबुक! मैं हैरान-सा हूँ। यह नोटबुक? यह नोटबुक मेरी नहीं है। कहीं नन्दिनी तो नहीं छोड़ गयी इसे? मैंने अस्थिर और व्याकुल मन के साथ नोटबुक को उठाया है। नोटबुक के नीचे तहाकर रखा गया एक काग़ज़ है। काग़ज़ क्या है? वो ख़त है। नन्दिनी का ख़त है। मेरे दोनों हाथों में नन्दिनी का ख़त। मेरे हाथों में कम्पन-सा है। मैं नन्दिनी के ख़त को पढ़ रहा हूँ—

"सर!"

—मन करता है आपको 'सर' न कहूँ। राजन कहूँ। लिखा नहीं जा रहा। मैं आपको हमेशा सर कहती रही। लेकिन मेरा मन आपको राजन नाम से बुलाता था। मन के पास आवाज़ नहीं थी। आवाज़ होती तो आप सुन लेते कि आप सर नहीं राजन हैं।

—मैं जा रही हूँ सर! मुझे इस तरह अचानक नहीं जाना चाहिए था। लेकिन मैं जा रही हूँ। बिना बताए, चुपचाप, किसी चोर की तरह जा रही हूँ। मैं जानती हूँ

इस तरह का जाना किसी कैंची की तरह है—रिश्तों के थान को, कहीं बीच से चीरता हुआ। मैं जानती हूँ, फिर भी जा रही हूँ। अगर मैं अपने जाने की बात आपको बताती तो जा न पाती। आप मुझे जाने न देते। तब, मैं न अपना सामान बाँध पाती न अपने आपको।... सामान बाँध भी लेती शायद। लेकिन अपने आपको बाँधना न हो पाता।...सर, मैंने बहुत मुश्किल से अपने आपको बाँधा है। यहाँ से जाना मेरी मुक्ति नहीं। यह भी बन्धन है। किसी और तरह का बन्धन। एक ऐसा बन्धन जो हमेशा मेरे पीछा करता रहेगा। मैं आगे भागूँगी, आपसे बिछुड़ने का अहसास मेरे पीछे भागेगा।

—आज आप बहुत अच्छे मूड में थे सर। जन्मदिन मेरा। उत्सव आपके मन में। आपको उत्साहित देखकर मैं रोमांचित हो उठी थी। मुझे याद नहीं, मेरा कभी जन्मदिन किसी ने मनाया हो। मनाया हो शायद। लेकिन इस तरह कभी नहीं। जन्मदिन मनाने का यह सलीका...यह आदाब! जैसे आप जीवन में से राग पैदा कर रहे हों।

"सर, राग ज़रूर टूटा होगा। सुर बिखर गये होंगे। जब आपको पता चला होगा कि मैं यहाँ से चली गयी हूँ। कुछ और भी टूटा होगा आपका... मैं नहीं जानती। शायद जानती हूँ। लेकिन कह नहीं पा रही।"

"अलविदा सर!...अलविदा राजन!

इस सृष्टि के निर्माता से बड़े विनीत स्वर में प्रार्थना करती हूँ कि घोर निराशा में घिरी, मानसिक सन्ताप और शारीरिक उत्पीड़न से गुज़रती प्रत्येक स्त्री को, कोई आप जैसा राजन मिले।

"मैं अपने जीवन को हमेशा कोसती रहती थी। लेकिन अब गर्व करती हूँ कि एक साथी मिला, जिसका नाम राजन था। एक रक्षक मिला, जिसका नाम राजन था। एक अभिभावक मिला जिसका नाम राजन था। एक राजन मिला...जिसका नाम राजन था।"

अलविदा राजन! आपकी विनम्रता का बोझ अब और ज़्यादा मुझसे नहीं उठाया जाता। आप ऋणदाता थे राजन! मैं ऋणी! बहुत अधिक। आपने न कभी ब्याज की माँग की न कभी मूल की।...यही तो ख़लिश है मेरी। आप शिखर पुरुष बनते चले गये और मैं? शरणागत का कोई शिखर नहीं होता राजन!... मैं जा रही हूँ राजन! अपनी बेघरी की दुश्वारियाँ लेकर, वहाँ जा रही हूँ, जहाँ से निकली थी, तंग आकर! फिर वही लड़ाइयाँ। वही क्लेश। कशमकश। वही दृढ़ता। वही चुनौती। वही, रोज़-रोज़ का टूटना और फिर अपने आपको जोड़कर खड़े हो जाना।...बहुत रोमांचक खेल था। वहाँ सब मेरा अपना था। मेरी टूटी हुई चप्पल। मेरा दुख। एक चौकी। चौकी पर रखा अटैची—सब अपना। आँसू अपने और अकेलापन भी।

लेकिन यहाँ। कितना कुछ था यहाँ। सुख। वैभव। सुविधाएँ और आप! आपकी कृतज्ञता। आपके ऋण। आपकी शरण। आपके जज़्बे। आपकी नवाज़िशें।...ऐसा लगता

था जैसे सब मेरा है लेकिन अनुदान के रूप में।

आपने कई बार पूछा था मुझसे कि मैं दिनभर क्या करती हूँ। मैं मुस्कराती। इसलिये मुस्कराती कि आप मेरी बेचैनी को न समझ पाएँ।... इसलिये मुस्कराती कि मुझे आपके प्रश्न का उत्तर न देना पड़े।

एकान्त भी किसी पाठशाला की तरह होता है सर! जहाँ आप बहुत कुछ सीखते हैं। मैंने इसी एकान्त में आत्मनिरीक्षण की कला सीखी और डायरी लिखना भी। डायरी शायद तारीख़ों के साथ लिखी जाती हो। मुझे तारीख़ों का इल्म नहीं। इल्म तो सच कहूँ मुझे डायरी लिखने का भी नहीं। इसलिये यह एक बेतरतीब स्त्री की, बेतरतीब डायरी है। बेशक! लेकिन इसमें मेरे अन्तरमन का मौन और भावनाएँ, तहरीर हो गयी हैं।

मैं एक आधी अधूरी, लगभग विक्षिप्त और अवसाद ग्रस्त लड़की के रूप में आपके घर आई थी। जब मैंने अपने भीतर पूर्णता को महसूस किया तो आपके घर से निकल पड़ी। मेरी इस पूर्णता का दोष है राजन, जिसने मुझसे पूछा कि मैं यहाँ किस रूप में हूँ, मैं उसे जवाब न दे पाई। लेकिन मुझे यही लगता रहा कि मैं यहाँ शरणागत की तरह हूँ।

यह कैसी विडम्बना है राजन! मैं नौकरी के लिए घर से निकली थी। नौकरी मिली और मैं उसे छोड़कर जा रही हूँ।

क्षमा प्रार्थी हूँ राजन! आपकी क्षमा प्रार्थी!...यूँ अचानक चले जाने के लिए।

मेरे पास आपकी हज़ारों यादें हैं, और फ़्लैट की एक चाबी...जिसे मैं आपको नहीं दे सकी!

नन्दिनी!

मन बेचैन है। घर में सन्नाटा। यह सन्नाटा कहाँ नहीं? घर के हर कोने में। ऐसा सन्नाटा जो अकेले आदमी को और ज़्यादा अकेला कर देता है। यह सन्नाटा, गुर्राता हुआ है जो किसी की अनुपस्थिति में ताकतवर हो उठा है।

आज मैंने नन्दिनी का जन्मदिन मनाना था। आज मैं उदासियों का जश्न मना रहा हूँ। ऐसा लगता है, नन्दिनी के जाने के बाद, जैसे मेरा बहुत कुछ छिन गया है। वो क्या चीज़ है जो छिन गयी है और उसके छिन जाने के बाद मैं किसी 'शव' सा बैठा हूँ? कहीं वो मेरा जीवन तो नहीं था?

नन्दिनी क्या सचमुच चली गयी है? मुझे यकीन नहीं होता। वो गयी नहीं। यहीं कहीं है। या फिर, हर जगह हर कहीं है वो। उसकी अनुपस्थिति में कितनी ज़्यादा उपस्थिति है। वो स्मृतियों में उपस्थित है। वो मेरी आँखों में किसी नमीं की

तरह भी मौजूद है।

मैंने नोटबुक खोली है। भारी मन के साथ। नन्दिनी की डायरी को पढ़ना, उस नन्दिनी के अन्तरमन को पढ़ना है, जो यहाँ से जा चुकी है। मैं डायरी को पढूँगा। अस्थिर हो उठूँगा। जानता हूँ। लेकिन डायरी को पढ़े बिना मैं रह भी तो नहीं सकता। मैं डायरी पढ़ रहा हूँ—

मैं अपने बारे में ज़्यादा नहीं जानती राजन! अजीब विडम्बना है। हम सारी उम्र दूसरों को जानने में ख़र्च कर देते हैं। अपने बारे में तो सिर्फ़ गुमान पाले रखते हैं।...मैं समझती थी मुझमें ज़्यादा धैर्य है। यह भी गुमान था। मुझसे ज़्यादा धैर्य तो आपमें है। आपमें सर! कितने धैर्यवान थे आप! एक अनजान, यौन शोषित, विक्षिप्त, बीमार और संशयग्रस्त लड़की की साइकी को आपने न सिर्फ़ समझा, बल्कि पल-पल उसके बोझ को सहा भी।

आपको याद होगा सर!...शुरू के दिन। मैं तनाव में थी। घोर अवसाद और भय। अजनबीयत और अकेलापन। मैं बार-बार उस रात के काले दृश्य को याद करती। सिहर उठती। काँप जाती। वो डरावना मन्ज़र। किसी जंगली, डरावनी रात जैसा। वो कार। वो तीन गुंडे।...मैं रह-रहकर उस दृश्य को याद करती। रेत की दीवार की तरह गिरती चली जाती।

सर! और कोई शख़्स होता तो उस ऑडियो—बिजुअल फ़िल्म के एक-एक सीन के बारे में पूछता। वो शख़्स मुझे कुरेदता। उसकी जिज्ञासाएँ,...अशान्त जिज्ञासाएँ, मुझे खुरचतीं। वो हमदर्द होने का फ़रेब रचता। मैं उसे बताती। न चाहते हुए बताती। वो रोमांचित होता। उस हिंसा की रूमानी कल्पना में खो जाता।

लेकिन आपने ऐसा नहीं किया सर! आपको मेरा हार्दिक नमन! आपने कभी पूछा तक नहीं था। उस गन्दी-काली रात का आपने कभी ज़िक्र तक नहीं किया था। मैं क्या? मेरी तरह प्रत्येक, यौन हिंसा से गुज़री स्त्री, कभी नहीं चाहेगी कि उसकी आत्मा के ज़ख़्मों पर, जिज्ञासाओं की ज़िद्दी मक्खियाँ भिनकती रहें।

मैं जिस यातना से गुज़री, उस यातना का अनुमान, आपने मेरे अवसाद से लगाया। आप मेरा अवसाद कम करने में जुट गये।

सर! आपने अहसास करा दिया था कि संवेदना का एक रूप यह भी होता है।

लेकिन मैं आप पर शक करती थी। आपका फ़्लैट और आप पर शक! आपकी हर बात में मुझे खोट नज़र आता। आपकी हर शय में मुझे चालाकी दिखाई देती। आपकी शराफ़त मुझे ढोंग लगती और विनम्रता-प्रपंच!

फ़्लैट के बाहर मुझे दिल्ली का ख़ौफ़नाक चेहरा डराता। फ़्लैट के अन्दर मैं

आपसे डरती। आप मुझे किसी बहेलिए की तरह लगते। जो किसी जल्दी में नहीं होता। जो ठीक वक़्त पर अपने महीन जाल को फैलाता है। आखेट का यह तरीका बहुत पुराना सही, लेकिन हर युग में इस्तेमाल होता रहा है। इस खेल में पुरुष की सौ प्रतिशत कामयाबी तय होती है और स्त्री की पराजय!

मुझे लगता, आप जाल बुन रहे हैं। मुझे लगता कि एक दिन तुम जाल को बड़े करीने से फैलाओगे। और कहोगे कि यह सहानुभूति है।...उसके बाद? मैं निरन्तर उपभोग की जानेवाली 'वस्तु' बना दी जाऊँगी। और मैं अपने वुजूद को देखती रहूँगी—बिखरता हुआ—किसी तमाशाई की तरह...किसी चश्मदीद गवाह की तरह।

सर, आपको याद होगा!

एक दिन मैं ड्रॉइंगरूम में बैठी थी। सोफे के किनारे। दूसरी तरफ़ आप बैठे थे। मेरे हाथ में पानी का गिलास था। मैं आधा गिलास पानी पी चुकी थी। बाक़ी पानी गिलास में था। गिलास मेरे हाथ में। और मन में कोई अजीब-सी छट-पटाहट।...दूसरी और आप थे। सौम्य। विनम्र और श्रेष्ठ। यही सौम्यता मुझे भयभीत करती थी। मैं बेहद तनाव में थी, बेहद डरी हुई।

गिलास मेरे हाथ में था। आप सामने थे। मैं तनाव में थी। एक अजीब-सा आक्रोश था दुनिया भर के आदमियों के प्रति। मेरे मन में और भी बहुत कुछ था। एक जंग-सी छिड़ रही हो जैसे।

मैं शीशे के गिलास को एकटक देखती रही। जैसे गिलास के अन्दर पानी न हो, मेरा ज़ख़्मी वर्तमान हो। ऐन उस वक़्त, एक विद्रोही स्त्री मेरे भीतर आ खड़ी हुई। मेरे हाथ में गिलास था और मैं काँच के गिलास को अपने हाथ से दबाती चली गयी। दबाव इतना कि गिलास चटख गया। एक आवाज़-सी आई और गिलास टूट गया। आप चौंक गये।...डर गये। उठे तत्काल! शीशे की किरचें कुछ फ़र्श पर गिरीं तो कुछ मेरे हाथ में गड़ गयीं।

यह मेरे आक्रोश की एक अभिव्यक्ति थी।

आप चीख पड़े थे सर, "नन्दिनी। पागल हो गयी हो क्या?"

"सर किसी स्त्री के पागल होने के लिए...किसी और बड़े आघात की ज़रूरत होती है क्या?"

आप इतने बदहवास हो गये थे कि चाय का कप जो आपके हाथ में था उसे आपने मेज़ पर रखने के बजाए, हवा में छोड़ दिया था। कप टूटा। चाय बिखरी। तुमने कप को नहीं, मुझे देखा, सिर्फ़ मुझे। मेरे हाथ को। ज़ख़्मी हो चुके हाथ को। ख़ून की तेज़ बहती धार और मेरा हाथ। आपके हाथ में मेरा हाथ!

आप दुखी हो उठे थे। किरचें हाथ से निकालते हुए, एक दुखी मनुष्य! उस वक़्त जो आपके दुख का चेहरा था, वही चेहरा मेरे दुख का भी था।

आप मेरे हाथ से काँच को निकाल रहे थे। छोटी छोटी किरचों को बड़े सलीके के साथ!

लेकिन संशय की उन किरचों को आप कैसे निकालते, जो मेरे मन में गड़ चुकी थीं!

आपने सैवलॉन से मेरा हाथ साफ किया। खून बहना रुका तो आपने राहत की साँस ली।

धन्यवाद सर! ये तीन महीने का समय शायद धन्यवादों का समय था।

बहुत बड़े मनोवैज्ञानिक थे आप! दुनिया के सबसे बड़े मनोचिकित्सक! सबसे बड़े दोस्त। सबसे बड़े तीमारदार। लेकिन यह सब तो मैं बहुत बाद में जान पाई।

बहुत देर तक मेरा हाथ आपके हाथ में रहा। सोचती हूँ तो भला-सा लगता है। आपके स्पर्श में दुख की तान थी। न सनसनी न उत्तेजना!

मुझे बहुत धीरे-धीरे उठाया था। दीवान तक ले आए थे। लिटा दिया था मुझे। खड़े रहे थे कुछ देर। आप मेरे प्रति चिन्तित थे। मैं आपके प्रति सशंकित!

मुझे याद है राजन। आपने मुस्कराते हुए कहा था, "बहुत बहादुर लड़की हो यार!...काँच के गिलास को हाथ में भरकर चटख दिया। मैं तो प्लास्टिक के कप को 'क्रश' करते हुए भी सोचता रहता हूँ कि क्रश करूँ या न करूँ।"

आप दरवाज़ा मूँदकर चले गये थे।

सर, मैं कोई लेखिका नहीं हूँ। मुझे लिखना नहीं आता। डायरी कैसे लिखी जाती है, मुझे इसका भी पता नहीं। मेरे मन में जो आ रहा है, वही लिखती जा रही हूँ। किसी दिन मूड कैसा होता है, किसी दिन कैसा? समझ नहीं आता। इसलिये मैंने किसी दिन सर लिखा है तो किसी दिन राजन!...लिखते-लिखते मैं आप और तुम का फ़र्क भी मिटाती चली गयी। कभी मैं 'आप-आप' के सम्बोधन से तो कभी तुम के सम्बोधन से लिखती रही।.... आप मेरी इन कमियों को नज़रअन्दाज़ कर दोगे, मुझे पूरी उम्मीद है।

याद है राजन! एक दिन मैं तुम पर बरस पड़ी थी। सचमुच, उस दिन मैंने तुम्हें संगसार किया था। क्षोभ के सारे पत्थर, मैंने तुमपर फेंके। लेकिन तुम स्तब्ध! देखते रहे मुझे निर्मिमेष!...मुझे याद है। हाँ, पूरी तरह याद है। मैंने तुम्हें दुनिया का सबसे बुरा आदमी कहा था। उस वक़्त तुम कंपकपा गये थे। तुम्हारी आँखों में पता नहीं क्या उमड़ आया था। आँसू थे। या शायद दुख का बादल, जो फट पड़ा था अचानक!

मैंने तो यहाँ तक कह दिया था, "आपने अपने घर में मुझे बन्धक बनाकर रखा हुआ है। और यह भी जानती हूँ कि अपनी किस इच्छा की पूर्ति के लिए...नज़रबन्द हूँ मैं।"

थरथरा गये थे तुम! जैसे कोई ज़लज़ला तुम्हारे भीतर गुज़र गया हो। तुम्हारी सांस उखड़ गयी थी। धड़कन तेज़। चेहरा सख़्त। तुम बिलकुल और तरह के लगने लगे थे।

कितने धैर्यवान थे तुम।...तुम राजन! कमरे में जाकर। ड्रैस बदली। लौटे। मेरे सामान को उठाकर ले आए। बोले, "अगर तुम बन्धक समझती हो अपने आपको तो चलो मैं आज तुम्हें मुक्त करता हूँ।"

मैं घबरा गयी थी। मन ही मन सिहर उठी। यह क्या कर बैठी मैं। अपने पाँव पर, अपने आवेश की कुल्हाड़ी दे मारी मैंने।

मैं बहुत बुरा बोली। और कोई शख़्स होता तो दो-तीन थप्पड़ मारता मुझे। या फिर एक पल में उतार कर रख देता मेरे कपड़े। निर्वस्त्र कर देता और भोगता मुझे।

पता नहीं किस मिट्टी के बने थे तुम। मैंने तुम्हें ज़लील किया और तुम! तुमने मुझे न रेलवे स्टेशन ड्राप किया न बस अड्डे।...तुम मुझे दिल्ली हाट ले आए। मेरा सामान कार की डिक्की में था। हैरानियाँ मेरे मन में। तुम इतने सहज जैसे कुछ हुआ ही न हो। और इतने जांनिसार कि मेरे पाँव की चप्पल मुझे चुभने लगी तो तुमने उसे अपने हाथ में उठा लिया। एक नयी चप्पल खरीदी तुरन्त। बेहद कम्फर्टेबल।

तुम्हें नहीं पता राजन! कम्फर्टेबल चप्पल पहनकर भी मैं कितनी अन-कम्फर्टेबल थी। मेरा गिल्ट मुझे तंगकर रहा था। और तुम तो थे ही सन्त किस्म के बन्दे! मुझे तुम खिलाते-पिलाते रहे। घुमाते रहे।

तुमने कहा कुछ भी नहीं था। लेकिन अहसास करा दिया था कि मैं न बन्धक हूँ न नज़रबन्द!

मैं फिर तुम्हारे फ़्लैट में वापिस आ रही थी। कार में तुम्हारे साथ, बगलवाली सीट पर बैठी थी। तुमने कार स्टार्ट करने से पहले जेब से कंघी निकाली थी—बालों में कंघी करने के लिए। तुम्हारे रेशमी बाल लहराते चले गये थे। तुम्हारा ये रूप मैंने पहली बार देखा था। मुझे अच्छा लगा था। बेशक, इससे पहले तुमने मेरे सामने कभी कंघी नहीं की थी। और तो और, तुम बिना शर्ट के, मेरे सामने कभी नहीं आए थे। यह तुम्हारी शालीनता थी, तुम्हारी सौम्यता।

एक दिन मैंने तुम्हें अपने मम्मी-पापा के बारे में बताया था ज़रा-सा। मैंने झूठ बोला था कि मेरी माँ की मृत्यु हुई थी। नहीं, वो मरी नहीं थीं। वो कहीं चली गयी थीं। पता नहीं कहाँ?

मैं जब फ़्लैट में ख़ाली बैठी होती हूँ तो मुझे अपने पापा बहुत याद आते हैं। मैं उनके साथ कभी स्टाफ रोड तक घूमने चली जाती तो कभी सदर बाज़ार। सदर बाज़ार जाकर वो मुझे रेम्बल की आइसक्रीम खिलाते। उसी कप में से ज़रा-सा ख़ुद

लेते। मुझे खाता हुआ देखते। उनका चेहरा तृप्त नज़र आता।

वो मेरे अच्छे दिन थे। इतने अच्छे दिन कि उन्हें सिक्कों में ढालकर, किसी गुल्लक में रख लेती। लेकिन दिन पकड़ में नहीं आते। दिन, सूखे पत्तों की तरह, अनाम यात्रा पर निकल जाते हैं।

मेरे पापा बहुत अच्छे थे। लेकिन बीमार रहते थे। अक्सर चुप। सोचते हुए से। पता नहीं क्या सोचते थे? वो शायद मेरे बारे में सोचते थे। उन्हें अपने अन्त का शायद मालूम हो गया था। वो इस फ़िक्र में रहते कि उनके चले जाने के बाद मेरा क्या होगा?

वो आहिल्या को भी ख़ूब याद करते थे। आहिल्या उनकी पत्नी, मेरी माँ! मुझे अपनी माँ की कुछ धुंधली-सी यादें हैं। मैं शायद आठ-नौ साल की थी। वो हमें छोड़कर कहीं चली गयी। पापा विचलित हो उठे। और मैं? मैं हर वक़्त अपनी माँ को ढूँढ़ती रहती। आज भी...आपने अमूर्तन में, मैं अपनी माँ को ढूँढ़ती रहती हूँ।

और पापा! उन्हें जैसे मियादी बुखार हो गया हो। वो रोज़ाना किसी न किसी सड़क पर निकल पड़ते। उन्हें मैं कैसे समझाती कि गुम हुए लोग, सड़कों पर खड़े नहीं होते। ये बात वो भी जानते थे। इसके बावजूद, कोई कमज़ोर-सी उम्मीद उन्हें बाहर खींच ले जाती।

इस बात को न पापा समझ पाए न मैं, कि माँ घर से क्यों चली गयी?...कोई स्त्री जब घर से निकलती है तो फिर कभी लौटकर नहीं आती। समाज की वहशत उसे अँधेरी गुफाओं में उतार ले जाती है, जहाँ वो अपना नाम ही नहीं, अपना चेहरा तक भूल जाती है।

अम्बाला छावनी से कुछ दूर, महेश नगर है एस. डी. कॉलेज के पास। हमारा छोटा-सा घर था वहाँ। अब उस घर में हम दो रह गये थे। पापा और मैं। पापा मुझे सुबह सवेरे तैयार करते। स्कूल की रिक्शा में बिठाते। फिर ख़ुद तैयार होते। वो डी ए वी स्कूल में टीचर थे। वो होम्योपैथ भी थे। शाम को मरीज़ों को देखते। एक रुपये लेते। मरीज़ों की भीड़ लगी रहती। लोग डॉक्टरी पेशे में ख़ूब कमाई करते। वो हर महीने तीन चार सौ रुपये जेब से ख़र्च कर डालते। मुझे उन पर ग़ुस्सा आता। तरस भी आता। मैं जानती थी उनकी यह जीवन शैली उन्हें समाप्त कर देगी। लेकिन मुझे सकून भी मिलता कि समाज के पाखंड के बीच एक ऐसा शख़्स भी है जो मरीज़ को दो-तीन रुपये की दवाई देता है, एवज़ में एक रुपय्या लेता है।

मुझे लगता मरीज़ों के बीच, मेरे पापा भी किसी मरीज़ की तरह हैं और उनका मर्ज़, उनके जीवन मूल्य थे।

मरीज़ों को देख चुकने के बाद वो अपनी पुरानी साइकिल उठाते। मैं कभी साइकिल को देखती, कभी पापा को। कई बार मुझे पापा भी साइकिल जैसे लगते-

पुराने और ज़ंगखाए।

वो साइकिल पर चढ़ते कम, उसे यूँ ही घसीटते। पता नहीं, वो साइकिल को घसीट रहे होते या फिर अपनी ज़िन्दगी को।...हम दोनों, टांगरी नदी तक जाते। बरसाती मौसम को छोड़कर, वो हर मौसम में सूखी रहती। फिर भी वो नदी जैसी लगती। पापा सूखी हुई नदी को देर तक देखते रहते। वो इस भ्रम में होते कि कोई कश्ती, इस रेत से होकर गुज़रेगी...जिसमें आहिल्या बैठी होगी।

वापसी पर पापा एक तन्दूरवाले से चार-छ: रोटियाँ और दाल लेते। हम इस तरह अपना पेट भर लेते। बाद में मैंने घर को सँभाल लिया था। लेकिन अपने पापा को मैं नहीं सँभाल पाई थी।

आख़िरी दिनों में जब उनके शरीर का क्षरण बहुत तेज़ी से हुआ था, वो अक्सर चिन्ता में डूबे नज़र आते। उन्हें मेरी चिन्ता सताती। वो मुझे देखते रहते। जैसे इस दुनिया से जाने से पहले, वो अपनी बेटी को भरपूर देख लेना चाहते हों।

तब मैं शायद सत्रह की थी, पापा ने इस संसार को अलविदा कह दिया। एक अकेले घर में सत्रह साल की लड़की। दुख और डर के बीच, एक सहमी हुई, सिसकती हुई लड़की।

महेशनगर के उस मकान में न माँ थी न पापा। सिर्फ़ मैं थी। एक कोने में पापा की साइकिल खड़ी थी। साइकिल को अब हमेशा इसी तरह खड़े रहना था। उसे चलानेवाला किसी दूसरी यात्रा पर चला गया था—एक ऐसी महायात्रा, जहाँ न साइकिल की ज़रुरत पड़ती है न किसी लॉरी की।...और भी कुछ छूट गया था उनका। शेल्फ़ में पड़ी किताबें। होम्योपैथीवाला दवाई की शीशियों का बक्सा, आबनूसी रंगत की कुर्सी, कुर्सी पर टंगा-मैला पुराना तौलिया...सामान जस का तस धरा था। वो चले गये थे।

बहुत सारे रिश्तेदार आये थे। बहुत रोना धोना भी हुआ। धीरे-धीरे रोना समाप्त होता गया। फिर सब लोग अख़बार पढ़ते। बहस करते। फिर कुछ दिन बाद, नाश्ते में सब मिल बैठते। हास-परिहास। ठहाके। फिर मीटिंग। उनके एजंडे पर मैं होती। वो कोई ऐसी तरकीब निकालना चाहते थे कि किसी को कोई जोखिम न उठाना पड़े और मैं अडजस्ट हो जाऊँ। या कहीं खप जाऊँ। मैं एक मलबे की तरह थी। जिसे उठाकर कहीं पटक देना था।

सर, मैं डायरी लिखने लगी थी। आत्मकथा लिखती चली गयी। आत्मकथाएँ वही पढ़ी जाती हैं जिनमें रोमांच हो। सनसनी हो। लेकिन मेरी आत्मकथा?... आप अगर बोर हो गये हों सर, तो इसे यहीं बन्द कर दीजिए। आपको यह सब मैं इसलिये लिख रही हूँ कि आप भरोसेमन्द इनसान हैं। वरना मेरी इस संघर्षकथा को न कोई जानता है और न मैं बताना चाहती हूँ। जिसे आपबीती सुनाओ। वो और कुछ नहीं

करता। सहानुभूति की दो-चार मीठी टॉफियाँ देकर चलता बनता है।

सर, अपनी बात फिर शुरू करती हूँ।

उस मातमी घर में सब खुश थे, मेरे सिवा। सबके सब इतना खुश जैसे अपने-अपने हिस्से का वाटरलू जीत लिया हो सबने। सबसे ज़्यादा खुश मेरी मौसी थी—जिसे मैं 'मौसीजी' कहती थी। उन्होंने मुझे अपने पास रखने की हामी भर ली। सब खुश हो गये। सबकी अपनी अपनी ख़ुशी थी। अपने अपने स्वार्थ।

मौसी मुझे अपने साथ रखने को तैयार हो गयी थी। लेकिन उनकी कुछ शर्तें थीं। सबने शर्तें मान लीं। क्योंकि किसी का कुछ नहीं बिगड़ता था शर्तें मानने में।

उनकी पहली शर्त यह थी कि महेशनगर वाला मकान उनके नाम होगा। दूसरी शर्त यह थी कि बबियाल में आठ दस बीघा ज़मीन भी उनकी हो जाएगी। तीसरी शर्त यह थी कि लड़की, घर के सब काम करेगी। यानी मौसी मुझे एक नौकरानी की तरह ले जा रही थी। उनकी एक शर्त यह भी थी कि घर के किसी भी सदस्य के आगे मैं मुँह नहीं खोलूँगी। जुबान बन्द रखूँगी। यानी उस घर में मेरा दर्जा किसी देवदासी जैसा नहीं तो दासी जैसा ज़रूर था।

मौसी की दो लड़कियाँ थीं—मेरी उम्र जितनी। एक लड़का था बारह-तेरह का। मौसा जी अम्बाला कैंट में असिस्टेंट यार्ड मास्टर थे।

मैं जब अपना सामान लेकर मौसी के घर पहुँची तो मेरा बेहद ठंडा स्वागत हुआ। मुझे उस दिन पता चल गया था कि आनेवाले दिनों में उपेक्षा के अंगारे होंगे और उनपर मुझे नंगे पाँव चलना पड़ेगा।

मैं एक अनाथ लड़की। जिसका न कोई वारिस बनना चाहता था न दोस्त! मैं...ज़िन्दगी के अकेले मुसाफ़िरख़ाने में, एक वीरान बेंच पर बैठी, लावारिस लड़की।

सवाल स्टेटस का भी तो होता है। वो तीनों जिनके माता-पिता थे। जिनका अपना घर था। जिनके पास अधिकार भी थे और रुतबा भी। वो तीनों खाते-पीते, बेफ़िक्र, बेलिहाज़ नज़र आते। और मैं किसी याचक जैसी!

मैं शरणार्थी थी। वो शरणदाता थे। दोस्ती होती भी तो कैसे? रेजिमेंट बाज़ार में मौसी का बड़ा-सा घर था। लेकिन मेरा बैग और अटैची रखने की जगह वहाँ नहीं थी। आख़िर मैंने एक चौकी ढूँढी। चौकी पर अटैची रखा। अटैची पर बैग।

सर, उस दिन मुझे महसूस हुआ कि ग़ैर-ज़रूरी लोग, इस संसार में कितनी मुश्किल से अपना छोटा-सा कोना तलाश करते हैं?

मौसी ने अपने बच्चों को समझाने की बहुत कोशिश की थी कि 'सौदा' बुरा नहीं हुआ। उन्होंने प्रॉपर्टी की कीमत का मीज़ान लगाया। सब बहुत खुश हुए। लेकिन उन सबने एक फासला बनाकर रखा।

यहाँ तक कि मौसी की बेटियाँ कॉलेज में पढ़ने जातीं और मैं कारस्पोंडेंस

कोर्स से पढ़ाई करती रही। बी.ए. हम तीनों लड़कियों ने पास की। नम्बर मेरे सबसे ज़्यादा।

राजन! उस दिन तुम बहुत अच्छे लग रहे थे। ब्लू शर्ट। क्रीम कलर की पैंट। ब्लू कलर वैसे भी बहुत फबता था तुम पर।

तुमने आँखों पर ज़ीरो पावर की ऐनक लगाई थी। मुझे पता था। तुम जीनियस लगने के लिए, ज़ीरो पॉवर की ऐनक लगाते थे। वैसे, एक बात कहूँ। जीनियस तो तुम थे ही। न सिर्फ़ जीनियस। बल्कि स्मार्ट और ऐलीगेंट!

तुमने एक क़फ़ लिंक लगा लिया था। दूसरा कफ़ लिंक मुझे लगाने के लिए कहा था। कफ लिंक लगाते हुए मैं तुम्हें देख रही थी—एक शानदार इनसान को जो बिल्कुल मेरे सामने खड़ा था। पता नहीं उस वक़्त तुम्हारे मन में क्या था? मेरे मन में जो था, वो मैं तुम्हें नहीं बता पाऊँगी।

कितना अच्छा लग रहा था मुझे। तुम्हें देखना। तुम मोबाइल पर किसी से बात कर रहे थे। कितना कांफीडेंस था तुममें। तुम्हारी बातों में। तुम्हारे रुतबे की शान थी और ओहदे का गर्व भी।

इधर मैं थी अपनी खोई हुई ज़मीन को ढूँढ़ती। ख़ाली-ख़ाली। निष्क्रिय और बेवजह! काश, मेरे पास अपने होने की कुछ वजह होती।

सर, मौसी के घर में अक्सर तक़रार हो जाता था। लड़ाई छोटी होती या बड़ी, हारना मुझे होता था। उनका बहुमत था। मैं अकेली थी। मौसी का बेटा और बेटियाँ मुझे नन्दिनी कहकर नहीं बुलाते थे। वो मुझे 'ऑरफ़न' कहते। 'ऑरफ़न' यानी अनाथ!

मैं चिढ़कर कहती कि मैं यहाँ से किसी दिन चली जाऊँगी। मैं सोचती वो शर्मसार होंगे। या डर जाएँगे। वो बड़े उत्साहित नज़र आते। कहते, "हम उस शुभदिन का इन्तज़ार कर रहे हैं।"

मेरे पास एक हवाई चप्पल थी। एक दिन उसका स्ट्रैप भी टूट गया। मैं टूटी हुई चप्पल घिसटाती रही। चप्पल जुड़वाने के लिए बाहर निकली तो मौसी ने टोक दिया, "किसी बॉय फ्रैंड से मिलने जा रही है क्या?"

मैंने गहरी साँस ली। तय कर लिया कि अब यहाँ नहीं रहूँगी।

संयोग से अगले संडे दक्ष कम्पनी की टीम, वॉक-इन-इंटरव्यू के लिए आई। उन्हें अच्छी अँग्रेज़ी बोलनेवाले, कम्प्यूटर जाननेवाले, योग्य 'यंग' 'हायर' करने थे। मैं भी उस इंटरव्यू के लिए गयी और मेरा सिलेक्शन हो गया।

मैंने अपनी एक सहेली का मोबाइल नम्बर ढूँढ़ा जो गुड़गाँव में थी—उसने कहा, "आ जा यहाँ। कोई अरेंजमेंट कर लेंगे।" उसकी आवाज़ में ठंडापन था। लेकिन मुझे तो थोड़े से सहारे की ज़रूरत थी।

अभी मैंने मौसी के घर से जाने का पक्का मन नहीं बनाया था। दुविधा में थी

मैं। जाऊँ या न जाऊँ? पराए शहर से मैं डरती थी। डरती तो मैं मौसी के घर में भी थी। अकेलापन अपने साथ डर को भी ले आता है।

फिर भी एक बात थी सर! वो लोग जितना ज़्यादा मुझे तंग करते। मैं उतनी ज़्यादा मज़बूत होती। एक घटना ऐसी घटी जिसने मुझे हिलाकर रख दिया।... मेरे मौसा जी, रेलवे में सहायक यार्ड मास्टर थे। इंजनों को शंट करता देखते। घर आते तो मुझे देखते रहते। उनका देखना मुझे अजीब लगता।

मैं उनकी बेटियों की उम्र जैसी थी। मैंने कभी सोचा भी नहीं था कि सहायक यार्ड मास्टर किसी दूसरे यार्ड की तलाश में है, जहाँ वो ख़ुद 'शंट' कर सके—अपनी बची-खुची मर्दानगी के साथ!

एक दिन जब घर में कोई नहीं था। उसने मौक़े का फायदा उठाया। मुझे दबोच लिया। वो हिंसक हो उठा। उसकी उत्तेजना ने मुझे डरा दिया। मैं अपने आपको बचाने की कोशिश में लगी रही। किसी तरह मैंने अपने आपको उस वहशी के चंगुल से छुड़ाया। भागी। बदहवास होकर भागी। सामने रहनेवाली शामा आंटी के घर जा पहुँची।

शामा आंटी सब समझ गयी। उसने देर तक मुझे अपनी गोदी में छुपाए रखा। फिर वो मेरे लिये चाय बनाकर ले आई। कप देते हुए बोली, "आज तो तू बच गयी बेटी। कल को हो सकता है वो तुझे नष्ट कर दे।...मेरी मान। भाग जा यहाँ से।...नौकरी तुझे मिल ही रही है। मत छोड़ मौक़ा।...भाग निकल इस नरक से।"

मैं चाय पीती रही। सुबकती रही। शामा आंटी मुझे दिलासा देती रही। वो सौ-सौ के दो नोट ले आई। बोली, "ज़रूरत पड़ेंगे।"

अगली सुबह मैंने जो पैसे छुपाकर रखे थे—गिने। पाँच सौ सत्तर। दो सौ शामा आंटी ने दिये थे।

सात सौ सत्तर रुपये थे मेरे पर्स में। मैंने बैग और अटैचीकेस उठाया। ख़ाली पड़ी चौकी को एक बार देखा और निकल पड़ी, नयी दुनिया की खोज में।

राजन! सबके जीवन में सीधी रेखाएँ नहीं होतीं। कइयों को ऊबड़-खाबड़ रास्ते मिलते हैं। लेकिन मेरे साथ और भी बुरा हुआ। मेरे पास तो कोई रास्ता ही नहीं था। और जब मैंने अपनी सहेली का मोबाइल मिलाया तो वो एक बार बजा। फिर स्विच ऑफ़ हो गया। अचानक मुझे दीपक का ध्यान आया। वो अम्बाला छावनी से तो गया था गुड़गाँव। रेजिमेंट बाज़ार में मिला था दो-तीन बार। रहता था लालकुर्ती में। मैंने उसका मोबाइल नम्बर ढूँढ़ा। बेल बजी। उसने फोन सुना। कहा कि मैं इफ़को चौक के कॉर्नर पर खड़ी हो जाऊँ। वो मुझे लेने आ जाएगा।

मैंने राहत की साँस ली। घबराहट कुछ कम हुई। मैं दीपक का इन्तज़ार करने लगी। आधा घंटा... एक घंटा...डेढ़ घंटा...दो...तीन घंटे। मैं भूखी, प्यासी, घबराई

हुई। अनजान शहर। अजनबी लड़की। हर क्षण बाद कमज़ोर पड़ती उम्मीद। हर क्षण बाद ढलता हुआ दिन!

उस दिन मैंने जाना कि हमारे समय की मित्रताएँ कितनी कामचलाऊ, खोखली, निकृष्ट और स्वार्थ से भरी होती हैं। मित्रता के पीछे लाभ-हानि का गणित होता है। न शारदा को कोई लाभ होना था मुझसे और न दीपक को। कोई भी नहीं आया था। उन्होंने यह भी नहीं सोचा था कि मेरा क्या होगा?

और फिर वही तो हुआ जो मेरे जैसी बेबस, बेसहारा घर से भागी हुई लड़कियों के साथ होता है।

बड़ी शालीनता से तीन युवकों ने कार रोकी। वो बहुत विनम्रता से बोले। साफ सुथरी भाषा। साफ सुथरे कपड़े। उन्होंने बड़े जज़्बाती लहजे में मुझे कॉल सैंटरों के बारे में बताया। उन्होंने यह भी कहा कि वो दीपक को जानते हैं। और मैं चाहूँ तो वो मुझे दीपक के फ़्लैट में छोड़ सकते हैं।

मुझे लगा ईश्वर ने देवदूत भेज दिए हैं मेरे लिये।

उन्होंने सामान डिक्की में रखा। मुझे पीछेवाली सीट पर बिठाया। वो मुस्कराए। शालीन बने रहे। कुछ देर उनका नाटक जारी रहा। फिर उन्होंने अपने मन की बात स्पष्ट कर दी। मैं ख़ौफ़ज़दा हो उठी।

उनके पास लक्ज़री कार थी। उनके पास चाकू था। उनके पास रिवॉल्वर था। उनके पास तेज़ाब की शीशी थी। उनके पास अनुभव भी था, किसी स्त्री को ज़िन्दा गोश्त में बदलने का अनुभव!

मैं उनसे हारी हुई लड़ाई लड़ती रही। बाद में मैंने हथियार डाल दिए। मैं उनसे लड़ती रहती तो वो मेरा चेहरा बिगाड़ देते। मैं उनकी उत्तेजना के खेल को बिगाड़ती...वो मुझे बिगाड़ देते। बेशक, बिगाड़ तो उन्होंने मुझे दिया ही।

सारी रात वो मर्दानगी का जश्न मनाते रहे। मेरी यातना उनका सुख था। मेरी जाँघों से बहती खून की लकीरें देखकर वो राक्षसी खुशियाँ मनाने लगे। 'वर्जिन' शब्द उन्होंने कई बार बोला।

वो मनुष्य नहीं थे। हिंस्र पशु थे। जंगली जानवर। वो शराब पीते रहे। मुझे खदेड़ते रहे। गन्दी गालियाँ अश्लील हँसी...रक्त...थूक...वीर्य...तेज़ाब...चाकू रिवॉल्वर और मैं। पिछली सीट पर निर्वस्त्र!

उन्होंने सारी रात मुझे भोगा और फिर व्यर्थ समझकर, लगभग लाश बनाकर, झाड़ियों में फेंक गये।

कहाँ सड़क और कहाँ दूर झाड़ियों में पड़ी मैं। मूर्च्छित-सी। मृत्यु की ओर जाती। ज़िन्दगी की सरहद को छोड़ती हुई—पलपल! सचमुच मैंने मर जाना था। काठ हो जाती मेरी देह। वही देह, जिसपर बहुत सारे ज़ख़्म थे...जिसकी आत्मा

घायल थी। वही देह, जो संतप्त थी। भूखी-प्यासी, शिथिल निढाल—मौत जिसके आसपास मंडरा रही थी—किसी चील की तरह!

ईश्वर ने फिर एक देव भेजा। मुझ मरती हुई स्त्री को बचाने के लिए। वो तुम थे राजन! मेरे और तुम्हारे बीच कोई गहरी संवेदना के रूप में था तो वो ईश्वर ही था। ईश्वर का कोई चेहरा नहीं होता। लेकिन वो जहाँ होता है, संवेदना का चेहरा लगाकर ही अवतरित होता है।

राजन! तुम मेरी हालत देखकर विचलित हो उठे थे।... यह दुनिया भी बहुरंगी है। जैसे दुनिया एक अलमारी हो। हर खाने में अलग तरह की कैफ़ियत! वो दुराचारी भी नौजवान थे...जिन्होंने मुझे भोगा और किसी स्क्रैप की तरह फेंक दिया।...तुम भी नौजवान थे राजन। जो उस 'स्क्रैप' को स्त्रीयोचित गरिमा देने की भरपूर कोशिश में जुटे रहे।...संसार का सच क्या है, मैं कभी नहीं समझ पाई।

मैं अर्धमूर्च्छित। मैं अर्धमृत। मैं पार्थिव होने के बहुत करीब। न चल पा रही थी न बैठ सकती थी। मैं एक साँस लेता माँसपिंड थी, जिसे बहुत जल्दी समाप्त हो जाना था।

तुम राजन, एक चारागर थे या फिर मौतबर इनसान। मेरे दुख को कितनी शिद्दत के साथ समझा था तुमने। मेरी उत्पीड़ित देह की वेदना, मेरे मन के अवसाद...जैसे तुम्हारे भीतर चले आए थे। उस वक़्त, सिवा तुम्हारे, संसार के किसी आदमी को पता नहीं था कि मैं किस अवस्था में हूँ।

मृत्यु जब आती है तो इसी तरह आती है शायद दबे पाँव। वो मेरे पास आ रही थी, बेआवाज़!

तुम दुविधा में थे। पुलिस स्टेशन से कुछ दूर तुमने कार रोकी भी थी। एक पढ़े-लिखे नागरिक की तरह, तुम मुझे पुलिस स्टेशन ले जाते। रिपोर्ट दर्ज होती। मैं घंटों वहाँ किसी लड़की के बेंच पर बैठी, याचक जैसी,एक दयनीय पात्र होती। उस तरफ़ निस्संग वर्दियों में सजे-धजे पुलिस जन होते। बेहिस सवाल। संवेदना से खारिज। इधर मैं। पलपल बिखरती। मरती मैं और अटकती हुई मेरी साँस!

कितने साल गुज़र गये देश को आज़ाद हुए शायद सत्तर साल! सत्तर साल बाद भी हमारे मुल्क की पुलिस का चेहरा नहीं बदला। वही निस्संगता। वही बदजुबान लहजा। वही अमानवीयता।

'रेप' का केस रजिस्टर हो भी जाता तो क्या होता? ऐसे 'सांस्कृतिक कार्यक्रम' में चश्मदीद गवाह नहीं होते। कानून को गवाह चाहिए। कैसी विडम्बना है।

राजन, एक दिन तुमने एक घटना का ज़िक्र किया था। फिर चुप हो गये थे। मैं जानती थी। ऐसी बुरी खबरों को तुम ज़ाहिर नहीं होने देते थे। यही तुम्हारी मर्यादा थी। तुम्हारा अदब भी था। वरना आम लोग तो उन्हीं खबरों का ज़िक्र बार-बार

करते हैं, जिसमें किसी स्त्री का शीलभंग हुआ हो।

ख़बर मैंने पढ़ ली थी राजन! मैं ख़बर पढ़कर सिहर उठी थी। अंजु नाम की देहाती-दलित लड़की की लोमहर्षक कथा। अपने ही गाँव के चार नौजवानों के विरुद्ध लड़ती, अपने शील को बचाती, चीखती-चिल्लाती-डरी, सहमी ग़रीब लड़की। दूसरी तरफ़ चारों नौजवान। उत्तेजना से भरे। उन्मादित और पागल सांड जैसे। हिंसक और क्रूर। वो जब लड़की से बलात्कार नहीं कर सके तो बौखला उठे। बौखलाहट इतनी कि उन्होंने लड़की का दायाँ हाथ दराती से काट डाला।

अंजु तुम महान हो। मैं तुम्हारे साहस के आगे नतमस्तक हूँ। तुमने शील बचाया। हाथ गँवा बैठी।

नहीं, सर, मैं अंजु जैसी दिलेर नहीं थी। मैं अपना हाथ नहीं गँवाना चाहती थी। मैं नहीं चाहती थी कि वो तेज़ाब डालकर मेरा चेहरा बदज़ेब कर दें। उनके पास हिंसक तैयारी थी। निर्ममता थी।

अस्वीकृति के बरक्स अब तेज़ाब है। लड़की दरिन्दों की इच्छापूर्ति नहीं करती तो दरिन्दे उसपर तेज़ाब डालकर उम्रभर के लिए उसका जीवन अभिशप्त कर देते हैं।

राजन! आप वो मैगज़ीन और न्यूजपेपर छुपाकर रखते थे, जिनमें रेप की ख़बरें होती थीं। कितने भोले थे आप! आपका टी.वी. इन ख़बरों को केन्द्र में रखकर अपनी टी आर पी इन्क्रीज़ करता था। अखबार अपनी बिक्री बढ़ाते थे।

मैंने उस शैल्फ़ को ढूँढ लिया था जहाँ आप अखबारों को रखते थे और मैगजीन भी। मैंने एक मैगज़ीन में ही पढ़ा था कि हर उन्नीसवें मिनट में एक रेप होता है। और यह भी क्रूर मज़ाक की तरह ही है जो एन सी आर रिपोर्ट के अनुसार 2001 से 2016 तक एक लाख चालीस हज़ार तक ऐसे मामलों में एक लाख अभियुक्तों को सबूतों के अभाव में निर्दोष करार दिया गया।

बेचारी स्त्री! दुष्कर्म के दौरान सबूत भी अपने साथ रखे! जैसे दुष्कर्म कोई सर्कस हो और कई सारे दर्शक वहाँ...घटना स्थल पर मौजूद हों।

स्त्री कितनी अकेली और निहत्थी और डरी हुई है। लखनऊ में दरोगा द्वारा थाने में पूछताछ! और पूछताछ भी कैसी? वही रेप की कोशिश! स्त्री प्रतिवाद का नतीजा कि स्त्री को पीटा गया। यह तो मासूम-सी थाने की घटना है। जहाँ कोई भी स्त्री अकेले जाते हुए डरती है।

सर, मुझे तो उस रिपोर्ट ने विचलित किया। छत्तीसगढ़ के बालाघाट ज़िले में, इलाज के नाम पर पाँच सौ औरतों की बच्चेदानियाँ निकाल ली गयीं और कोई कार्रवाई तक न हुई।

सर, सुरक्षा का ज़िम्मा सरकार ने उस पुलिस को दे रखा है जो कार्रवाई से ज़्यादा 'डील' में विश्वास रखती है।

हिसार के डाबड़ा गाँव में दलित लड़की के साथ गैंगरेप। लड़की का पिता इतना शर्मसार हुआ कि उसने आत्महत्या कर ली। बाक़ी परिवार भयभीत। और पीड़ित लड़की घर में नज़रबन्द होकर रह गयी। लोकलाज और दुष्कर्मियों का भय! सामाजिक विडम्बनाएँ भी कितनी तेज़धार हथियारों में बदल चुकी हैं।

बलात्कार एक त्रासद घटना होती है सर! लेकिन हमारे समाज की कैसी नागरिकता है, जिस लड़की के साथ दुराचार होता है, उसे कोई स्वीकार नहीं करता।

और राजन एक आप थे—संसार के सबसे बड़े मनोचिकित्सक!...सर्वश्रेष्ठ! और असाधारण! आपने मुझे बचा लिया।

लेकिन मैं सच्चा खेड़ा की उस दुष्कर्म पीड़ित लड़की के प्रति गहरा अफ़सोस ज़ाहिर कर रही हूँ जिसने घटना के बाद आत्मदाह कर लिया। लेकिन कुछ पंचायतें कितनी 'महान' होती हैं। रतिया के एक गाँव खाई की ग्यारह साल की लड़की जो स्कूल में पढ़ती थी, पंचायत ने उसे पैंतीस हज़ार दे के चुप करने की कोशिश की। वो नहीं मानी तो गाँववालों से उससे सम्बन्ध तोड़ लिये।

पंचायतों का न्याय कितना असंवेदनशील होता है सर, एक दुराचारी लड़के को पाँच थप्पड़ मारकर भगा दिया। हो गया फैसला!

पंचायत, प्रशासन, पुलिस महकमा—सबके सब दुराचार पीड़ित स्त्री के पक्ष में शायद ही कोई होता हो। सर, अपराधी ताकतवर होते हैं, इसलिये। स्त्री कमज़ोर होती है, इसलिये। इंसाफ़ अन्धा होता है, इसलिये।

राजन बाबू! इस ख़बर को भी मैंने आपकी एक मैगज़ीन से जाना था। इसी शेल्फ से उठाया था मैंने। जो आपके कमरे में था। आपके कमरे में मैं इन्हीं बातों के लिए जाती थी।

सर, धार ज़िले में एक कॉलेज की प्रिंसिपल ने जब वहाँ के कलैक्टर के ख़िलाफ़ यौन उत्पीड़न का मामला उठाया तो महिला आयोग समेत, पूरा प्रशासन कलैक्टर के पक्ष आ खड़ा हुआ। सर, कॉलेज की प्रिंसिपल कितनी अकेली पड़ गयी होगी। अवसाद और क्षोभ और भय और द्वन्द्व! जब वो अपने कॉलेज जाती होगी तो क्या सन्देश लेकर जाती होगी, यही कि स्त्री को हरहाल में ठगे जाना है।

लेकिन सर, सबसे ज़्यादा मुझे विचलित किया मेडिकल छात्रा के साथ हुए सामूहिक दुष्कर्म ने। जिसने हम सबको थर्राकर रख दिया था। आपकी और मेरी मन:स्थिति लगभग एक जैसी थी। उन दिनों हम दोनों बेहद चुप हो गये थे। नि:शब्दता में हमारी पीड़ा थी। स्त्री को निर्वस्त्र सड़क पर फेंककर, दरिन्दे बस को भगा ले गये। पीसीआर पहुँची। हमेशा की तरह वो लोग काफ़ी देर तक इस बात में उलझे रहे कि इलाक़ा किसका है। देश ग़ुस्से में रहा। इंडिया गेट पर नौजवान लड़के लड़कियों का प्रदर्शन—ग़ुस्से की भाषा थी और दुख की परिभाषा! लड़की के साथ इतने

अमानवीय और घिनौने ढंग से दुष्कर्म हुआ कि लड़की की कुछ दिन बाद मौत हो गयी।

सर, मैंने जब पाँच साल की लड़की के बारे पढ़ा कि दुष्कर्म के बाद उसकी योनि में तीन मोमबत्तियाँ और तेल की शीशी मिली—तो मैं ईश्वर के इस संसार के प्रति अनास्थावान हो उठी। सर, पुलिसवालों ने तो अपने स्तर पर बड़ी संवेदना का परिचय दिया। लड़की के बाद बाप को दो हज़ार दिए। मामला रफ़ा-दफ़ा करने के लिए।

सर, आपने एक दिन कहा था कि हम जिस समय में जी रहे हैं, फीलिंग लगभग नष्ट हो चुकी हैं। आपने ठीक कहा था सर, स्त्री को लगभग मादा समझना—हमारे समय की क्रूर विडम्बना है सर!

सर, क्या यह क्रूरता की इन्तिहा नहीं कि इटावा में एक लड़की से दुराचार और फिर लड़की पर केरोसिन डालकर उसे जला दिया गया। पुलिस का तर्क था लड़की ने ख़ुद पर तेल छिड़ककर जान दी। ख़ुद पर तेल छिड़ककर कौन जान देता है सर! कितना मासूम तर्क है पुलिस का। जैसे दुष्कर्म करनेवाले पवित्र आत्माएँ हों और अपराधिनी वो लड़की, जिसने ख़ुद पर तेल छिड़का या जिस पर तेल छिड़का गया और वो मर गयी।

सर, मैंने कभी बताया नहीं आपको। शुरू-शुरू में मैं कितना डर जाती थी। मेरी माँ होती तो उसके गले लग जाती। आप थे। पराए मर्द। आपसे मैं गले भी तो नहीं लग सकती थी। मुझे रात भर एंटी डिप्रेसेंट दवाइयाँ नींद में रखतीं। लेकिन ऐसा भी होता मैं हड़बड़ाकर उठ बैठती। माथा तपा हुआ और मैं पसीना-पसीना। मैं सपना देख रही होती। रेल की पटरियों में भागती हुई मैं। पीछा करते दरिन्दे। बिलकुल नज़दीक। मेरे करीब। हाथ भर की दूरी।

सामने से आती हुई रेल। पीछे से मुझे पकड़ने की कोशिश में सफल होते गुंडे।

दुराचार से पीड़ित हर निहत्थी और अपनी आत्मा से घायल लड़की यही सपना देखती होगी।

लेकिन ऐन उस वक़्त सपने में एक अजीब-सा मोड़ आता। एक देवदूत आसमान में उड़ता हुआ-सा। रेल की पटरियों में हाँफती-भागती, सहमी हुई लड़की को अपने दोनों हाथों में उठाकर ले जाता हुआ।

ट्रेन आवाज़ें निकालती हुई। पटरियों से धड़धड़ा कर गुज़रती हुई। दरिन्दे अवाक! भौंचक देखते हुए उस देवदूत को।

मैं उठ बैठती। कमरे में अकेली। यथार्थ क़े रूबरू! सोचती हुई कि देवदूत कौन होगा?

अब सोचती हूँ जिस पर मैं शक करती थी वही तो था देवदूत!

सर, कितना जटिल है स्त्रियों का संसार!

इस तथाकथित सभ्य समाज में स्त्रियाँ, अपने अपने अभिशाप के साथ जन्म लेती हैं। वो कोख में मार दी जाती हैं या फिर आदमियों के समाज में ज़िल्लत भोगती हैं। सर, आधी आबादी स्त्रियों की। लेकिन अधिकार सिर्फ़ दस प्रतिशत। बाक़ी नब्बे प्रतिशत अधिकार पुरुषों के पास। ऐसे परिदृश्य में दुष्कर्म करनेवाले बाइज़्ज़त बरी होते ही रहेंगे।

सर, मैं भी क्या-क्या लिखती रहती हूँ, बिना सोचे-समझे। और नहीं तो क्या? डायरी में मुझे लिखना था आपके बारे में। अपने बारे में। डायरी में मुझे लिखना था एक अवसादग्रस्त लड़की ने, आपके विश्वास के जरिए किस तरह पूर्णता हासिल की?...मैं पहुँच गयी कहीं की कहीं।

आपकी कृतज्ञ हूँ सर! आपने 'हीलिंग टच' दिया। आपने मित्रता को जीवन्त रूप दिया। सच कहूँ, आपने मुझे जीवन दिया और इस जीवन को जीने की कला भी आपने सिखाई।

वो दिन!...वो शुरुआती दिन। मेरे अवसाद के दिन और आपके सख़्त इम्तेहान के दिन! इम्तेहान भी ऐसा जिसकी कोई तैयारी भी नहीं थी आपके पास।...फिर भी आप कुछ न जानते हुए, बहुत कुछ थे। बहुत बड़े तीमारदार!

अब मैंने जाना है सर। किसी अन्य की वेदना को समझने और महसूस करने की प्रबल भावना मन में हो तो फिर हम डॉक्टर, चारागर, तीमारदार, कुछ भी हो सकते हैं। आप सबकुछ थे। आपमें ऐसा सगापन था जो मेरी आत्मा को सहलाता रहा। जो मेरी चेतना को स्पर्श करता रहा।

याद है सर, एक दिन मैंने अपने अकेलेपन की बात की थी। आपने कहा था कि एक सीमा के बाद, हम सब अकेले होते हैं। आपने मुझे यह भी कहा था कि हर दरख़्त अकेला होता है। आपने यह भी कहा था सर कि अकेले बूढ़े दरख़्त भी किसी बैसाखी के सहारे खड़े नहीं होते। वो अपनी जड़ों के सहारे खड़े होते हैं। आपने तब मुझे देखते हुए, बड़ी दुलारती हुई आवाज़ में कहा था कि मैं अपनी जड़ों की तलाश करूँ। मेरी जड़ें कटी नहीं, सिर्फ़ गुम हुई हैं। वो ज़िन्दगी की इसी मिट्टी में दबी पड़ी हैं, यहीं कहीं।

बात साधारण थी। नहीं, बात असाधारण थी। आपने बहुत साधारण लहजे में समझाई। वो बात मेरे दिल में उतर गयी। कोई कथावाचक ऐसे उपदेश देता तो मैं उसका मज़ाक उड़ाती। लेकिन यह बात राजन ने कही थी। राजन जो शिखर थे...शिखर पुरुष!

लेकिन कभी-कभी मैं तुमसे भयभीत हो जाती थी। सोया हुआ डर जाग उठता। मेरे मन का संशय अपने नाखून तेज़ करता। मैं तुम्हारी गतिविधियों को किसी

जासूस-नज़र से देखती। तुम मुझे गोलियाँ-कैप्सूल और पानी का गिलास देते। मैं फाँकती गोलियाँ-कैप्सूल। पी जाती पानी। उठती। अपने कमरे में चली जाती। दीवार की तरफ़ मुँह करके लेट जाती। तुम आते कुछ देर बाद। मुझे देखने। दबे पाँव। खड़े रहते मेरे बिस्तर के पास। मेरी धड़कन तेज़ हो जाती। मैं सोचने लगती। अभी इस शख़्स के अन्दर कोई कमज़ोरी हावी हो उठेगी। सारी वर्जनाएँ टूट गिरेंगी। नैतिकता किसी बोझ की तरह, एक तरफ जा गिरेगी। तुम धीरे-धीरे बिस्तर पर चढ़ आओगे। दीवार की तरफ मुँह करके लेटी हुई लड़की को अपनी ओर खींचोगे। फिर आलिंगन। फिर चुम्बन। फिर उत्तेजना। फिर...।

मैं, संशयग्रस्त लड़की बुरे से बुरा सोच रही होती और तुम! तुम तब तक बाहर जा चुके होते। बहुत आहिस्ता से दरवाज़ा बन्द करते। कहीं मैं जाग न जाऊँ।

याद है राजन! एक दिन...हाँ, वो इतवार का ही दिन था। मैंने साड़ी पहनी और तुम्हारे सामने आ खड़ी हुई। हतप्रभ रह गये थे तुम। मुझे देखकर। पता नहीं, ऐसा क्या था मुझमें। शायद कोई रहस्य था...मेरे मन का या मेरी देह का रहस्य! तुम उस रहस्य तक पहुँचना चाहते थे शायद!... ऐसे देख रहे थे मुझे। जैसे कोई जुनूनी देखता है किसी को।... तुम मेरे करीब आए थे। लेकिन एक फासला भी साथ था तुम्हारे।

"बहुत सुन्दर हो नन्दिनी।" तुमने कहा था। इसी संक्षिप्त से वाक्य में अपनी भावनाओं के आवेग को छुपा गये थे तुम।

तुम उस वक़्त अगर मुझे अपनी बाँहों में भर लेते तो मैं क्या मना करती?..., लेकिन तुमने मुझे पहले दिन यही भरोसा दिया था कि मैं यहाँ सुरक्षित हूँ।

क्या करूँ राजन! अब यही सुरक्षा मुझे बोझ लगने लगी है। यह सुरक्षा है या किले की मोटी अन्धी दीवार!...इस दीवार के उस तरफ़ तुम ऊँचा उठते गये। इस दीवार के इस तरफ़ मैं छोटी होती गयी।

एक दिन हम दोनों अच्छे मूड में थे। मैं अच्छे मूड में होती तो तुम्हारा मूड अपने आप अच्छा हो जाता। तुमने मेरे अच्छे मूड को देखते हुए कहीं बाहर खाना खाने का आग्रह किया। तुम ऐसी बात कहते हुए डर भी रहे होते कि कहीं मैं इनकार न कर दूँ। लेकिन उस शाम मैंने इनकार नहीं किया था। चलने के लिए तैयार हो गयी थी। तुम्हें अच्छा लगा था।

वो आलीशान रेस्तराँ था। महँगा और नफ़ीस। इतनी ज़्यादा तहज़ीब कि उसकी तहज़ीब डराने लगी थी। हमने सूप लिया। सूप। खाना। स्वीट। कॉफी।...हम करीब ड़ेढ़ घंटा रेस्तराँ में रहे। उस नीम रोशनी में, हम एक दूसरे को, कम कम देख पाते थे। खाना खाते हुए हमारे हाथ एक दूसरे को छू जाते। उँगलियाँ छू जातीं नज़रें भी छू जातीं। नीम रोशनी में जैसे स्पर्शों की अपनी दुनिया थी। बहुत हल्के संगीत के

बीच हम दोनों। पता नहीं खाना खा रहे थे या फिर स्पर्शों का खेल खेल रहे थे।

तुमने बड़ी शालीनता से वेटर को बुलाया। बिल की पेमेंट भी मुझसे छुपाकर की। एक जिल्द में बिल को जिस तहज़ीब से रखा गया। उसी तहज़ीब के साथ आपने बिल का भुगतान किया। आप टेबल मैनर्ज़ जानते थे। फिर भी मैंने देख लिया था। मैं तो थी ही निम्न मध्यमवर्गीय सोच की मारी—बिल कितने का?...टिप कितनी? इसी चीज़ पर नज़रें गड़ाए रही। सात सौ साठ का बिल। कितना महँगा खाना। और टिप? चालीस रुपये।

राजन! तुम टिप देते वक़्त जितने लापरवाह नज़र आ रहे थे, मैं उतनी विचारमग्न! टिप तुमने दी। परेशान मैं हो गयी। शायद इसलिये कि मेरी सारी यात्राएँ तुम तक आकर ख़त्म होती थीं।...यह तुम्हारा हाई प्रोफ़ाइल स्टाइल था। बड़ी टिप देते हुए बड़े नज़र आना।...लेकिन मैं, पता नहीं क्यों, अपने आपको छोटा महसूस करने लगी।

कुछ दिन पहले मैंने अपना बैग और अटैची टटोल मारे थे। कुल सत्रह रुपये निकले। मेरे पास सत्रह रुपये थे। कुल जमा पूँजी। मैं जिसके साथ खाना खा रही थी। वो चालीस रुपये टिप में दे सकता था।

सर, यही फ़र्क था। इस फ़र्क को आप शायद नहीं समझेंगे। मैं समझती हूँ। यह फ़र्क मेरे मन में किसी बैरोमीटर की तरह, मेरा क़द मापता है। मैं बहुत छोटी नज़र आती हूँ।

कितना अच्छा लगता था मुझे। आप मेरे साथ दुनिया-जहान की बातें करते। अख़बार। एडिटोरियल। लैटर टू-दि एडीटर। किताबें-पत्रिकाएँ। ग्लोबलाइज़ेशन से लेकर ग्लोबल वॉर्मिंग तक। बहुत सारी बातें।...मैं जानती थी, यह भी एक थेरेपी है। आप मेरे भीतर का मौसम बदल रहे होते।

तुम्हारी कई बातें मुझे परेशान भी कर जातीं। एक दिन तुमने कहा था, "यह जो कॉरपोरेट दुनिया है। बहुत भव्य है। लेकिन वो पतली गली की तरह है। गली इतनी पतली है कि उसमें से सिर्फ़ एक बन्दा निकल सकता है। लेकिन निकलना होता है कइयों को। सब आगे बढ़ना चाहते हैं। निकलने का रास्ता एक का है। यहीं से...बिलकुल यहीं से...जाने अनजाने चेज़ शुरू होती है। प्रतिस्पर्द्धा के बुरे खेल भी यहीं से शुरू होते हैं। लोग एक साथ निकलते हैं...एक दूसरे से आगे बढ़ने की कोशिश में...एक दूसरे का कन्धा छीलते हुए।...अफ़सोस इस बात का है नन्दिनी, इस गेम को सब इन्जॉय करते हैं।"

तुम्हारे इस रूपक ने मुझे सचमुच डरा दिया था।

तुमने फिंर अपनी बात जारी रखते हुए कहा था, "नन्दिनी, हम रिलेशन नहीं निभाते। डिस्टेंस निभाते हैं।"

मैं तुम्हारी बातें सुन रही थी। स्तब्ध-सी थी मैं। तनाव में थे तुम। तुमने फिर कहा था, "सबसे दूर का रिश्ता रहा। नज़दीका क़ा रिश्ता बना सिर्फ़ एक से...।"

तुम क़हते-कहते चुप हो गये। मैं सुनते-सुनते थम-सी गयी। मैं चाहती थी, तुम अपनी बात पूरी करो। लेकिन तुमने अपने अधूरे छोड़े गये वाक्य को पूरा नहीं किया था।

काश, तुम उस वाक्य को पूरा करते राजन! काश, तुम कहते, "सबसे दूर का रिश्ता रहा। लेकिन नज़दीक का सम्बन्ध सिर्फ़ एक से जुड़ा, और वो तुम हो नन्दिनी।"

मैं तुम्हारे इस वाक्य को सुनती। भाव विभोर हो उठती। ऊँची उठ जाती मैं अपने भीतर से। गर्व का अनुभव मेरे चेहरे पर होता। मेरी आँखें छलक पड़तीं। मैं कुछ भी न कहती और मेरा कुछ न कहना, मेरे मन की सबसे बड़ी, सबसे सशक्त अभिव्यक्ति होती।

धन्यवाद सर! आपने मुझे अपने पैरों पर खड़ा होना सिखाया। और कोई होता तो पहले मेरे पाँव काटता। फिर सहानुभूतियों की बैसाखी थमा देता। लेकिन आपने आत्मविश्वास दिया। आत्मबल दिया। आपने पाँव दिए और आपने रास्ते भी दिए। फिर मुझे अहसास कराया कि मेरे अपने पाँव भी हैं, जिन्हें मैं कहीं रखकर भूल गयी हूँ।

धन्यवाद सर! एक अधूरी लड़की को, उसकी सम्पूर्णता देने के लिए आपने क्या कुछ नहीं किया? कहाँ सोफे के एक कोने में दुबकी हुई अवसादग्रस्त लड़की...और कहाँ तैयार होकर इंटरव्यू के लिए निकलती, आत्मविश्वास से भरी नन्दिनी! आप बायोडाटा बना लाते। बायोडाटा के साथ-साथ आप इच्छाशक्ति जैसी कोई चीज़ भी मुझे सौंपते। कभी मैं दूसरे राउंड में बाहर तो कभी चौथे...। मैं निराश होकर बाहर निकलती। आप मेरे लिए, फूलों का गुलदस्ता नहीं, उम्मीदों का सूरज लेकर खड़े होते। आप हर बार एक वाक्य दोहराते, "नन्दिनी, आई एम श्योर। अगली बार तुम्हारा सिलैक्शन ज़रूर होगा।"

सर, बुझे हुए अंगारों में तपिश पैदा करने की तौफ़ीक आपने दी।

सर, आप मुझे अच्छे लगते थे—हर कोण से। अच्छे। हर एंगल से भव्य। आपका व्यक्तित्व। आपका आत्मविश्वास के साथ चलना। आपके मुस्कराने का अन्दाज़। आपके बेफ़िक्र ठहाके। आपकी संजीदगी। आपका खिलन्दड़ापन। आपके सम्पर्क। गेट-टू-गैदर। आपकी अँग्रेज़ी। आपका रूतबा। स्टाइल। आपका प्रफ़्यूम। ब्रांडेड कपड़े। आपके बैठने का शऊर। बात करने की तहज़ीब...सब वर्सेटाइल!

कई बार मुझे लगता, मैं आपके साथ किसी मालगाड़ी के छकड़े की तरह हूँ।

कमतरी का अहसास बहुत बुरा होता है सर! वो आत्मदया पैदा करता है।

और आत्मदया एक ऐसे कटोरे की तरह होती है, जैसे हम अपने आपसे भीख माँग रहे हों।

तुम्हारी महानता के आगे नतमस्तक हूँ राजन! तुम ऐसे ऋणदाता थे, जिसने ऋण दिया लेकिन वसूल करना भूल गया।

तुमने कभी अहसास ही नहीं कराया था कि मैं तुम्हारी ऋणी हूँ। यही तो महानता है तुम्हारी। सच कहूँ राजन। तुम्हारी इस महानता से मैं तंग आ गयी थी। मन ही मन मैं चाहती थी कि तुम मुझे छुओ। मेरे करीब आओ। मेरी देह के रहस्य तक। तुम्हारी महानता का काँचमहल टूटे। गिरे। चूर-चूर हो जाए। तब मैं ऋणमुक्त हो जाती राजन! तब, तुम भी मेरी तरह होते—मामूली। साधारण। बौने और लघु!

लेकिन तुम! तुम्हारी दृढ़ता के आगे सीस निवाने को जी करता है। तुमने जिस भरोसे की बात की। आख़िर तक उस भरोसे को निभाया।

मैं बार-बार एक बात सोचती हूँ राजन! आख़िर वो क्या चीज़ थी जिसने तुम्हें मेरे पास आने से रोके रखा? तुम्हारी कोई भीष्म प्रतिज्ञा थी?...या शायद मेरी देह की सरहद? या शायद तुम्हारा संकल्प?...या शायद तुम्हारी कायरता? या फिर तुम्हारी महान बने रहने की ज़िद?...नहीं! कुछ भी नहीं। लेकिन कुछ था ज़रूर? कहीं वो प्रेम तो नहीं था?...नहीं। वो प्रेम भी नहीं था शायद!

मैंने तुमसे पूछा था राजन, ''कनवर्जेंस में अगर मेरा सिलैक्शन हो गया तो मैं कहाँ रहूँगी?''

''यहाँ और कहाँ।'' तुमने तपाक से जवाब दिया था।

''किस रूप में?'' मैंने कठिन-सा सवाल किया। तुमने मेरे प्रश्न को सुना था। सोच में पड़ गये थे।

तुम्हारे पास क्या सचमुच कोई जवाब नहीं था। तुम्हारी ख़ामोशी ने मुझे हलाक़ कर दिया था राजन! तुम तो चुप हो गये थे। लेकिन मेरा सवाल, ख़ुद मुझे तंग करता रहा था कि अगर नौकरी लग गयी तो मैं यहाँ किस रूप में रहूँगी?

शायद किसी शरणागत की तरह! मैंने अपने सवाल का जवाब ख़ुद खोज निकाला था राजन! और इसी जवाब ने मुझे तुम्हारा घर छोड़ने को मजबूर कर दिया।

विडम्बना देखो राजन! जो सबसे ज़्यादा भरोसेमन्द था, उसी को छोड़कर जा रही हूँ।

धन्यवाद राजन! आख़िरी धन्यवाद!

आज तुम दफ़्तर से जल्दी वापिस आ जाओगे। तुम ख़ुद खोलोगे फ़्लैट का दरवाज़ा। बड़े उत्साह के साथ मेज़ पर सामान सजाओगे। बड़े यक़ीन के साथ मुझे

आवाज़ दोगे। तुम्हारी आवाज़ें, तुम तक लौट आएँगी, ख़ाली। मैं नहीं मिलूँगी। तुम ढूँढ़ते रहोगे अपने फ़्लैट में। पर मैं...मैं जा चुकी हूँगी।

क्षमा करना राजन! मेरा कोई भी स्पष्टीकरण तुम्हें सन्तुष्ट नहीं कर पाएगा। मैं अपना अन्तरद्वन्द्व तुम्हें समझा नहीं पाऊँगी और तुम शायद समझ न पाओ।

वापिस... अम्बाला छावनी...मौसी का घर! मौसी का घर भी तो किसी रिफ़्यूजी कैम्प जैसा लगेगा। मैं वहाँ भी पराजय बोध के साथ जाऊँगी। लेकिन वहाँ की लड़ाइयाँ मुझे लड़नी आ गयी थीं। आपके फ़्लैट की कृतज्ञता का बोझ उठाना मुझे नहीं आया।

मैं जा रही हूँ सर! मेरा आत्मसम्मान मुझे घसीटकर ले जा रहा है। वो बड़ी सख़्त भाषा में कह रहा है कि शरणागत की तरह इस घर में नहीं रहना।

मैं जा रही हूँ सर!...अलविदा।

डायरी समाप्त हो चुकी है।

डायरी या नन्दिनी की आत्मकथा। या दिनचर्या। या डायरी। या कुछ भी नहीं। या बहुत कुछ। डायरी पढ़कर मैं स्तब्ध-सा खड़ा हूँ। एकदम जड़। गुमसुम। अवाक। ज़िन्दगी के सबसे जटिल मोड़ पर। ऐसा मोड़ जिसके आगे नाबीना दीवार खड़ी है—मुझपर हँसती हुई।

मैं हूँ कि बदहवास। अपने आप पर खीझता। अपने आपसे प्रतिवाद करता। कितना ख़ाली-सा खड़ा हूँ मैं। रेशा-रेशा होता हुआ। ख़ामोश। शोर मेरे भीतर। चुप मेरे बाहर।

नन्दिनी का न होना जैसे जीवन का न होना हो।

नन्दिनी जैसे मेरी आत्मा लेकर चली गयी हो। उसके साथ जीने की आदत पड़ गयी थी मुझे। किसी से आत्मीय रिश्ता क्या होता है, अब पता चला है मुझे। कोई आत्मीय, यूँ अचानक, किसी चलती रेलगाड़ी से उतरकर चला जाए जैसे। छोड़ जाए भौंचक। निरुत्तर।

समझ नहीं आ रहा कि क्या करूँ? मैं पूरे फ़्लैट के चक्कर लगा चुका हूँ। कितनी बार। एक झूठे आश्वासन के साथ कि वो यहीं कहीं है। वो नहीं है। लेकिन मैं हर बार उसके कमरे में चला जाता हूँ।

मेज़ पर सामान पड़ा है—पेस्ट्रीज़, केक, मोमबत्तियाँ, फूलों का गुलदस्ता और कार्ड—जिसपर मैंने एक पंक्ति लिखी है—नन्दिनी, तुम मेरा अव्यक्त हो।

कितना कुछ अव्यक्त रह गया है!

न मेरे पास प्रश्न बचे हैं न उत्तर—पुस्तिकाएँ। नन्दिनी थी तो कितनी व्यस्तताएँ थीं। अब कितना व्यर्थ। अपने निर्जन से मैं आप डरता हुआ।

मैं कितना प्रेम करता था नन्दिनी से। इतना अधिक कि उससे कहते हुए संकोच होता था। कहीं उसे बुरा न लगे। कहीं वो बेचैन न हो जाए।

ऐसा लगता है नन्दिनी अपने कमरे से निकलकर मेरे सामने आ खड़ी हुई है। मुस्कराती हुई। ज़िन्दगी और प्रेम का अजब आइस-पाइस खेलती हुई। मेरे सामने। अपनी समूची देहगन्ध के साथ। अपने स्पर्श। अपनी छवि। अपने वैभव के साथ।

अचानक, बिजली की तरह एक ख़्याल मेरे ज़ेहन में उतरा है। मैं तुरन्त हरकत में आ गया हूँ। मैंने अपने आपसे कहा है—नन्दिनी अम्बाला छावनी ही तो गयी है। रेजिमेंट बाज़ार या फिर महेशनगर! ढूँढ़ लूँगा मैं उसे। क्या पता वो करनाल बाईपास तक पहुँची हो। या फिर ये भी सम्भव है कि वो बस अड्डे चली गयी हो, अम्बाला छावनी की बस पकड़ने। वो बस अड्डे ही गयी होगी। इससे पहले उसने जब भी जाने की ज़िद की, मैं उसे बस अड्डे के पास ही तो ले आया था।

मैं नहीं जानता वो कब घर से निकली होगी। लेकिन मैं यह ज़रूर जानता हूँ कि हर दो मिनट के बाद चंडीगढ़-अम्बाला की बसें निकलती हैं। नन्दिनी अगर बस अड्डे पहुँची होगी तो अब तक बस में बैठकर, अम्बाला की तरफ़ रवाना हो चुकी होगी।

मैं फिर भी बस अड्डे की तरफ़ जा रहा हूँ। उम्मीद ख़त्म हो चुकी है। फिर भी। फिर भी मैं जा रहा हूँ। उम्मीद ख़त्म हो जाए या उम्मीद मर जाए, तो भी उसका कोई न कोई निशान बाक़ी बचा रहता है। मैं उसी बची हुई उम्मीद के साथ या फिर उसके बचे हुए निशान के साथ बस अड्डे की तरफ़ जा रहा हूँ।

नन्दिनी जब घर में आई थी तो मैंने सोचा भी न था कि वो मेरी ज़िन्दगी का हिस्सा बन जाएगी। नन्दिनी निरन्तर मेरी परीक्षाएँ लेती रही और आख़िरी वक़्त, वो मेरे सारे परीक्षाफल लेकर चली गयी।

एक मन मुझे रोकता है। कहता है मैं बेवजह बस अड्डे की तरफ़ जा रहा हूँ। लेकिन एक अन्य मन भी है जहाँ प्रेम का एक कोना है—वो मुझे खींचे चला जा रहा है।

मैं कार चलाते-चलाते सोचने लगा हूँ। कितना बड़ा संसार है। अचानक ऐसा क्यों होता है कि कोई एक शख़्स हमारी दुनिया बन जाता है।

मुझे अब महसूस हो रहा है नन्दिनी मेरा संसार थी। उसके संसार में मैं एक नागरिक था।

मैं बस अड्डे में भटक रहा हूँ यहाँ-वहाँ। दीवानावार। एक ऐसा शख़्स जिसे कोई बस नहीं पकड़नी। जो तलाश करने आया है एक स्त्री की। और मन ही मन कामना कर रहा हैं कि वो स्त्री, नन्दिनी नाम है जिसका, किसी बस में न चढ़ी हो।

मेरे मन में एक अजीब-सा ख़्याल आया है। क्या पता उसके पास पैसे ही न हों। उसके पास सत्रह रुपये थे। इन रुपयों से वो बस अड्डे तक पहुँच गयी हो—फिर? नहीं। यह बुरा ख़्याल है। भगवान करे उसके पास ढेर सारे पैसे हों और फिर भी उसने जाने का इरादा बदल दिया हो।

मैं बस अड्डे में भटक रहा हूँ। मुझसे ज़्यादा मेरे विचार भटक रहे हैं।

वो दूर बेंच पर एक लड़की बैठी नज़र आई है। अटैची भी है उसके पास। बैग भी। शायद नन्दिनी है वो। शायद। शायद नहीं। शायद को लेकर खड़ा हुआ मैं, वहीं रुक गया हूँ। भ्रम और हक़ीकत के नोमैन्स लैंड में।

यह सोचकर कितना पुलकित हो उठा हूँ मैं कि अगर वो दूर बेंच पर बैठी लड़की नन्दिनी हुई तो? तो!

तो मैं जाकर उसके पास खड़ा हो जाऊँगा। वो मेरी तरफ़ हैरान नज़रों से देखेगी।

मैं उसके कन्धे पर हाथ रखकर कहूँगा—घर चलो नन्दिनी?

वो सवाल करेगी—किसके घर?

मैं जवाब दूँगा—नन्दिनी और राजन का घर!

मेरा जवाब सुनकर उसकी आँखों में आँसू तैर जाएँगे। मैं नन्दिनी से कहूँगा—आँसू प्रेम की इबारत होते हैं।

मैं उसके आँसू पोछूँगा। सामान उठाऊँगा। उसे कार में बिठाऊँगा। वो स्टीयरिंग पर हाथ रखेगी। मैं उसके हाथ पर हाथ रखूँगा।

मैं बेंच की तरफ़ जा रहा हूँ।

□□□

वाणी प्रकाशन ग्रुप

भारतीय ज्ञानपीठ

वाणी प्रकाशन : भारतीय ज्ञानपीठ की पुस्तकों के एकमात्र प्रकाशक एवं वितरक